GRADO IM GLÜCK

Andrea Nagele leitete über ein Jahrzehnt ein psychothera-
peutisches Ambulatorium. Heute arbeitet sie als Autorin und
betreibt in Klagenfurt eine psychotherapeutische Praxis. Sie
pendelt zwischen Klagenfurt am Wörthersee, Grado und Berlin.

ANDREA NAGELE

GRADO IM GLÜCK

Ein Adria Krimi

emons:

Bibliografische Information der Deutschen Nationalbibliothek
Die Deutsche Nationalbibliothek verzeichnet diese Publikation
in der Deutschen Nationalbibliografie; detaillierte bibliografische
Daten sind im Internet über http://dnb.d-nb.de abrufbar.

@ Emons Verlag GmbH
Cäcilienstraße 48, 50667 Köln
info@emons-verlag.de
Alle Rechte vorbehalten
Umschlagmotiv: mauritius images/Dalibor Brlek/Alamy/
Alamy Stock Photos
Umschlaggestaltung: Nina Schäfer, nach einem Konzept
von Leonardo Magrelli und Nina Schäfer
Umsetzung: Tobias Doetsch
Gestaltung Innenteil: DÜDE Satz und Grafik, Odenthal
Lektorat: Marit Obsen
Druck und Bindung: CPI – Clausen & Bosse, Leck
Printed in Germany 2025
ISBN 978-3-7408-2229-3
Ein Adria Krimi
Originalausgabe

Unser Newsletter informiert Sie
regelmäßig über Neues von emons:
Kostenlos bestellen unter
www.emons-verlag.de

Ich widme meiner Herzensfreundin
Karin Waldner diesen Krimi,
egal, ob sie das Buch nun mag oder nicht. ☺

1

»112, Euronotruf, wie kann ich Ihnen helfen?«

»Ich ... Ich ... Bitte entschuldigen Sie. Aber ich ... ich habe eine ... tote Frau, ja ... es ist eine Frau, halb im Treppenhaus, halb in ihrer Wohnung ... liegend ... vorgefunden. Mir ist ganz ... flau im Magen. Bin ich bei Ihnen denn überhaupt richtig?« Die Stimme des Anrufers klang zittrig und seine Worte gepresst.

Für den Mitarbeiter der Leitstelle in Palmanova war diese Art der Kommunikation keine Seltenheit, sondern quasi an der traurigen Tagesordnung. »Sie haben die richtige Nummer gewählt. Können Sie mir bitte die näheren Umstände schildern? Warum gehen Sie davon aus, dass die besagte Frau nicht mehr am Leben ist?«, fragte er daher sachlich nach, geschult darin, aufgeregten Anrufern mit freundlicher Gelassenheit zu begegnen, um Ruhe und eine gewisse Sicherheit zu vermitteln.

»Alles hier ist ... voll Blut. Sie liegt so komisch verdreht ... Und ich ... ich ... wollte doch nur den ... Müll entsorgen. Hatte zum Glück ... mein Handy in der ... Hosentasche.«

»Wo befinden Sie sich?«

»In Grado. Dort ... wo ... ich lebe.«

»Sind Sie allein, oder befindet sich außer Ihnen noch jemand dort?«

»Nein ... nur ich bin da.«

»Nennen Sie mir bitte laut und deutlich Ihre genaue Adresse.«

Der Anrufer gab stammelnd das Stadtviertel, den Straßennamen und die Hausnummer bekannt. Auf Nachfrage wiederholte er alle Angaben noch mal.

»Das haben Sie gut gemacht. Sind Sie noch bei der Frau? Können Sie feststellen, ob sie vielleicht doch noch am Leben ist? Haben Sie ihren Puls gefühlt?«

»Nein. Nur ... ich habe ... das ganze ... hellrote Blut gesehen.« Er hechelte nach Luft. »Blut, ja ... und viel ... grauen

Schleim. Ich will … da nicht wieder hin. Berühren … kann ich sie unter … keinen Umständen. Sie bewegt … sich nicht. Das konnte … ich feststellen. Ich … glaube, nein, ich bin mir … sicher … sie ist tot.«

»In Ordnung. Beruhigen Sie sich bitte und atmen Sie gleichmäßig ein und langsam wieder aus. Es ist ganz normal, dass Sie aufgeregt sind. Sie müssen auch nicht wieder zu der Toten. Am besten setzen Sie sich weiter unten im Treppenhaus auf eine der Stufen und lehnen sich an die Wand. Aber verlassen Sie bitte nicht das Haus. Warten Sie, bis wir bei Ihnen eintreffen, und bleiben Sie in der Leitung.«

»Was … soll ich machen, wenn einer der anderen Bewohner kommt?«, japste der Mann. »Viele hier haben Hunde, die sie morgens ausführen.«

»Fordern Sie die betreffende Person einfach freundlich auf weiterzugehen. Es dauert wirklich nicht mehr lange, und jemand ist bei Ihnen. Versprochen. Die Einsatzkräfte sind bereits verständigt und werden in Kürze bei Ihnen eintreffen. Danke, dass Sie so umsichtig waren, uns sofort zu benachrichtigen. Hilfe ist unterwegs.«

2

Guido Lippi nahm den Anruf der Rettungsstelle kurz vor Dienstschluss entgegen. Er fühlte sich müde, ausgelaugt, obwohl seine Nachtschicht ruhig verlaufen war. »Wie kann ich Ihnen helfen?«, meldete er sich.

»Wir benötigen Unterstützung auf der Colmata in Grado. Ein Nachbar hatte beim Verlassen seiner Wohnung eine blutüberströmte Frau im Treppenhaus vorgefunden und den Notruf gewählt. Wir sind vor Ort, konnten aber leider nichts mehr ausrichten, die Frau war bereits tot. Ein Fremdverschulden kann definitiv nicht ausgeschlossen werden.«

»Wir sind schon auf dem Weg«, erklärte Lippi und ließ seine Stimme energisch klingen. Innerlich verfluchte er den Zeitpunkt des Gespräches. Ein wenig später nur, und das Team des heutigen Tages hätte den Fall übernommen.

Ausgerechnet an einem Samstag, dachte er missmutig. Nach dem gemeinsamen Frühstück zu Hause hatte er mit Stella, seiner Frau, und der kleinen Simone, ihrer Ziehtochter, einen Ausflug ins Aquarium von Triest machen wollen. Doch daraus würde nun mit Sicherheit nichts werden.

»Fanetti!«, rief er mürrisch ins angrenzende Büro. »Keine Zeit zum Pennen. Ich kann durch Wände sehen. Außerdem schnarchst du. Wie hält deine Ginevra das bloß aus? Wir müssen sofort los, hörst du? Es gibt eine Leiche.«

Sein Kollege Arturo Fanetti, von allen Legolas genannt, da er dem Elbenprinzen aus dem »Herrn der Ringe« in erstaunlicher Weise ähnelte, kam verschlafen hereingetrottet und blieb vor Lippis Schreibtisch stehen. Sein blonder Zopf hing über die linke Schulter, sein Gesicht wirkte zerknittert. »Was, wie, wohin?«, fragte er mit rauer Stimme und sah Lippi verwirrt an.

»Hast wohl auf dem Aktenstoß, den die Degrassi dir zum Abarbeiten hingelegt hat, von deiner Ginevra im Düsterwald geträumt?«

»Ginevras Familie stammt aus Aquileia«, murmelte Fanetti, der anscheinend immer noch im Halbwachzustand war. »Reiß dich mal am Riemen. Geh ins Badezimmer, klatsch dir kaltes Wasser ins Gesicht und mach dich bereit.« Arturo Fanetti schlurfte folgsam hinaus. Als er kurz darauf wieder in Lippis Büro erschien, hing sein Zopf über die rechte Schulter, und er wirkte eindeutig erfrischt, wenn auch ebenso wenig begeistert vom Einsatz wie Lippi.

»Bereit?«

»Geht wohl nicht anders«, entgegnete Fanetti.

»Das klingt so, als hätten wir heute beide etwas Besseres vorgehabt.«

»Mhmm«, brummte Fanetti, nickte verhalten und schlüpfte in seine hellblaue Blousonjacke. »Ich erledige noch schnell ein Telefonat und treffe dich am Dienstwagen.«

»Und ich gebe Rita Bescheid.«

Im Morgengrauen verließen sie den Parkplatz des Polizeigeländes. Lippi fuhr, und Fanetti lehnte neben ihm, zwar etwas belebter als zuvor, aber immer noch leicht benommen.

»Uns beiden würde Zolis berühmter Espresso jetzt den nötigen Schub verschaffen, was?«

»Das ist wahr.« Fanetti grinste Lippi schief an. »Ich scheine über einem Einbruch in ein Ferienhaus in der Pineta eingenickt zu sein. Sollte nicht vorkommen, passiert aber leider mitunter.«

»Der Einbruch oder dein Einschlafen?«

»Beides, würde ich mal so kategorisch wie selbstkritisch behaupten.«

Lippi lächelte amüsiert und fühlte sich sofort wohler. Mit einem lebhaften Kollegen an seiner Seite arbeitete er deutlich lieber als mit einem Polizisten, der völlig neben sich stand. »Sag mal, Arturo, was war denn heute bei dir geplant? Etwas Besonderes? Vielleicht etwas, wofür du eine Ladung Schlaf im Vorhinein gebraucht hättest?« Lippi kicherte über seinen eigenen Witz.

»Nun, wenn du es schon so genau wissen willst, Ginevra hat gestern extra gut eingekauft. Wir wollten uns nach dem Dienst ein Sektfrühstück gönnen und nach San Giorgio di Nogaro fahren, um später in dem urtümlichen Lokal ›Alla Risata‹ in Richtung Marano Lagunare zu Mittag zu essen. Daraus wird jetzt höchstwahrscheinlich nichts werden.«

»Wirklich aufsehenerregend klingt das Ganze für mich ehrlich gesagt nicht. Der Sekt wird im Kühlschrank schon nicht schlecht werden, und essen gehen könnt ihr auch am Sonntag.«

»Für uns wäre es schon etwas Besonderes gewesen. Heute ist unser Jahrestag.«

Lippi hätte sich am liebsten geohrfeigt. Manchmal war er so ein unsensibler Narr, dass es selbst für ihn kaum zum Aushalten war. Stella wies ihn oft genug auf seine Unfähigkeit hin, Empathie zu entwickeln. Obwohl sie fand, dass sich das in letzter Zeit »deutlich gebessert« hatte. Was vermutlich in nicht geringem Ausmaß an ihrer häuslichen Situation lag.

Die kleine Simone, die noch nicht lange bei ihnen lebte, forderte ihre gesamte Aufmerksamkeit. Nachdem ihre Mutter Bibiana, eine gemeinsame Freundin von Stella und seiner Vorgesetzten Commissaria Maddalena Degrassi, durch das fahrlässige Handeln eines Arztes verstorben war, hatten sie sich des verstörten Kindes angenommen.

Lippi fand sich zum ersten Mal in der Rolle eines Vaters wieder.

Für ihn war das alles andere als leicht. Stella hingegen schien in ihrem Muttersein völlig aufzugehen.

»So, da wären wir.« Er zeigte auf die angegebene Adresse und hielt nach einer passenden Stelle zum Parken Ausschau. Der Rettungswagen mit den zwei Sanitätern darin stand mit geöffneten Türen an der Hafenmauer. Sie betreuten einen älteren Mann. »Das wird der Nachbar sein, der die Tote gefunden hat. Mit dem reden wir später ausführlich.«

»Okay, lass mich aussteigen. Während du parkst, sage ich ihm, dass er auf uns warten soll.«

Lippi musste schmunzeln, als er Fanetti im Rückspiegel die Straße entlangeilen sah. Sein weißblonder Zopf baumelte beim Gehen auf dem schmalen Rücken hin und her. Er sieht wirklich aus wie ein Faun, dachte er.

Gemeinsam betraten sie das Haus und tauschten sich mit dem Arzt der Ambulanz aus. Die Frau schien mit einem schweren Gegenstand erschlagen worden zu sein. Genaueres wisse man allerdings erst, wenn die Rechtsmedizin die Tote auf dem Tisch hätte.

»Ist der Zeuge, den Ihre Kollegen im Wagen versorgen, vernehmungsfähig?«

»Der Arme steht gehörig unter Schock. Da sein Kreislauf verrücktspielte, habe ich Sauerstoff und eine Infusion verordnet. Ein Krankenhausaufenthalt wird aber wahrscheinlich nicht nötig sein.«

»Gut, denn wir müssen ihn befragen.«

»Klar doch«, sagte der junge Arzt freundlich und wies durch das Fenster nach draußen auf die vielen Schaulustigen, die sich inzwischen unten auf der Straße versammelt hatten. »Die werden Sie im Zaum halten müssen.«

Lippi nickte. »Arturo, rufst du bitte in der Dienststelle an? Sie sollen uns noch ein Fahrzeug mit zwei Kollegen schicken, die den Zugang zur Wohnung und dem Haus sichern, damit niemand Unbefugtes reinschneit und die Techniker hier in Ruhe ihre Arbeit erledigen können. Dann verständige die Spurensicherung. Ich informiere die Commissaria und verscheuche die Gaffer. Sobald die Kollegen eingetroffen sind, reden wir mit den Nachbarn.«

Fanetti rümpfte seine aristokratisch anmutende Nase, so als wollte er Lippi mitteilen, dass *er* wieder mal die Schwerstarbeit zu erledigen hätte.

»Wird's bald?« Manchmal ärgerte Lippi sich über den verwöhnten Elbenprinzen, auch wenn er ihn inzwischen ins Herz geschlossen hatte.

»Bin schon unterwegs. Ich telefoniere vor dem Haus und schaue mal, wie weit die Sanitäter mit dem Zeugen sind, der die Leiche entdeckt hat.«

»Ja, mach das. Aber überfordere den armen Mann bitte nicht. Keine Lust, dass er den nächsten Kollaps erleidet.«

Fanetti verdrehte die Augen. »Das ist wohl eher dein Part,

Guido, nicht wahr? Du kannst mitunter ziemlich heftig werden, wenn einer nicht gleich ausspuckt, was du von ihm hören möchtest.«

Damit hatte sein Kollege nicht ganz unrecht. Meistens war wirklich er es, der die Leute einschüchterte, das musste er zugeben. Die Schaulustigen verzogen sich auf seine Aufforderung hin nur ungern. Aber Guido Lippi wusste genau, wie er schauen musste, nämlich ziemlich unfreundlich, damit andere Menschen verstanden, dass sie das Weite suchen sollten.

Er ging wieder hinein, um vor dem Eingang zur Wohnung auf das Eintreffen der Kollegen zu warten und seine Chefin anzurufen, doch ehe er zum Telefon greifen konnte, kam eine junge Mutter mit einem Schulkind die Treppe hinabgelaufen und grüßte ihn erschrocken. Dann wanderte ihr Blick von seiner Uniform zur Wohnungstür, und sie hob rasch die Hand, um dem Jungen dadurch die Sicht auf die Leiche zu versperren. Aber der Kleine hatte sie schon bemerkt. Entsetzt sog er die Luft ein.

»Mama?« Er zog sie am Arm. »Wer liegt da auf dem Boden? Was macht der Polizist?«

»Komm, lass uns gehen. Schau bitte nicht hin. Ich weiß auch nicht, wer es ist.«

So bestürzt, wie die Mutter das sagte, hatte Lippi den Eindruck, dass sie sehr wohl wusste, um wen es sich bei der toten Frau handelte.

»Frag doch den Mann, Mama, vielleicht weiß er es.«

»Vielleicht später, nachdem ich dich zur Schule gebracht habe, in Ordnung? Wir sind schon spät dran, du willst die erste Stunde doch nicht verpassen.«

Lippi dachte, dass der Junge den Unterricht sicher gern gegen nähere Informationen eintauschen würde. Doch die Mutter zog ihren Sohn vehement weiter.

Lippi musste sich ein Grinsen verkneifen. In fast jedem Kind steckte eben ein Detektiv.

Der Anblick des blutüberströmten Körpers war einfach grauenvoll. Obwohl es keine neue Erfahrung für ihn war, Lippi hatte in seinem Leben schon genug Leichen gesehen, vermied er es beharrlich, den Blick auf die Tote zu richten. Sobald die Spurensicherung eintraf, würde er die Kollegen bitten, die Leiche in die Wohnung zu schaffen. Dieser Anblick tat niemandem gut.

3

Maddalena schreckte aus einem Alptraum hoch und wischte den Schlaf aus ihren Augen. Langsam nur beruhigte sich ihr rasender Puls. Sie setzte sich auf und drehte aus ihren Locken einen Zopf. Mit dem Zipfel ihrer Decke wischte sie sich den Schweiß von Stirn und Nacken und lehnte sich an ein Kissen. Mann, was hatte sie wieder schlecht geschlafen.

Seit dem Tod ihres Verlobten Franjo und dem ihrer allerbesten Freundin Bibiana, die beide unter tragischen Umständen sterben mussten, konnte sie keine Nacht mehr in Ruhe verbringen. Ständig wurde sie von bedrohlichen Schreckgespenstern heimgesucht.

Oft schlenderte sie mit Bibiana, die stets auf der Suche nach einer neuen weißen Bluse war, durch einen schicken Laden, und kaum dass die Freundin einen Kleiderbügel herauszog, schlang dieser sich, wie von Geisterhand geführt, eng um ihren Hals. Maddalena versuchte dann mit aller Kraft, den Draht von Bibianas Kehle zu lösen, doch es gelang ihr nie, immer war sie die ohnmächtige Zeugin des qualvollen Erstickens ihrer liebsten Freundin. In einem anderen Alptraum stieg sie mit Franjo in eine Tropfsteinhöhle hinab. Am tiefsten Punkt angekommen, rutschte er auf dem glitschigen Boden aus und prallte heftig mit der Schulter gegen die Wand, woraufhin sich ein von der Decke der Grotte hängender Stalaktit löste und seinen Brustkorb durchbohrte. Maddalena musste hilflos mit ansehen, wie ihr Verlobter zuerst die Augen verdrehte, röchelte und dann elend verblutete.

Jedes Mal wachte sie schweißüberströmt auf, und ihre Glieder bebten.

Heute war Samstag.

Sie hatte frei, auch keinen Bereitschaftsdienst, konnte daher ohne Konsequenzen ihr Handy ausschalten.

Aber was bedeutete das schon?

Selbstverständlich ließ sie es eingeschaltet. Ihr Verantwortungsgefühl war zu groß, um sich einfach unerreichbar zu machen. Als Chefin ihrer Truppe musste sie natürlich ausrücken, sobald sie gebraucht wurde. Besonders dann, wenn es einen wirklichen Notfall gab.

Also lud sie das Telefon auch am Wochenende stets auf hundert Prozent und stellte den Lautsprecherregler auf die höchste Stufe. Früher hatte sie manchmal nur die Vibration aktiviert und das Summen regelmäßig überhört. Das kam nicht mehr in Frage, denn es erweckte den Anschein, als wäre es ihr nicht wichtig genug, als würde sie einen etwaigen Anruf ganz gern überhören.

Die vergangenen Tage waren ruhig gewesen, ja, sie waren fast ereignislos an ihnen vorübergezogen.

Außer zwei Einbrüchen und ein paar Diebstählen, hauptsächlich handelte es sich dabei um den Klau von Fahrrädern, war nicht viel passiert.

In der Dienststelle würde sich ihre Mannschaft also ungestört alten, ungelösten Fällen widmen oder den notwendigen Papierkram erledigen. Ein Anruf, der sie zur Arbeit beorderte, war unter diesen Umständen nicht zu erwarten.

Was für eine Wohltat, dachte sie und räkelte sich.

Ihre Gelenke knackten unerwartet laut, und sie hatte das Gefühl, nicht mehr so beweglich wie früher zu sein.

Maddalena beschloss, wieder mehr Sport zu treiben. Eigentlich war das regelmäßige Training vorgeschrieben, doch in letzter Zeit vernachlässigte sie es.

Nicht selten haderte sie mit dem Schicksal und fragte sich ernsthaft, wofür sie sich denn so auspowern sollte, wenn schon ein kleines Versehen, eine Unachtsamkeit, eine fatale Nachlässigkeit ihr vorzeitiges Ende bedeuten konnte. So wie es bei Franjo und Bibiana der Fall gewesen war.

Natürlich wusste sie, dass solche Überlegungen fehl am Platz waren. Sie musste in der Gegenwart leben, statt sich um Dinge zu sorgen, die außerhalb ihrer Macht lagen.

Daher hatte sie sich für heute mit Leonardo Morokutti, ihrem alten Kollegen und langjährigen Freund, zu einem Mittagessen an der Strada Costiera in einem der coolen Restaurants mit Meerblick verabredet.

Ihre Freundinnen, Maddalena schluckte, weil dazu vor allen anderen auch ihr Herzensmensch Bibiana gehört hatte, lagen ihr immerfort und lästig mit diesem Kollegen in den Ohren. Alle fanden, Leonardo und sie würden das perfekte Paar abgeben.

Das entsprach jedoch nicht Maddalenas Gefühlslage.

Franjo war immer noch da.

Früher war er ihr bildhaft erschienen und hatte sie zu Gesprächen aufgefordert. Einmal hatte ihr Assistent, Piero Zoli, sie sogar bei so einem Zwiegespräch überrascht. Das war für sie eine Art Zäsur gewesen, denn seither bemühte sie sich, es nicht mehr dazu kommen zu lassen, dass sie sich mit Franjo in einer Scheinwelt befand.

Zu ihrem Entsetzen war ihr Verlobter wenig später tatsächlich verschwunden, so als hätte er verstanden, dass es endgültig Zeit war, zu gehen und Maddalena sich selbst zu überlassen.

Es tat weh.

Verdammt weh sogar.

Manchmal, wenn sie eine Zigarette auf ihrer kleinen Terrasse rauchte, ertappte sie sich dabei, dass sie sich bemühte, ihn wieder heraufzubeschwören. Doch Franjo war immer ein Dickschädel gewesen und hörte auch im Tod nicht auf, seinen Sturkopf durchzusetzen.

Leonardo war und blieb nichts weiter als einer ihrer nettesten Kollegen außerhalb ihrer Dienststelle, mehr war da nicht, und mehr würde es auch nie werden.

Gleichgültig, was er oder die anderen sich erhofften.

Nun, sie konnte diesem Treffen dennoch einiges abgewinnen. Es gab hervorragendes Essen, einen fabelhaften Blick auf das blau glänzende Meer, das den Sommer verkündete, und die Gesellschaft eines humorvollen, unterhaltsamen Mannes, der die verrücktesten T-Shirts trug, die sie je gesehen hatte.

Unter der Dusche sang sie und musste über ihre Misstöne herzlich lachen. Stimmlich war sie mehr als nur unbegabt.

Einmal hatte sie nach dem Pilateskurs mit ihren Freundinnen in Stefanos Bar, in die sie häufig einkehrten, beschwipst zu singen begonnen. Francesca, Stefanos Ehefrau, hatte ihn hinter dem Tresen mit dem Ellbogen in die Seite gestoßen und glucksend auf Maddalena gezeigt, woraufhin Stefano, dessen Großmutter aus Österreich stammte, eine verächtlich anmutende Handbewegung machte und zum Entsetzen seiner höflichen Frau völlig ungeniert auf Deutsch entgegnete: »Meine Oma hätte beim grauenvollen Gesang unserer Commissaria glatt behauptet, sie besäße ein sogenanntes Schweinsohr.«

Nicht wenige der Anwesenden hatten gekichert, und Francesca musste Maddalena unter dem Gelächter ihrer Freundinnen wohl oder übel übersetzen, was Stefano gesagt hatte.

Danach war Maddalena etwas beleidigt gewesen, hatte sich das jedoch nicht anmerken lassen. Ihre Sangeskünste hatte sie dort allerdings niemals mehr zum Besten gegeben.

Wenn sie jetzt daran dachte, schmunzelte sie.

Stefano hatte recht gehabt. Sie konnte wahrlich viel, doch das Singen stand eindeutig nicht auf der Liste ihrer besonderen Fähigkeiten.

Maddalena stieg aus der Duschkabine, trocknete sich ab und hörte ihr Telefon klingeln.

Unwillig drückte sie, in ihr Handtuch gewickelt, die grüne Taste und nahm das Gespräch an.

Guido Lippi war dran. »Commissaria, es ist mir äußerst unangenehm, Sie zu belästigen. Ich weiß, wie widerlich es ist, an seinem freien Tag so ein Gespräch entgegennehmen zu müssen.«

»Mensch, Lippi, kommen Sie auf den Punkt. Was ist los, dass Sie mich aufschrecken müssen?«

Guido Lippi versuchte schon seit Langem, ihrem engsten Mitarbeiter Piero Zoli den Rang als Lieblingskollege abzulaufen. Das hatte sie stets als lächerlich abgetan, zu durchsichtig war sein Bemühen, nachdem er sich zuvor offen als ihr missgünstiger Konkurrent positioniert hatte.

Dennoch war sie Lippi seit einiger Zeit sehr verbunden. Er gab sich große Mühe, Teamfähigkeit zu beweisen, und hatte sie einmal aus einer sehr prekären Situation gerettet, das würde sie ihm nie vergessen.

Also reagierte Maddalena milde und setzte nach: »Es wird sicher etwas Wichtiges sein, oder irre ich mich?«

»Sie irren sich keineswegs, meine vergötterte Ehefrau, Stella, würde es mir bis in alle Ewigkeit vorhalten, wenn ich Sie grundlos in Ihrer wohlverdienten Freizeit störe.«

Maddalena verdrehte die Augen. »So reden Sie doch endlich, Lippi.«

Er räusperte sich. »Wir haben hier eine weibliche Leiche. Es handelt sich um Totschlag oder sogar Mord, doch niemand kann eine Aussage tätigen, die uns weiterhilft. Ihre Unterstützung wäre äußerst willkommen.«

Maddalena überlegte ein paar Sekunden lang.

»Wohin soll ich kommen?«

»An die Riva Bersaglieri. Danke, Chefin. Ich wusste, dass ich auf Sie zählen kann. Sie erkennen das Haus sofort. Es sind viele Einsatzfahrzeuge vor Ort.«

Maddalena drückte das Wasser aus ihrem nassen Haar und ärgerte sich.

Sollte sie ihre Locken föhnen?

Nein, entschied sie und band ein Tuch um ihren Kopf. Sollte die Luft doch das Trocknen übernehmen.

Unwillig wählte sie Leonardos Nummer.

»Maddalena. Du wirst doch nicht absagen?«, fragte er.

»Es tut mir leid, aber höhere Mächte sind im Spiel und haben unser Treffen vereitelt. Es liegt wahrlich nicht an mir. Bitte glaube mir das.«

»Du hältst meine Einladungen viel zu oft nicht ein, manchmal denke ich, ich sollte beleidigt sein, *tesoro*.«

Maddalena tat es leid. »Bitte, Leonardo, sei mir nicht böse. Die Pflicht ruft, aber die nächste Einladung geht auf mich. Ich melde mich bei dir, versprochen.«

Leonardo unterbrach grußlos die Verbindung.

Maddalena wunderte sich nicht, denn sie wusste seit Langem, dass Männer Zurückweisungen nicht so leicht wegsteckten und alles persönlich nahmen. Mit einem Aufseufzen zog sie sich an und machte sich zu Fuß auf den Weg. Es war nicht wirklich weit zum Ort des Geschehens. Sogar von ihrer Terrasse aus konnte Maddalena die Blaulichter auf der gegenüberliegenden Seite des Kanals flackern sehen.

Zügig umrundete sie den kleinen Innenstadthafen und bog auf die parallel zu ihrer Riva verlaufende Uferstraße ein.

Fanetti begegnete ihr als Erster.

Er lächelte sie fröhlich an, als gäbe es im Haus keine Leiche und sie wären hier bloß zu einem netten Frühstück verabredet.

Das passte so gar nicht.

Arturo gelang es mitunter einfach nicht, die richtige Miene zur rechten Zeit aufzusetzen. Er war und blieb ein ewig verwöhntes Kind, sosehr er sich auch bemühte, erwachsen zu wirken.

»Fanetti, wir sind hier an einem Tatort und nicht zum Zeitvertreib in einer Bar. Also grinsen Sie mich nicht so gut gelaunt an«, maßregelte sie ihn daher streng, musste jedoch ein Kichern unterdrücken, als sie seine entgeisterte Miene sah.

»Öh«, machte er verwirrt, »ich wollte Sie doch lediglich besonders freundlich begrüßen, da Sie für uns Ihren freien Tag opfern.«

»Okay. Danke.« Maddalena verpasste ihm einen leichten Stupser mit ihrem Ellbogen. »Nichts für ungut, Fanetti. Sie wissen ja, dass ich es Ihnen nicht nachtrage.«

Maddalena hatte Arturo Fanetti schon lange in ihr Herz geschlossen. Zuerst war sie ihm kühl und verschlossen entgegengetreten, da sie vermutete, er wäre von Comandante Achille Scaramuzza eingesetzt worden, um sie zu beobachten. Schließlich war Fanetti der Spross und Erbe eines seiner ältesten Freunde, eines an Geld und Einfluss reichen Kaffeeproduzenten aus Triest. Zum Glück hatte sich das als Irrtum herausgestellt, und Fanetti erwies sich als loyaler Mitarbeiter, der sie unterstützte, wo er nur konnte. Da sah sie ihm schon so einige auffallende Marotten nach.

»Also, Kollege. Was gibt es?«

Arturo Fanetti zog seinen Zopf über die Schulter nach vorn und strahlte sie nicht die Spur beleidigt an. »Den da«, er wies auf einen bleichen Mann, der in einem Rettungswagen kauerte, »sollten Sie mal befragen. Der weiß deutlich mehr, als er bis jetzt gesagt hat. Gerechterweise muss ich zugeben, dass er unter einem gewaltigen Schock leidet und wohl noch ziemlich durcheinander ist.«

»Danke, Fanetti«, sagte Maddalena wieder kurz angebunden, denn sie hasste es zutiefst, wenn jemand sie anwies, was sie zu tun hatte. »Zuerst werfe ich einen Blick auf die Tote.«

Fanetti nickte ergeben.

4

Zehn Tage zuvor

Die Freundinnen saßen im Halbkreis um einen Tisch auf dem Vorplatz der kleinen Bar am Hafen. Es war der Beginn ihres wöchentlichen Mittwochstreffens.

»Wir als Einheimische dürfen uns das Recht herausnehmen, die Stühle so zu stellen, dass jede von uns etwas von der Frühjahrssonne abkriegt«, erklärte Carolina im Brustton der Überzeugung.

»Korrekt gesprochen, meine Liebe. Aurora soll uns rasch Kissen bringen, damit wir uns auf den kühlen Messingsitzflächen nicht den Hintern abfrieren.« Anastacia kicherte und winkte der drinnen am Tresen stehenden jungen Wirtin auffordernd zu.

»Das will ich meinen«, bekräftigte Romina und strich sich ein blondiertes Strähnchen aus der Stirn. »Erst neulich hat mich eine hartnäckige Blasenentzündung geplagt. Und in unserem Alter können wir auf solche Wehwehchen absolut verzichten.«

Ludmilla schnaufte empört. »So alt, wie du uns gerade hinstellst, sind wir auch wieder nicht. Im besten Fall etwas betagt.« Sie zog ihren hautfarbenen Lippenstift akkurat ohne Spiegel nach und ergänzte: »Schließlich sind wir alle weit unter siebzig.«

Mariella schmunzelte. Anastacia mit ihren vierzig Jahren kam als Einzige an sie heran. Doch sie war eindeutig die Jüngste in der Runde der Frauen, deren Alter bis fünfundsechzig reichte, und tatsächlich noch weit von der siebzig entfernt, hatte also gut lachen.

Carolina öffnete ihre Tasche, zog rosa Lipgloss aus einem Seitenfach und betupfte damit ihre Lippen. Dann nahm sie ein Kleenex und wischte vorsichtig die Schweißtropfen unter ihrer großen Sonnenbrille weg, die fast so etwas wie ihr Markenzeichen war. Die Freundinnen sahen sie selten, eigentlich nie ohne diese Brille. Sie war von allen die am elegantesten Gekleidete und stets perfekt geschminkt.

»Leute, schaut mal.« Romina wies auf den Eingang der Bar. »Das ist doch unsere Commissaria? Jetzt keine Auffälligkeiten, bitte. Mit der Polizei sollte man sich immer gut stellen.«

Alle lachten.

Aurora brachte ihnen mit unbewegter Miene die gewünschten Kissen und hielt danach einen kurzen, aber lebhaften Plausch mit der Commissaria.

Die Freundinnen steckten die Köpfe zusammen und begannen einen mit leisen Stimmen gehaltenen Tratsch über ihre Commissaria.

Maddalena Degrassi war bei der Bevölkerung von Grado ziemlich gut angeschrieben, allerdings mehr beim weiblichen Teil der Bewohner der Insel. Bei Männern schlug sie mitunter einen zu schneidigen Ton an. Dennoch stand ihre Beliebtheit in krassem Gegensatz zu der ihres Vorgesetzten Achille Scaramuzza. Der Comandante galt als so überheblich wie cholerisch, und er verhielt sich emanzipierten Frauen gegenüber herablassend. Was zwischen den beiden regelmäßig zu Konflikten führte, wie man hörte. Zudem war er seit einiger Zeit nicht nur der Chef der Commissaria, sondern auch noch ihr Stiefvater. Zum heimlichen Gespött aller hatte dieser ungehobelte Kerl die Frechheit besessen, sich in Maddalenas wunderschöne, feinsinnige Mutter Sibilla zu verlieben, die es ihm – aus unerfindlichen Gründen, da waren sich die Freundinnen einig – gleichgetan hatte.

»Ciao, meine Lieben!«, rief in diesem Moment eine Frau mit dichtem, kurzem silbernem Haar und steuerte auf die angeregt plaudernde Gruppe zu. Stolz schob sie einen großen dunkelblauen Kinderwagen vor sich her, blieb auf halbem Weg stehen und breitete behutsam eine Decke über das darin strampelnde Baby.

»Wer ist die denn?«, fragte Carolina neugierig und kniff unter der Sonnenbrille ihre Augen zusammen, als könnte sie dadurch besser erkennen, um wen es sich handelte.

Sie schätzte Ungeplantes nicht sonderlich.

Die anderen schauten ähnlich überrascht. Da trat auf einmal die Commissaria an die Frau heran.

»Giorgia!«, begrüßte Maddalena Degrassi die Frau erfreut und legte zur Begrüßung den Arm um sie. »Wie schön, dich hier zu treffen.« Ein kollektives leicht verwirrtes Raunen ging durch die Runde.

Giorgia war das?

Doch nicht etwa *ihre* stets rothaarige Giorgia?

Das konnte doch nicht wahr sein.

Sie sah völlig verändert aus.

Giorgia war die Sechste in ihrem Bunde, obwohl sie nur unregelmäßig an den gemeinsamen Treffen teilnahm. Das lag unter anderem an ihrem aufreibenden Job, dem Radunfall, bei dem sie sich einen Oberschenkelhalsbruch zugezogen hatte und daher lange Zeit ausfiel, und nicht zuletzt an Dante, ihrem Ehemann. »Was ist da passiert?«, fragte Anastacia in die Runde, bekam aber keine Antwort.

Nach einem kurzen Schwätzchen mit Aurora und der Commissaria, bei dem sie lachend auch in ihre Richtung wies, kam die veränderte Giorgia schließlich zu ihnen herüber. »Verblüfft, Mädels?« Sie schmunzelte.

Und ja, sie alle musterten Giorgia wahrhaft erstaunt.

Wie lange hatten sie einander nicht gesehen?

Keine von ihnen wusste es.

Sie pflegten jeden Mittwoch ihren Stammtisch abzuhalten. Sofern das Wetter es zuließ, im Freien, sonst im Inneren einer ihrer Lieblingsbars. Einmal im Monat, meistens am Freitag, kamen sie zur Literaturrunde in der Wohnung von jeweils einer von ihnen zusammen.

»Jetzt glotzt mich nicht so an, als wäre ich das achte Weltwunder der Antike, denn so in die Jahre gekommen bin ich sicherlich nicht. Obwohl es sich, ehrlich gesagt, manchmal so anfühlt. Die Zeit geht halt nicht spurlos an uns vorbei.« Giorgia angelte sich einen Stuhl vom unbesetzten Nebentisch, setzte sich und stellte den altertümlich anmutenden Kinderwagen direkt neben sich ab. Möglichst unauffällig wischte sie die Schweißtropfen, die sich auf ihrer Stirn und unter der Nase gebildet hatten, weg. Carolina hatte die Geste natürlich dennoch bemerkt. Sie beobachtete immer genau, was andere taten, wie sie sich verhielten. Rasch griff sie in ihre teure Tasche und zog abermals ein Kleenex hervor. »Da.« Sie reichte es Giorgia und genoss es, wie diese sich wand, da sie sich ertappt fühlte.

So ein Malheur war Schwitzen nun wirklich nicht, fand Carolina.

Romina sprang auf, um die Freundin von allen Seiten zu begutachten. »Es ist deine neue Frisur, die dich so was von komplett verändert. Du bist ein ganz anderer, ein neuer Mensch geworden«, stellte sie in die Hände klatschend fest. »Fast hätten wir dich nicht wiedererkannt. Nicht wahr, Mädels? Da gebt ihr mir doch allesamt recht?«

Die anderen nickten zustimmend.

Giorgia grinste. »Ich hatte das ewige Nachfärben mit dem schädlichen Chemiezeug endgültig satt, und Cris, meine tolle Friseurin, gab darum statt der roten Färbung nur etwas silbernes Tönungsspray auf meinen Ansatz. Das sah verdammt gut aus. Sie riet mir, bald wiederzukommen, denn sie hätte eine Idee. Als ich das nächste Mal bei ihr im Salon war, zeigte sie mir ein Foto von einer wirklich schicken Frisur und meinte, dass Silbergrau seit Kurzem voll im Trend läge. Sie schnitt danach den Rest der Längen ratzfatz weg und färbte alles silbern ein. Das ist nun das ansehnliche Resultat. Was meint ihr?«

»Du wirkst wie eine mir gänzlich unbekannte Frau.« Anastacias Finger wuschelten Giorgias neue Frisur genussvoll durcheinander. »Es steht dir verteufelt gut. Viel besser als das unechte Tizianrot, und dein Haar fühlt sich um einiges dichter an.«

»Du siehst aus wie eine jüngere, hübschere Kopie deiner selbst«, warf Carolina widerwillig ein. Ihr gefiel, für alle deutlich erkennbar, nicht, wenn andere wegen ihres Aussehens gelobt wurden. Sie und Romina waren felsenfest davon überzeugt, sich über die Jahre am besten gehalten zu haben.

Diese kleine Eitelkeit belächelten die übrigen Freundinnen liebevoll. Die beiden waren ja auch umwerfend. Carolina mit ihrer tollen Haut und dem gepflegten Äußeren, stets auf dem neuesten Stand der Mode, und Romina mit ihren kecken blonden Strähnchen und dem Schmollmund. Auch wenn die blasse Mariella mit ihrem schwarzen, langen Haar natürlich erst recht hervorstach. Sie war höchstens vierzig, arbeitete in der Schule und besaß zum großen Ärgernis ihrer Freundinnen kein Handy. Das bedeutete, sie war nicht ständig erreichbar und unzeitgemäß.

»Glaubst du, Mariella hütet ein schauerliches Geheimnis, weil sie von einer so rätselhaften Aura umgeben ist?«, hatte Anastacia einmal gefragt, als sie mit Romina zusammensaß.

»Unsere liebenswerte Volksschultante kann niemandem ein Härchen krümmen«, entgegnete Romina mit gerümpfter Nase. »Die erschrickt doch vor ihrem eigenen Schatten. Aber du hast nicht ganz unrecht, sie wirkt undurchschaubar. Wir würden sie vielleicht nicht kennengelernt haben, hätte Carolina sie damals nicht mitgebracht, weil sie Gefallen an der Lehrerin ihrer beiden Kinder fand.«

»Nicht schwer, denn der schüchterne, in sich gekehrte Fredo stellte ja auch eine nicht zu unterschätzende Herausforderung für seine Eltern dar. Wo die erhoffte Begabung hätte sein sollen, gab es bloß pures Desinteresse. Und Mariella hat sich mit ihm beschäftigt und ihn aus seinem Schneckenhaus gelockt. Auch ihr Einfluss auf Allegra ist unbestritten. Die hatte doch nur Mode und Jungs im Sinn und schwänzte oftmals die Schule, um mit ihren Freundinnen abzuhängen. Klar, dass Carolina Mariella ins Herz geschlossen und zu uns gebracht hat.«

Romina und Anastacia wussten nicht, wie Ludmilla und Giorgia über Mariella dachten. Es war Usus in ihrer Gruppe, sich mit nur einer anderen quasi zu verbünden und bestimmte Dinge abseits der anderen unter sich zu besprechen. Hin und wieder wechselte auch mal die Bezugsperson.

Waren sie alle zusammen, ging es stets ziemlich turbulent zu, auch wenn jede darauf bedacht war, keine der Freundinnen ernsthaft zu verletzen.

»Eigentlich ist das doch alles dasselbe«, ließ Romina die anderen nun wissen und räusperte sich ausgiebig. »Gefärbt ist nun mal gefärbt, ob rot, blau oder silbergrau. Und künstlich ist das alles. Wirklich mutig ist es, sich seinem Alter zu stellen und das Weiß nicht mehr durch irgendeine Farbe zu verdecken.«

»Liebste Romina. Sei mal nicht so oberschlau. Du hast selbst blonde Strähnchen. Und deine Lippen waren auch schon mal schmaler. Das nenne ich Doppelmoral«, polterte Mariella, die sonst eher zurückhaltend war. Sie war zu kurz Teil der Gruppe, um in dieser Art mit den anderen zu diskutieren. Außerdem gab sie nie Privates von sich preis. Nur ihr leichter Akzent ließ darauf schließen, dass sie nicht in Italien geboren war. Romina und Anastacia verständigten sich wortlos über den Tisch hinweg.

Ja, Mariella verbarg etwas. Sie zeigte sich nicht so, wie sie wirklich war. Dieser fast schon aggressive Ausbruch bestätigte ihnen das.

»Das klang eben wirklich doof. Tut mir leid«, warf Romina beschwichtigend ein. »Egal, ob Natur oder nicht, es steht Giorgia. Nur darum geht es.« Sie betrachtete verlegen die Spitzen ihrer unverkennbar neuen Schuhe.

»Aber wirklich«, echote Anastacia.

Alle warfen sich sarkastische Blicke wegen Anastacias müder Bekräftigung zu und glucksten hinter vorgehaltenen Servietten.

»Wollt ihr meinen Nachwuchs, und ich meine damit nicht meine Haarpracht«, Giorgia zwinkerte etwas verkrampft, »denn nicht endlich mal begrüßen?«, fragte sie die Freundinnen leicht irritiert. Eindeutig schien sie angenommen zu haben, dem entzückenden Baby würde mehr Aufmerksamkeit zuteilwerden als ihrer neuen Frisur.

Jetzt scharten die Frauen sich um den Wagen, in dem Giorgias Enkelsohn ruhig schlief.

»Ist der süß.«

»So ein prachtvolles Jüngelchen.«

Jede gab einen entsprechenden Kommentar von sich. Sie

überschlugen sich förmlich beim Äußern von Komplimenten und Erfinden von Koseworten, und Giorgia nickte zufrieden. »Warum ist eigentlich niemand zur Taufe gekommen?«, wollte sie wissen. »Eingeladen wart ihr nämlich alle.« Ihre Enttäuschung darüber war unübersehbar. »Die Taufe fand im Heiligtum Santuario Beata Vergine Maria auf der Isola Barbana statt. Für keine von euch wäre es schwierig gewesen, dort aufzutauchen. Die Fähre fährt regelmäßig zwischen Barbana und Grado hin und her. Und eine von euch besitzt sogar ein privates Boot, wie wir alle wissen.« Sie warf Carolina einen Blick zu.

Ludmilla schien von Giorgias Worten berührt zu sein. »Was haltet ihr davon, Mädels, wenn wir das Fest in gewisser Weise nachzuholen versuchen?«, ergriff die stille Mariella zum Erstaunen ihrer Freundinnen abermals entschieden das Wort.

»Wie meinst du das?«, fragte Giorgia verwundert.

»Na, bei der ›Perdòn‹. Die findet doch immer am ersten Sonntag im Juli statt. Da gondeln wir hin und nehmen am Gottesdienst teil. Wie denkt ihr über meine Idee?« Mariella war selbst sichtlich begeistert, ihre Wangen glühten rot vor Aufregung.

Giorgia begann zu lächeln. »Das würde mich und Dante außerordentlich freuen. Toller Einfall. Du sprichst von der traditionellen Prozession, wenn ich dich richtig verstanden habe?«

»Ja«, erwiderte Mariella, nun wieder schüchtern.

»Es dauert allerdings noch ein wenig bis dahin«, gab Carolina zu bedenken und brachte unumwunden ihr Allgemeinwissen zur Kenntnis. »Die Statue der Madonna degli Angeli aus unserer Basilika Sant'Eufemia schippert dann mit einem mit Fahnen und Blumen geschmückten Schiff von Grado nach Barbana, inmitten einer Prozession von Booten.«

»Und du, liebe Freundin, hast während der Pilgerfahrt einen Logenplatz«, warf Romina ein. »Dein Mann fährt mit dir und euren Kindern zwischen all den anderen Boote besitzenden Bewohnern unserer kleinen Insel und etlichen neureichen Touristen über das Wasser.«

»Ja, ihm steht es als einem der wichtigsten Mitarbeiter des Rathauses aber auch zu, und ebenso obliegt es ihm, bestimmte bedeutende Würdenträger mit auf sein Boot zu nehmen. Natürlich alle bekleidet mit ihren offiziellen Uniformen.«

»Nichts anderes hätten wir erwartet.« Ludmilla lachte herzlich und machte sich damit wie üblich über Carolinas angeberische Art lustig. Jedoch auf nette Weise.

Dann fragte Carolina, die ihre Sticheleien nicht lassen konnte: »Giorgia, trotz deiner neuen Rolle als Über-Oma lässt du uns doch diesmal nicht wieder im Stich und erscheinst hundertprozentig zur nächsten Literaturrunde? Du hast inzwischen schon viel zu oft gefehlt. Monatelang. Bitte, liebe Freundin, erhelle uns mit deinen tiefgründigen Ansichten. Deine Meinung zählt, sie ist und war uns allen immer ausgesprochen wichtig.«

Die anderen blickten Carolina etwas erstaunt an, denn ihre Worte klangen nicht die Spur freundlich, sondern geradezu abwertend. Aber an Carolinas Überheblichkeit waren sie inzwischen gewöhnt. Sie konnte allerdings auch sehr herzlich sein, sonst wäre sie längst nicht mehr Teil der Runde. Schon einige Male hatten die anderen hinter ihrem Rücken über sie gesprochen und waren alle der gleichen Meinung: Die Freundin teilte aus, weil es offensichtlich etwas gab, das sie quälte, und davon abgesehen tat es ihr enorm gut, mit ihnen zusammen zu sein. Unabhängig davon, ob sie imstande war, das, was sie insgeheim beschäftigte, anzusprechen oder nicht.

Hoffentlich vertraute sie sich ihnen oder wenigstens einer von ihnen irgendwann an. Das wäre allen zu wünschen, denn in letzter Zeit hatte sich Carolinas Tonfall so sehr ins Negative, geradezu Gehässige verändert, dass sie von den anderen bereits darauf hingewiesen worden war.

»Aber sicher. Selbst wenn ich nur ziemlich oberflächlich vor mich hinplappere, denn darauf spieltest du an, liebe Carolina, hast du meine Interpretationen schon mehr als nur einmal als leeres Gequatsche abgetan.« Giorgia sah Carolina giftig an. »Dennoch würde ich mich sehr gern zu dem aktuellen Buch äußern. Ich komme, so viel steht fest. Wann und wo findet das

Treffen diesmal statt?« Sie wartete etwas zu wissbegierig auf eine Antwort.

»Bei mir, am Freitag in einer Woche um neunzehn Uhr«, sagte Ludmilla. »Und dass du dabei sein wirst, glaube ich erst, wenn ich es sehe. Du warst viel zu oft abwesend. Selbstverständlich verstehen wir, warum du so häufig verhindert warst, zuerst wegen deines Unfalls und dann Dantes Krankheit. Doch jetzt? Gut, du hilfst weiterhin ein wenig in der Bar aus. Aber alles andere ist doch wieder gut. Das Baby wirst du auch nicht ständig hüten. Und Dante kann sich ein paar Stunden selbst versorgen. Trotzdem hast du dich weiterhin rargemacht. Das bedeutet, Giorgia, wir hoffen diesmal wirklich auf dich und deine geschätzte Kritik, die keineswegs als leeres Gequatsche angesehen wird. Es liegt also bei dir, *tesoro*.« Ludmilla brachte präzise hervor, was alle dachten. Sonst hielt sie sich meistens zurück, aber diesmal übte sie sich in unmissverständlicher Direktheit, was ihr in der Freundinnenrunde Pluspunkte einbrachte.

»Das Buch, das wir besprechen wollen, hast du hoffentlich gelesen?«, erkundigte sich Carolina so skeptisch, als würde sie ernsthaft daran zweifeln.

Aurora trug gerade ein voll beladenes Tablett an ihrem Tisch vorbei, auf dem getoastete Häppchen, Oliven, eine Flasche Prosecco und Gläser sowie Wasser in Karaffen standen. Ihr schien Carolinas Ton nicht zu gefallen, denn sie blieb so abrupt stehen, dass die hohen Stielgläser bedenklich klirrten.

»Pass auf!«, rief ihre Mutter mahnend aus dem geöffneten Fenster der Bar.

»Jaja«, brummte Aurora und erklärte, noch ehe Giorgia ihrerseits etwas auf Carolinas bissigen Kommentar erwidern konnte: »Also ich sehe Giorgia ständig die Nase tief in einen Schmöker vergraben, während sie den Kinderwagen hin- und herschiebt.«

»Fragt sich nur, was sie gelesen hat«, stichelte Anastacia. »Könnte ja auch ein Kochbuch mit Rezepten für gesunde Babynahrung gewesen sein. Oder liege ich da gänzlich falsch?«

»Jetzt blas du nicht auch noch ins gleiche Horn wie Carolina«, eiferte sich Mariella und versuchte vergeblich, einen Funken Harmonie wiederherzustellen.

Die Freundinnen grinsten nur und senkten ihre Köpfe, um es zu verbergen.

»Mariella, meine Süße, was regst du dich heute so auf? Sonst ist dein Mundwerk doch eher verschlossen«, wies ausgerechnet Ludmilla, die Sanfte, sie zurecht.

»Stimmt doch«, murrte Mariella. »Manchmal geht es halt um mehr.«

»Mehr?«

»Um Freundschaft, Freude und Lust am Lesen.« Mariella nahm einen Schluck von ihrer Cola. Ihr darauffolgender kleiner, aber heftiger Rülpser brachte alle zum Kichern.

»Genauso sehe ich das auch«, bestätigte Ludmilla. »Geben wir Giorgia noch eine Chance. Man kann sein Leben eben nicht immer selbst bestimmen.«

Die anderen gaben ihr großzügig recht. Giorgia war schließlich eine von ihnen, und es war keine unter ihnen, die sie nicht ins Herz geschlossen hatte, auch wenn alle einen unbestimmten Groll gegen sie hegten, weil sie sich so sehr zurückzog und sie kaum noch an ihrem Leben teilhaben ließ.

Giorgia hatte nicht nur die Farbe ihrer Haare und die Frisur verändert, sondern vieles mehr war passiert, von dem sie alle anscheinend nicht den blassesten Schimmer hatten. Sie war ihnen fremd geworden.

Doch möglicherweise ergab sich ja bei dem nächsten literarischen Zusammentreffen eine Situation, die es Giorgia erlaubte, sich ihnen gegenüber zu öffnen.

Alle hofften das, denn es wäre durchaus eine Bereicherung, sie wieder in der Freundinnengruppe zu haben.

5

Giorgia hatte die Truppe verlassen und schob den Kinderwagen am Hafenbecken entlang. Ihr war diese unvorhergesehene Zusammenkunft mit ihren alten Freundinnen in höchstem Maße unangenehm gewesen.

Die Frauen hatten sie mit offenen Mündern bestaunt, regelrecht begafft und sich, als sie sich von ihrer Überraschung erholt hatten, ziemlich überheblich ihr gegenüber verhalten. Giorgia war sich wie auf einer Anklagebank vorgekommen. Mit Aurora als Anwältin, dachte sie und war dankbar für das beschützende Eingreifen der jungen Wirtin.

Mariella hatte immerhin versucht, das Öl, das die anderen abwechselnd ins Feuer gossen, zu löschen. Das war ihr hoch anzurechnen. Und Ludmilla hatte am Ende eingelenkt, auch wenn sogar sie, die Harmoniesüchtige, zuvor sehr konfrontativ mit ihr gesprochen hatte.

Warum hatte Giorgia auch unbedingt am alten Hafen, dem Mandracchio, vorbeimarschieren müssen?

Es gab unzählige andere Wege, die zu ihr nach Hause führten und sogar mit dem sperrigen Kinderwagen leicht zugänglich waren. Sie mochte diese alte »Kutsche«, in der ihr Enkelkind lag, auch wenn sie unhandlich und mitunter nur mit Kraftaufwand zu bewegen war. Doch sie hatte schon ihre drei eigenen Kinder darin herumgekarrt. Es war ein ziemliches Stück Arbeit gewesen, sich gegen ihren Sohn und dessen Frau durchzusetzen, die ein hypermodernes Modell hatten kaufen wollen, aber schließlich, wenn auch widerwillig, nachgaben, weil sie Giorgias Herzenswunsch und ihre Beweggründe kannten und einfach liebe Menschen waren.

Seit sie und Dante nach ihrem verheerenden Radunfall die Bar am Ende der Colmata an ihre beiden erwachsenen Kinder übergeben hatten, war ihre wunderbare Welt nicht mehr dieselbe wie all die Jahrzehnte zuvor.

Einzig ihr Enkel im Kinderwagen vermochte es immer wieder, ihre Stimmung zu heben.

Doch heute war Giorgia traurig.

Sie fühlte sich leer und ausgelaugt.

Es war lange her, dass sie zuletzt so empfunden hatte. Sogar bei düsteren Schicksalsschlägen verlor sie weder ihre unübertrefflich optimistische Lebenseinstellung noch ihren trockenen Humor. Nur als ihre erstgeborene Tochter verstorben war, hatte sie befürchtet, ihr Kosmos würde ein für alle Mal zusammenbrechen.

Nun war sie abermals an einem Punkt angelangt, an dem sich das Karussell ihres Lebens scheinbar zu drehen aufgehört hatte.

Was gibt es noch zu klagen?, fragte sie sich still und zerstrubbelte ihre Haare, wie es vorhin Anastacia getan hatte.

Anastacia war auch so eine Nummer. Wirklich angefreundet hatten sie sich nie, obwohl sie ihr unbestritten sympathisch war.

Vielleicht lag es an Anastacias schnippischer Art?

Dass die Freundin Frauen liebte, war jedenfalls nicht der Grund, damit hatte nur Carolina zu Beginn ein Problem gehabt. Denn geschlechtliche Präferenzen waren für Giorgia völlig nebensächlich. Frau und Mann, Frau und Frau, Mann und Mann.

Na und?

Möglicherweise passten sie biochemisch einfach nicht zusammen.

Das Baby gab einen gurrenden Laut von sich, schlief aber friedlich weiter.

Giorgia lächelte, blieb stehen und strich behutsam, um den Kleinen nicht zu wecken, über dessen weiche Wange.

Ihr Sohn und seine Lebensgefährtin Lora hatten Dante und ihr diesen wunderbaren Enkel geschenkt. Silvano und seine Schwester hielten den Familienbetrieb ordentlich am Laufen, auch wenn sich durch die Übergabe an ihre Kinder einiges in der Bar verändert hatte. Der alteingesessene Betrieb funktionierte aber immer noch hervorragend – nicht zuletzt durch das gemeinsame Anpacken aller Familienmitglieder.

Das hieß, zeitig am Morgen, wenn Giorgia noch nicht auf den Kleinen aufpassen musste, übernahm sie weiterhin den Frühdienst.

Sie räumte auf, saugte, sortierte die Getränke sorgfältig ein, sodass sie ein farblich abgestimmtes Muster ergaben, danach putzte sie die Vitrine und arrangierte die zuckrigen Teilchen, die sie von der Pasticceria ihrer Schwester aus Aquileia bezog, in ansprechender Weise neben den mit Ei, Thunfisch, Salami ungherese oder Tomaten und Mozzarella belegten Tramezzini, die sie zuvor selbst zubereitet hatte.

Meist trafen, kaum dass sie fertig war, schon die ersten Arbeiter und Fischer ein, denen sie ihren gewohnten Espresso mit der üblichen Brioche servierte.

So konnte sie ihre beiden Kinder am besten entlasten. Denn weder ihre Tochter, Julia, noch Silvano wären begeistert, schon um vier Uhr am Morgen den Tag mit harter Arbeit in der Bar zu beginnen.

Einige ihrer vielen Stammgäste, die am späteren Vormittag eintrudelten, wenn Giorgia schon längst das Baby übernommen hatte, zeigten sich etwas unzufrieden, dass Dante nicht wie früher seine phantasievollen Cicchetti für sie zubereitete und dass Giorgias helles Lachen, das sie ihre Sorgen für eine Weile vergessen ließ, nunmehr ausblieb. Insgesamt jedoch lief alles weiterhin wie am Schnürchen, dafür hatte sie gesorgt.

Während sie ihren Gedanken freien Lauf ließ, war Giorgia unversehens mit dem Kleinen zu Hause angekommen.

Den Kinderwagen ließ sie verborgen hinter dem Zaun neben der Eingangstür stehen. Dort war er vor fremden Blicken geschützt.

So schlief der Kleine selig weiter, und sie hatte die Hände frei.

Denn Dantes Fahrrad stand vor dem Haus. Er hatte es, wie sie insgeheim bereits befürchtet hatte, mal wieder nicht geschafft, die überquellenden Einkaufstüten in die Wohnung hinaufzutragen. Also packte Giorgia, wie üblich, mit an. Unter Stöhnen und Ächzen hievte sie die schweren Papiertüten die Stufen zu ihrer Wohnung in der ersten Etage hinauf, lehnte sie dort gegen die Mauer, lief dann erneut hinunter, schnappte sich den Rest und stellte alles auf dem Regal neben der Spüle ab.

Anschließend ordnete sie den Inhalt der Taschen auf dem Küchentisch an, verstaute Frisches im Kühlschrank, drapierte das Obst hübsch in der bunten Terrakottaschale, den Blick immer durch das Fenster auf den Kinderwagen im Garten gerichtet, und rief dann nach ihrem Mann, den sie im Schlafzimmer vermutete.

Als er nicht antwortete, ging sie enttäuscht nach unten zu ihrem Enkel, der am Daumen nuckelnd friedlich träumte, und hob ihn aus dem Kinderwagen.

Dante war anscheinend mit einem seiner Kumpels auf ein Gläschen in der Bar der Blutspender, »Donatori di sangue«, verabredet. Wenigstens dazu ließ er sich ab und an noch hinreißen.

Dennoch, die Einkäufe hätte er ruhig selbst hinaufschleppen können.

Der Kleine wachte auf, als sie ihn zur Wohnung hinauftrug, und krähte.

Er hatte eindeutig Hunger.

Also erhitzte sie die Milch im Fläschchenwärmer, legte das Kerlchen in ihren Arm und fütterte es. Der Kleine dankte ihr mit einem Rülpser, der von einem zauberhaften Lächeln begleitet wurde. Wie immer schlief er ziemlich bald zufrieden ein und wachte auch nicht auf, als sie ihn vorsichtig in die Wiege bettete.

Auch ihre Kinder hatten schon darin gelegen.

Verstohlen wischte Giorgia über ihre Augen, als sie an den tragischen Tod ihrer Ältesten dachte, die bei einem Schwimmunfall ums Leben gekommen war. Liliana war von der gefährlichen Strömung, die um den alten Leuchtturm wogte, weit ins Meer hinausgezogen worden, hilflos den Wirbeln ausgesetzt, und schließlich in dunkler Tiefe versunken. Sie hatte nicht die geringste Chance gehabt. Dabei war Liliana eine ausgezeichnete Schwimmerin gewesen und sich der Heimtücke der Gegenströmung dort, wo das Meer und die Lagune aufeinandertrafen, sehr wohl bewusst. Sie hatte unermüdlich für eine Meisterschaft trainiert. Doch so erfahren, wie sie sich einschätzte, so unbesiegbar sie sich auch gefühlt haben mochte, am Ende war sie einem fatalen Irrtum erlegen, der sie das Leben gekostet hatte.

Mit der Gewalt der Natur war eben nicht zu spaßen. Von ihren beiden kleinen Kindern hatten Giorgia und ihr Mann den Schmerz, so gut es ging, ferngehalten. Dennoch hatten die Geschwister sehr um ihre ältere, über die Maßen bewunderte Schwester getrauert.

Mit einem Blatt Küchenpapier wischte Giorgia entschlossen die Tränen von ihren Wangen; sie durfte nicht mit ihrem Schicksal hadern.

Ihr Ehemann hatte vor Kurzem eine schwere Krankheit überwunden, er war dem Tod gerade noch mal von der Schippe gesprungen.

Doch er war nicht mehr der Jüngste, und die vielen medizinischen Maßnahmen hatten ihn geschwächt.

Deshalb überlegte Giorgia schon seit Wochen, wie sie es anstellen konnte, ihrem Liebsten einen großen Wunsch zu erfüllen.

Dante war so etwas wie der kulturelle Geist und das politische Gewissen ihrer kleinen Insel. Er wusste über unheimlich viel Bescheid, und wenn jemand eine Frage hatte, wandte er sich stets an ihn. Er antwortete und half mit Freude. Doch in letzter Zeit schienen Dantes Lebensgeister zu ermüden, trotz der Geburt ihres süßen Enkels.

Er schlief viel, zu viel, wie Giorgia fand, und interessierte sich nicht mehr so leidenschaftlich für Dinge, die früher sein Leben bestimmt hatten. Dieses Verhalten bereitete ihr große Sorgen. Sie befürchtete, dass er an einer unbehandelten Depression litt.

Es war an ihr, ihn aus dieser für sie ungewohnten Lethargie, Traurigkeit und Passivität zu befreien. An ihr allein, denn er war stur und ließ niemanden sonst an sich heran.

Zur Umsetzung ihres Vorhabens fehlte ihr allerdings das notwendige Geld.

Sie hatten den Großteil ihrer Ersparnisse in ihr Familienunternehmen gesteckt und danach ihren Sohn finanziell dabei unterstützt, auf der Isola della Schiusa ein Haus für seine kleine Familie zu bauen.

Die Renovierung ihrer eigenen Wohnung, ein neues Auto, gemeinsame Reisen, das alles war für Dante und sie nie wichtig gewesen. Ihnen war es einzig und allein darum gegangen, ihren Liebsten ein gesichertes Leben zu ermöglichen.

Doch jetzt hatte sich die Lage geändert.

Es war nichts wichtiger, als Dante zu einer Unternehmung zu überreden, die im besten Fall seine Energien neu entfachen konnte.

Sie würde ihn an Orte führen, die er aus seinen Büchern kannte, aber nie persönlich gesehen hatte.

Dieser Plan einer gemeinsamen Forschungs- und Entdeckungsreise war schon lange in ihrem Kopf und hatte während seiner Krankheit, je schlechter er sich fühlte, für sie immer klarere Formen angenommen.

Es wäre eine Überraschung für ihren Mann, ein Herzensgeschenk, mit dem er in seiner bescheidenen Art wohl niemals rechnete.

Dafür brauchte sie allerdings das entsprechende, jedoch leider nicht vorhandene Kleingeld.

Nun sei mal nicht so mutlos und verzagt, schimpfte Giorgia mit sich selbst. Das wird schon, beschwor sie sich im Stillen.

Ihr kleiner Enkelsohn schlief immer noch friedlich in der Wiege ihrer drei Schätzchen. Die Wimpern an seinen geschlossenen Augenlidern flatterten, seine Lippen kräuselten sich, und Giorgia beneidete ihn um sein unschuldiges Vertrauen, um seine Sorglosigkeit. Gleichzeitig gönnte sie ihm den arglosen Schlaf, frei von jeglicher Sorge und Furchtsamkeit.

Jeder ist mal so gewesen, sinnierte sie, bis das Leben die kindliche Unbedarftheit eines Besseren belehrt hat.

Nicht nur mir allein ist Schlimmes zugestoßen, ermahnte sie sich streng und wies jegliches Selbstmitleid weit von sich. Schließlich kannte sie die vielen Geschichten, die sie in der Bar erzählt bekommen hatte und die sie sprachlos zurückgelassen hatten.

Wie oft waren ihr schon die Tränen gekommen ob der Ungerechtigkeit der heimtückischen, schleichenden Erkrankungen oder der vielen grauenvollen Scheidungen, über die man ihr berichtete. Niemand hatte es leicht, und wenn einer das Gegenteil behauptete, befand er sich in einer Scheinwelt. Nun denn, ermunterte sie sich und hob den Kleinen vorsichtig aus der Wiege. Sein Köpfchen schmiegte er schlaftrunken an ihren Hals, und seine Haut roch so gut nach Puder und Rosenöl, dass Giorgia sich abermals gegen die aufsteigende Tränenflut wehren musste. Leise schloss sie die Wohnungstür, über ihrer Schulter die Beuteltasche, in ihren Armen ihr schlummernder Enkel.

Unten im Garten legte sie das Kind behutsam in den Wagen, deckte es zu und schob ihre kostbare Fracht lächelnd vor sich her die Straße entlang.

Nach kurzem Zögern bog sie in die Fußgängerzone ein und erstand in der Tabaccheria ihres langjährigen Freundes Ferdi nach dem üblichen Plausch einen Spielschein der EuroMillionen sowie einige Rubbellose.

»Ihr spielsüchtigen Weiber haltet meinen Laden wenigstens am Laufen«, neckte er sie. Er blinzelte ihr zu, überreichte ihr die Lose und legte das Geld in die Kasse.

Giorgia lachte verlegen.

Ferdi begleitete sie die Stufen hinab in Richtung der Promenade. »Der Kleine wird übrigens von Tag zu Tag reizender, er kommt ganz nach der hübschen Oma«, schmeichelte er ihr charmant.

Kaum dass ihr alter Freund wieder in der Tabaccheria verschwunden war, sah Giorgia hinauf zum heiligen Michael, der auf der Spitze des Turmes der Basilika Sant'Eufemia über die Stadt wachte. »Anzolo« nannten die Gradeser ihn liebevoll. Er war nicht bloß ihre Wetterfahne, die korrekt die jeweilige Windrichtung anzeigte, er war auch ihr Glücksbote und Schutzpatron.

Sie sandte ihm ein stummes, hoffnungsvolles Gebet.

6

Giorgias Freundinnen, die immer noch in der Bar am Hafen versammelt saßen, gehörten ebenso zu den »spielsüchtigen Weibern«, die nach Ferdis Aussage dessen Laden am Laufen hielten. Ohne Ausnahme vereinte die eingeschworene Bande nicht nur die Liebe zur Literatur und zum Tratschen, sondern insgeheim auch der Hang zum Glücksspiel. Manche investierten mehr, andere weniger. Selbstverständlich ließen nicht alle ihr Geld in Ferdis Tabaccheria. Es gab noch zwei, drei andere Tabakläden und Bars, in denen man anonym und daher unauffällig spielen konnte.

»Aurora!«, rief Anastacia, doch statt der jungen Wirtin erschien deren Bruder.

Matteo war der auserkorene Liebling sämtlicher Gäste. Seine Späße brachten alle zum Lachen. Auch er war unlängst Vater geworden, und es verging kaum ein Tag, an dem seine Frau nicht mit dem entzückenden Jungen der Hafenbar einen Besuch abstattete.

»Was kann ich für euch tun, meine Schönen?«, fragte Matteo.

»Wir haben gerade beschlossen, euren Tagesverdienst noch einmal ordentlich anzukurbeln«, teilte ihm die vorwitzige Carolina augenzwinkernd mit.

Die anderen verdrehten im Hintergrund die Augen, weil die Freundin es wieder mal nicht lassen konnte, sich in den Vordergrund zu drängen.

Matteo blickte die Damen auffordernd an. »Na, dann los. Gebt mir eure Bestellung. Jetzt habt ihr mich neugierig gemacht.«

»Lass mich das bitte übernehmen«, warf Ludmilla ein, als Carolina eben etwas bestellen wollte, was für sie eher ungewöhnlich war. Mit der Serviette fächerte sie sich kühle Luft zu. Sie vertrug die Temperaturen, wenn das Thermometer im Frühjahr abrupt in die Höhe stieg, nicht allzu gut. »Also, Matteo, da gibt es doch dieses neue hippe Trendgetränk Pomelo Spritz. Hat das nicht eben erst den langweiligen grünen Hugo und den faden orangen Aperol abgelöst? Bring uns davon eine Runde, damit die unwissenden Fremden staunen, wenn wir uns ein so cooles Gläschen genehmigen.«

Alle klatschten begeistert in die Hände und wandten ihre Gesichter zufrieden wieder der Frühjahrssonne zu.

»Gute Idee, Ludmilla. Das habe ich noch nie getrunken«, lobte Mariella, und selbst Carolina nickte anerkennend.

Matteo grinste Ludmilla an. »Du scheinst ja bestens informiert zu sein, was die modischen Varianten alkoholischer Drinks betrifft. Das erstaunt mich. Ausgerechnet du mit deinen ewigen harmlosen Spritz Bianchi? Was ist in dich gefahren, dass du dich vom Weißwein abwendest?«

»Entschuldige mal, ich bin schließlich vom Fach. Wie jeder weiß, hatten meine Eltern früher ein Hotel. Denen blieb auch nichts anderes übrig, als sich stets auf den neuesten Stand zu bringen. Das habe ich von ihnen gelernt.«

»Also dann, mein Lieber, es ist entschieden. Wir wollen natürlich alle Pomelo Spritz, und zwar pronto!« Anastacia lachte und warf ihren Freundinnen einen lobheischenden Blick zu, die ebenfalls schmunzelten.

Während sie wenig später mit großer Wonne an ihren Pomelos schlürften, googelten die Freundinnen wissbegierig die diversen Zutaten. Jede von ihnen versuchte, den anderen zuvorzukommen. Ein wenig Rivalität und Konkurrenz gehörten bei ihnen dazu, auch wenn keine ihre vermeintliche Überlegenheit zu offensichtlich ausspielte.

Außer hin und wieder die von sich eingenommene Carolina.

»Hört, hört«, erklärte Romina und dozierte stolz ihr vom Handy abgelesenes Fachwissen. »›Der himmlische Cocktail wird aus verschiedenen Essenzen gemixt. Rosa Grapefruit, Holunderblüte und Prosecco sind die entscheidenden Zutaten, die für seinen herrlichen Geschmack zuständig sind.‹ Übrigens darf sich nicht wie beim Aperol Spritz unser Italien der Erfindung dieser coolen Kreation rühmen, sondern das ferne Schweden.«

»Ja, und ich lese soeben, dass die Pomelo eine Kreuzung aus Grapefruit und Pampelmuse ist. ›Die einzigartige Mischung mit der Holunderblüte ist das Geheimnis dieses Longdrinks‹«, steuerte die neunmalkluge Anastacia selbstbewusst bei. »Bestellen wir uns noch ein weiteres Glas?« Ludmilla blickte übermütig in die Runde. »Und bevor ihr die folgenschwere Frage stellt: Selbstverständlich geht alles auf meine Kosten.« Sie winkte Matteo und gab ihm ein Zeichen, ihnen eine neue Runde und die Rechnung zu bringen.

Die Freundinnen sahen sich betreten an, denn sie wussten, dass es um Ludmillas Einkommen nicht sonderlich gut bestellt war.

»Lass uns doch die Rechnung teilen. Das machen wir doch sonst auch so«, wagte Carolina sich vor.

»Wollt ihr, meine lieben, aber doofen Gören, mich heute allen Ernstes beleidigen?« Ludmilla sah ein wenig gekränkt aus. »Traut ihr mir den Besitz der paar Kröten etwa nicht zu? Jetzt, wo ich ...« Sie verstummte, als hätte sie versehentlich zu viel preisgegeben, und schüttelte verlegen den Kopf.

Schweigen machte sich zwischen den Frauen breit. Dann kam Matteo und brachte die gewünschten Getränke.

»Ist da etwa jemandem eine Laus über die Leber gelaufen?« Er betrachtete die Runde argwöhnisch. »Ihr habt doch gerade noch gekichert und gelacht wie die Weltmeister. Oder ist eine giftige blaue Qualle aus dem Wasserbecken des Hafens gesprungen?«

»Nicht die Spur«, wehrte Mariella ab. Sie hob ihre Tasche vom Boden auf.

»Wir zerbrechen uns nur gerade den Kopf über die beachtliche Rechnung«, erklärte Carolina mit einem schnellen Blick auf den Kassenzettel auf Matteos Tablett.

»Mhm, also mich trifft da nicht die geringste Schuld. Ich habe alle Getränke ordnungsgemäß eingetippt, jeden einzelnen Bon, wie sonst auch.« Matteo klang ein wenig beleidigt. »Wenn ich mir eure Wünsche von heute so anschaue, hattet ihr aber tatsächlich etliches mehr als sonst, meine Lieben«, rechtfertigte er sich und verlagerte sein Gewicht von einem Bein auf das andere.

Seit seiner Geburt plagten ihn Schmerzen, das war den Gästen der Bar bekannt.

»Echt?« Romina blinzelte verschwörerisch, weil das Plus an Alkohol ihr und den Freundinnen offensichtlich längst zu Kopf gestiegen war.

»Echt«, antwortete Matteo feixend, und seine Laune verbesserte sich merklich. »Soll ich die Markise weiter aufspannen? Nicht dass ihr mir noch einen Sonnenstich bekommt. Bei der Menge an alkoholischen Getränken wäre das nicht angenehm.«

»Danke, nein. Wir genießen die Wärme. Von oben wie von unten. Die Kissen sind klasse, die hat Aurora uns gebracht. Wir wollen unsere Blasen schließlich nicht überstrapazieren. Dank deiner überaus fürsorglichen Schwester wird das auch nicht geschehen. Außerdem lässt es sich so viel bequemer quatschen und trinken.« Anastacia grinste von einem Ohr zum anderen.

»Ach so.« Matteo zwinkerte ihr zu. »Aurora ist eben aufmerksamer als ich. Alle Achtung. Dann diskutiert ihr mal weiter. Hauptsache, die Kohle stimmt und eure Hinterteile haben es behaglich. Übrigens, so beschwipst, wie ihr euch heute allesamt aufführt, werde ich wohl noch mal gründlich nachrechnen müssen, ob nicht noch mehr auf der Rechnung stehen sollte.«

»Mach nur«, hänselte Carolina ihn. »Und wenn etwas versehentlich nicht gebucht wurde, übernehme ich das. Wir wollen deine Kasse doch nicht plündern, liebster Matteo.«

Mariella verzog nach einem kontrollierenden Blick auf die Rechnung das Gesicht. »Wäre keine gar so schlechte Idee, wenn du die Bons noch mal neu addierst. Ich glaube nämlich, dass die beiden Tramezzini und der Schinken-Käse-Toast auf der Rechnung fehlen.«

Matteo fasste sich an die Stirn. »Danke, dass du mich daran erinnerst. Die habe ich glatt vergessen. Es sind so viele Touristen da, und ihr seid heute in einem Ausnahmezustand, da weiß ich gerade echt nicht mehr, wo mir der Kopf steht. Ich komme gleich mit der korrekten Rechnung zurück.«

Die Freundinnen sahen sich an und kicherten.

7

Maddalena hatte sich ein erstes schnelles Bild vom Tatort gemacht. Bei ihr funktionierte das so ähnlich, wie ein Farbfoto zu
knipsen, das sich unlöschbar in ihr Gehirn einbrannte.

Die Kollegen Forensiker hatten die Leiche nach dem Foto-
grafieren und der ersten Spurensicherung vorsichtig vom Flur
weg in die Wohnung gebracht und arbeiteten dort in ihrer As-
tronautentracht weiter still vor sich hin.

Auch Maddalena trug Füßlinge über ihren Sneakers und eine
Art Regenmantel aus Nylon. Ihre Locken steckten samt dem
darumgewickelten Tuch unter einer Haube aus dünnem Plastik.

Sie betrachtete die Tote.

Es handelte sich um eine ältere Frau mit grauen Haaren, die
jetzt allerdings von einer Wunde am Hinterkopf und einer an
der Schläfe blutig überzogen waren.

Die Kleidung der Toten war teuer, wobei man das erst auf
den zweiten Blick erkannte. Vordergründig war sie schlicht
angezogen, fast bescheiden, was sich auch in der Einrichtung
ihrer Wohnung widerspiegelte. Abgenutzte Möbelstücke do-
minierten das Wohnzimmer, es gab allerdings auch ein paar
interessante Hingucker. Da hing zum Beispiel eine sehr ex-
klusiv wirkende Lampe von der Decke, und wenn Maddalena
sich nicht irrte, handelte es sich dabei um einen äußerst noblen
Kronleuchter aus echtem Muranoglas.

Einige Kissen auf der Couch stammten eindeutig aus einem
der schicken Designer-Dekorläden in Udine. Maddalena fiel das
auf, weil sie sogar im Ausverkauf davor zurückgeschreckt war,
ein paar der immer noch zu teuren Polster zu erstehen, obwohl
sie ihr sehr gut gefielen und in ihr kleines Appartement passen
würden.

Im Schlafzimmer der ansonsten über die Jahre heruntergekommenen Wohnung erlebte sie die nächste Überraschung.
Neben einem alten Schrank aus Holz, dessen breite Lade her-

ausgezogen war, einer Kommode, an der einige Griffe fehlten, und einem Teppich, der mehrere abgewetzte Stellen aufwies, stand dort ein überdimensional großes Wasserbett.

Was hat das denn da verloren?, überlegte Maddalena verwundert.

Ein Wasserbett passte so gar nicht hierher.

Die Bettwäsche schien aus merzerisierter Baumwolle oder Mako-Satin zu sein.

Oder bestand sie gar aus Seide?

Sie kannte sich bei echten Luxusartikeln nicht allzu gut aus. Üblicherweise musste sie Informationen über Materialien und Marken erst einmal im Internet suchen. Ein Umstand, der den in Sachen Luxus allwissenden Arturo Fanetti zum Schmunzeln brachte, wenn er es bemerkte.

Kein Wunder, der Kerl war im Wohlstand aufgewachsen und umgab sich nur mit Qualitätsware.

Die Wände der gesamten Wohnung waren anscheinend erst vor Kurzem in einem weichen Gelbton gestrichen worden, der Geruch nach Farbe hing noch immer in der Luft.

Nur das Badezimmer sah aus wie alle nicht renovierten Waschräume in den alten Behausungen dieser Gegend, die in den siebziger Jahren erbaut wurden. Was bedeutete, dass die Emaille von der Wanne und dem Waschbecken bereits abblätterte. Hier drinnen war nichts neu.

Außer den beiden Parfums, die noch originalverpackt auf einem Regal standen. Beides noble Marken und so hochpreisig, dass Maddalena sich diese Düfte niemals leisten könnte.

Vielleicht waren es Geschenke, überlegte sie. Dann fiel ihr ein, dass Franjo sie nie mit edlen Eaux de Toilette beglückt hatte, dafür aber mit seiner hervorragenden Küche.

Sie schluckte hart, als sie sich an die Spezialitäten erinnerte, die er liebevoll extra für sie gekocht oder gebacken hatte.

Es waren, obwohl teilweise auch von traurigen Schatten umgeben, schöne Zeiten gewesen.

Sie warf einen Blick in den blank polierten Spiegel und meinte, Tomasos Gesicht unheilverkündend über ihrem zu sehen. Er war für sie der Inbegriff des Unglücks geworden, auch wenn Maddalena absolut klar war, wie viel Schuld sie selbst dabei traf.

Warum war sie damals so unvernünftig, geradezu verblendet gewesen, sich auf eine Affäre mit ihm einzulassen? Sie hatte Franjos Herz gebrochen und er daraufhin die Verlobung gelöst, obwohl der Hochzeitstermin bereits feststand. Diese tragische Erinnerung hätte Maddalena am liebsten für immer aus ihrem Gedächtnis gestrichen. Erst viel später hatte Franjo ihr verziehen, und sie waren erneut zusammengekommen.

Zum Glück war sie allein im Raum, und niemand sah die einzelne Träne, die sich von ihren Wimpern löste und ihre Wange entlanglief.

Entschieden wischte Maddalena sie weg.

Was, fragte sie sich, gibt es hier zu sehen?

Irgendetwas war anders, als es zunächst schien.

Nachdenklich sah sie sich erneut um und begegnete abermals ihrem ratlosen Blick im Spiegel.

»Commissaria!«, rief einer der Forensiker aus der Küche. »Kommen Sie mal bitte rüber und schauen Sie sich das an.«

Maddalena schrak zusammen und ging in die Küche, wo ihr Kollege auf sie wartete.

In einem der Fächer im Küchenschrank über der Spüle, in der zwei langstielige Weingläser standen, hatte er ein originalverpacktes Zwölferset Kristallgläser und in einer der Schubladen wertvolles, unbenutztes Silberbesteck in Plastikhüllen gefunden.

»Da ist sogar das Monogramm der Toten eingraviert. Passt das zu der ansonsten eher bescheidenen Unterkunft?«

»Nein. Da haben Sie vollkommen recht«, bestätigte Maddalena und öffnete den Kühlschrank.

Beide machten gleichzeitig »Oh«, als sie sahen, was sich darin verbarg. Der Inhalt glich der Auslage eines Feinkostgeschäfts.

Maddalena fühlte sich in ihrer Vermutung bestätigt. Etwas stimmte hier ganz und gar nicht.

Einer der anderen Forensiker gesellte sich zu ihnen.»Im Schlafzimmer gibt es einen Schrank, dessen Schublade offen stand. Womöglich befand sich darin eine Menge Geld, denn sie war komplett leer bis auf einen zerknüllten Fünfhundert-Euro-Schein, der hinten in einem Holzspalt eingeklemmt war.« Er hielt das Beweismitteltütchen hoch, in das er ihn gesteckt hatte.»Außerdem haben wir an zwei Stellen Blut gefunden. Also nicht nur dort, wo die Leiche gelegen hat.«

»Wo?«, erkundigte sie sich.

»Hier«, antwortete der Forensiker und ging voraus,»an der Kante der Kommode und neben dem Schrank. Es sieht so aus, als wäre das Opfer zweimal niedergeschlagen worden, hier und dann noch mal beim Versuch, die Wohnung zu verlassen.«

Maddalena nickte und wandte sich dem Kleiderschrank zu. Sie hatte die Lade wohl gesehen, den Geldschein jedoch nicht.»Das ist interessant. Gibt es noch etwas Aufschlussreiches?«

»Eins der beiden Weingläser im Spülbecken in der Küche könnte eventuell DNA aufweisen, die nicht von der Toten stammt.«

»Also starb die arme Seele nicht nach dem ersten Hieb, sondern bekam noch einen drauf?«

»Sieht ganz so aus. Vielleicht, nachdem sie mit ihrem Mörder ein Gläschen getrunken hat.«

Maddalena rief nach Fanetti und Lippi.

Die Kollegen erschienen augenblicklich in voller Montur im Türrahmen.

»Chefin?« Lippi sah sie erwartungsvoll an, während Fanetti eher unbeteiligt danebenstand. Wahrscheinlich war er in Gedanken woanders und wünschte sich zu seiner Ginevra.

»Hallo?«, wies sie ihn zurecht.

»Entschuldigung.«

An seiner beschämten Reaktion erkannte Maddalena, dass ihm durchaus bewusst war, wie unaufmerksam er gewirkt hatte.

»Als Sie beide vorhin in der Wohnung waren, ist Ihnen da etwas aufgefallen?«

»Aber sicher.« Fanetti rümpfte missbilligend seine aristokratische Nase.»Dass es so eine typische abgewohnte Bude aus den siebziger Jahren des vorigen Jahrhunderts ist. Alles schäbig. Und es roch nach altem Fett.«

Maddalena verkniff sich eine bissige Bemerkung. Ihr Kollege floss vor Klischees manchmal nur so über.»Weit gefehlt«, entgegnete sie stattdessen.»Als sorgfältiger Ermittler sollte man genauer hinsehen.«

Lippi fühlte sich gemaßregelt, auch wenn ihre Rüge eigentlich Fanetti galt. Mit einer theatralischen Geste legte er den Zeigefinger fest auf seine Lippen, so als wollte er sich selbst am Sprechen hindern.

»Also ich bin der Ansicht, dass wir uns sehr gewissenhaft umgeschaut haben. Selbstverständlich ohne den werten Kollegen von der Spurensicherung in die Quere zu kommen«, nuschelte er beleidigt.

»Nichts anderes habe ich erwartet«, beschwichtigte Maddalena ihn.»Mir ging es darum, zu erfahren, ob einem von Ihnen etwas aufgefallen ist, dass gerade *nicht* in das Bild der ›typischen abgewohnten Bude aus den siebziger Jahren des vorigen Jahrhunderts‹ passte. War da etwas, oder haben Sie nichts bemerkt?«

»Wieso? Wie meinen Sie das?« Lippi hatte noch immer den Zeigefinger über den Lippen, und seine Frage klang verwaschen.

»Na, weil ich fand, dass einige Gegenstände und Utensilien sich eindeutig vom übrigen Einrichtungsstil abheben.«

Maddalena sah keinerlei Funken Verständnis in den Augen ihrer Kollegen aufscheinen.

»Ich kann in dem, was Sie gerade andeuten, keinen Sinn erkennen, Commissaria. Sie unterstellen uns doch nicht etwa, ungenau ermittelt zu haben?«, fragte Fanetti nun seinerseits ein wenig angefasst.

»Fanetti, Sie haben doch üblicherweise einen ausgezeichneten Blick für luxuriöse, teure Details. Da irre ich mich doch nicht, oder?« Maddalena spürte, dass sie langsam ungeduldig wurde. Außerdem trug sie immer noch die Kluft, unter der sie zu schwitzen begann.

»Ja, so ist das, und?«, echauffierte er sich.»Haben Guido

und ich etwas übersehen? Machen Sie bitte kein Geheimnis aus dem, was Sie entdeckt haben.«

»Mache ich nicht, deswegen habe ich Sie ja hergerufen. Es sieht für mich allerdings so aus, als wären Ihre prüfenden Blicke heute ein wenig an der Oberfläche haften geblieben«, blaffte Maddalena sie an. »Wie erklären Sie sich beispielsweise die teuren Parfums, die noblen Kristallgläser, das Silberbesteck mit dem eingravierten Monogramm, das Wasserbett mit der kostspieligen Wäsche, die dekorativen Kissen auf der durchgesessenen Couch oder den mundgeblasenen Kronleuchter aus Muranoglas, der sicher ein kleines Vermögen gekostet hat? Passt das Ihrer Ansicht nach zum übrigen Stil der eher ärmlichen Behausung?«

Lippi und Fanetti gaben einstimmig und ein wenig schuldbewusst zu, in der Hektik nichts von alldem bemerkt zu haben.

»Es hat doch aber sicher wenigstens einer von Ihnen einen Blick in den alten Kühlschrank geworfen?«

»Nun«, murmelte Fanetti verschämt, »ich wollte mich keinen üblen Gerüchen aussetzen.«

Lippi setzte nach: »Was soll an dem unmodernen Modell denn so Besonderes sein?«, und rümpfte ebenfalls, fast synchron mit Fanetti, seine allerdings nicht ganz so aristokratische Nase.

»Wir wollten den Forensikern die Innenschau überlassen«, warf Fanetti ein, um ihr Versäumnis glattzubügeln. »Commissaria, Sie wissen doch um die Rivalität zwischen den Forensikern und uns. Die Jungs wollen stets die Lorbeeren für sich beanspruchen.«

»Meines Wissens befinden sich unter den ›Jungs‹ auch einige Mädels«, äußerte sie sarkastisch.

»So habe ich das nicht gemeint. Dafür entschuldige ich mich. Natürlich schätze ich die weiblichen Kollegen ebenso wie die männlichen. Dennoch besteht kein Zweifel daran, dass die gesamte Truppe glaubt, ihre Arbeit besser und effektiver zu tun, als wir es je könnten.«

Lippi nahm endlich den Finger von seinen Lippen und öffnete den Mund zu einem bestätigenden »Ja«.

»Das erklärt noch lange nicht, warum Ihnen der Inhalt des Kühlschranks entgangen ist.«

»Was haben Sie entdeckt?«, wagte Fanetti sich vor.

»Nun, um es auf den Punkt zu bringen, einige Flaschen Jahrgangschampagner, Dosen mit Belugakaviar und wild gefangenen Lachs, der sich nur so stapelt.«

Maddalena hatte den Eindruck, dass Fanetti bei ihren Worten das Wasser im Mund zusammenlief.

Sie setzte noch eines drauf. »Die gesamte Wohnung wurde zu Ihrer weiteren Information unlängst frisch gestrichen. Und die Tote trägt kostspielige Markenkleidung, unauffällig zwar, aber bei präziser Betrachtung an den kleinen Labeln erkennbar.«

Fanetti und Lippi gaben undefinierbare Laute von sich, die Maddalena ein müdes Grinsen abrangen.

Ohne eitel sein zu wollen, befand sie, dass es doch seine Berechtigung hatte, dass sie hier die Chefin war.

8

Anastacia war endlich, wenn auch etwas unsicher auf den Beinen, auf dem Weg nach Hause. Sie freute sich auf ihre große Liebe Giovanna. Allerdings nicht auf den zu erwartenden Vorwurf auf deren sonst meist freundlichem Gesicht.

Giovanna, ihre Lebenspartnerin, machte sich Sorgen, dass Anastacia zu viel und zu häufig trank.

Was so nicht wirklich stimmte.

Außer heute in der Bar, umgeben von ihren Freundinnen. Es hatte sich eine bizarre Eigendynamik entwickelt, als Ludmilla entgegen ihrer Gewohnheit überschwänglich eine Runde nach der anderen bestellte.

Und der Alkohol war Anastacia rasch zu Kopf gestiegen. Zum Glück gestalteten sich die Mittwochstreffen mit den Freundinnen nicht jedes Mal so hochprozentig. Meistens blieb es bei ein, zwei Gläsern Prosecco oder Campari Soda.

Was war heute bloß in Ludmilla gefahren?

Sie hatte beschwingt, fast überdreht gewirkt und dann auch noch anstandslos die bemerkenswert hohe Rechnung übernommen. Das war sonst nicht ihre Art.

Es war ihnen allen unangenehm gewesen, wussten sie doch, dass Ludmilla von einer bescheidenen Witwenrente lebte. Aber Ludmilla duldete keinen Widerspruch, sie blieb eisern und beglich die Zeche allein.

Das Bild der jungen, hübschen Giusy mit den geflochtenen Zöpfen tauchte unvermittelt vor Anastacias innerem Auge auf. Ein bitterer Geschmack breitete sich in ihrem Mund aus, sie schluckte hart und spürte, wie sich ihr Magen krampfhaft zusammenzog.

Machte sie sich vielleicht etwas vor? Liebte Giovanna sie wirklich so sehr, wie sie glaubte?

Giusy absolvierte seit ein paar Wochen ein Praktikum in Giovannas Bekleidungsgeschäft, in dem auch Anastacia als einzige

Angestellte arbeitete. Ihre Partnerin war geradezu begeistert von dem blonden Engelchen, das in viel zu knapp sitzenden Shorts und Oberteilen zum Dienst erschien, die einen Zentimeter über dem gepiercten Nabel endeten. Egal, welche Temperatur das Thermometer anzeigte. Nahezu täglich lobte Giovanna Giusys Fleiß und Geschick im Umgang mit den Kundinnen in den höchsten Tönen. Dabei war sie eine ganz gewöhnliche Praktikantin, nicht besser oder schlechter als die Mädchen vor ihr. Und auch Giusy war angetan von Giovanna, das sah selbst ein Blinder. Anastacia war, wenn sie ihr nicht gerade Aufgaben auftrug, die meiste Zeit Luft für sie. Mit allen Fragen, allen Hinweisen wandte Giusy sich direkt an die Chefin. Inzwischen baute sich in Anastacia ein undefinierbarer Groll auf, sobald sie das Mädchen am Morgen ins Geschäft kommen sah. Dabei hatte die Praktikantin stets drei Becher Kaffee dabei und lächelte sie gleichermaßen beschwingt und scheinbar arglos an wie Giovanna. Ihre albernen Zöpfe wippten dabei über ihren halb bedeckten Schultern.

Es war nicht so, dass sie sich jemals unhöflich gegenüber Anastacia verhalten hätte, doch die Art, wie sie deren Lebensgefährtin anhimmelte, reichte schon. Anastacia konnte sie nicht leiden und wäre sie am liebsten schnell wieder losgeworden.

Doch sobald Anastacia ihre Partnerin auf Giusys Verhalten anzusprechen versuchte, blockte diese resolut ein sachliches Gespräch darüber ab, und es kam zu hitzigen Wortgefechten zwischen ihnen.

»Steigere dich nicht in etwas hinein, das es gar nicht gibt. Giusy will ihre Sache nur gut machen und von uns beiden lernen«, behauptete Giovanna dann gern gereizt.

»Sie ist doch bis über beide Ohren in dich verknallt. Und dir schmeichelt das, denkst du, ich merke das nicht? Sie drängt sich nahe an dich heran, ist ständig darum bemüht, von dir gelobt zu werden, und du tust ihr den Gefallen auch noch und weist sie nicht in ihre Schranken, so als wäre ich nicht im selben Raum wie ihr.«

»Du bildest dir das ein. Hör auf, mich mit deinen lächerlichen Unterstellungen zu nerven. Ich finde Giusy sehr nett und schätze ihren Eifer, ihre Begeisterung, na und? Was hat das mit unserer Beziehung zu tun?«

»Ich befürchte, dass du dich vielleicht in einem schwachen Moment auf einen harmlosen Flirt mit ihr einlässt. Giusy könnte das falsch verstehen und würde sicher versuchen, dich ganz für sich zu gewinnen.«

»Wie denkst du über mich? So etwas tue ich nicht, und es missfällt mir immer mehr, welche Unterstellungen du von dir gibst.«

»Es tut mir leid, dass du dich angegriffen fühlst. Aber ich finde trotzdem, du schenkst ihr zu viel Aufmerksamkeit.«

So liefen ihre Diskussionen ab, und am Ende zogen sie sich beide beleidigt zurück. Es herrschte dann für ein paar Stunden dicke Luft zwischen ihnen.

Nicht zum ersten Mal gestand Anastacia sich ein, dass sie auf die blöde Göre eifersüchtig war, die ganz offensichtlich ihre Partnerin verführen wollte.

Sie musste deshalb rasch handeln.

Anastacia wünschte sich sehnlichst, ihrer Lebensgefährtin einen Ring an den Finger zu stecken, verbunden mit einer großen Hochzeitsfeier. Dieses Vorhaben war nur leider derzeit nicht durchführbar. Sie verfügte nämlich, auf den Punkt gebracht, über keinerlei Ersparnisse.

Zwar spielte sie jede Woche mit ihren Glückszahlen beim SuperEnalotto, den EuroMillionen oder anderen Lotterien mit, gewonnen hatte sie bislang aber immer nur Kleinstbeträge.

Anastacia fragte sich häufig, ob sie nicht ein größeres Sümmchen im Klingelbeutel hätte, wenn sie endlich aufhören würde, ihre Kröten ins Spielen zu investieren.

Aber dann hätte sie am Ende gar keine Chance, irgendwann noch mal zu etwas Geld zu kommen.

Anders als ihre Freundinnen trainierte Anastacia regelmäßig im Fitnessstudio. Der Mitgliedsbeitrag kostete sie eine nicht unbeträchtliche Stange Geld, doch es war der einzige Luxus, den sie sich gönnte, und sie stand dazu. Giovanna gefiel es, und allein deren Enthusiasmus war es ihr wert.

Sie ließ einen prüfenden Blick über ihre definierten Muskeln wandern und lächelte zufrieden. Sie mochte es, sich in dieser Weise um ihren Körper zu kümmern, ihn zu pflegen und ihn ihrer Geliebten zu präsentieren.

Sie und Giovanna liebten einander abgöttisch.

Und jetzt galt es, Giusys rücksichtslosen Avancen zuvorzukommen und diese Liebe in ein überirdisches Glück zu verwandeln.

Nur war dieses Freudenfeuer nun mal mit etwas mehr Kohle verbunden, als sie zur Verfügung hatte.

Anastacia nahm sich vor, noch heute einen Extratippschein auszufüllen. Sie musste so rasch wie möglich gewinnen.

Sie wollte ihren Schatz nicht verlieren.

Seufzend schob sie die Hände in ihre leeren Hosentaschen.

Die Sonne verschwand hinter einer drohend dunklen Wolke, die über der Lagune schwebte, und der auf einmal trüb und glanzlos wirkende Himmel drückte genau das Gefühl aus, das Anastacia umfangen hielt.

**

Carolina hätte gern noch viele Stunden mehr mit ihren Freundinnen verbracht. Die Zeit war zu ihrer Bestürzung mal wieder rasend schnell vergangen. Darum entschloss sie sich zu einem ausgiebigen Bummel durch die Modegeschäfte, bevor sie unweigerlich in die Hölle ihres Zuhauses zurückkehren musste.

Während sie ihre Finger achtlos über die Kleider, Blusen und Hosen gleiten ließ, kam sie nicht umhin, wieder mal über ihr verkorkstes Leben zu grübeln.

Niemand ahnte etwas von dem körperlichen und seelischen Leid, das sie täglich, nächtlich, seit Jahren zu ertragen hatte. Ohne die geringste Möglichkeit, dem Schrecken zu entkommen.

Äußerlich sah man ihre Blessuren selbstverständlich nicht. Sie waren allesamt gut verborgen, teilweise unter Camouflage und ihrem perfekt aufgetragenen Make-up, andere, insbesondere die nur ihrem Ehemann gut bekannten Stellen, an denen niemand eine Verletzung vermutet hätte, von Kleidung und Accessoires. Ihr dichtes brünettes Haar trug sie deshalb zu einem Pagenkopf geschnitten, der Teile ihres Gesichtes bedeckte.

In all den Jahren, die sie einander nun kannten, war sie nie in der Lage gewesen, sich einer ihrer Freundinnen anzuvertrauen. Nicht mal der gütigen Ludmilla, die wahrscheinlich das wärmste Herz von allen besaß und sie verstanden hätte.

Zu groß war ihre Scham.

Den meisten fiel auf, dass sie hin und wieder übermäßig bissig auf die Äußerungen ihrer Freundinnen reagierte, aber keine ahnte, welches Leid hinter dieser abweisenden, schroffen Schutzschicht verborgen lag.

Er war nicht immer so gewesen. Anfangs hatte Antonio regelrecht um sie gekämpft, geradezu gebuhlt. Und sie war auch ziemlich auf ihn abgefahren, seine Bemühungen gefielen ihr. Ihr glühender Verehrer war schließlich nicht irgendjemand, sondern einer der bedeutendsten Männer der Insel. Zudem stammte er aus einer alteingesessenen und angesehenen Familie.

Niemals hätte sie gedacht, dass sich hinter seinem strahlenden Äußeren, seinen perfekten Umgangsformen, seinem fröhlichen Ton, seiner Liebe zur Kunst und seiner Unterstützung der armen Bevölkerung ein wahrer Teufel verbarg.

Einer, der nachts zum Ungeheuer wurde.

Einer, der das heiße Bügeleisen nach ihr warf, wenn sie eine Knitterfalte in seinem Hemd übersah.

Einer, der die Pfanne mit den Spiegeleiern durch die Küche schleuderte, wenn eines davon zu kross gebraten war.

Einer, der die Wäsche, die sie frisch auf ihr Ehebett gezogen hatte, herunterriss, weil ihm das Muster nicht gefiel.

Das alles hatte erst nach der Eheschließung begonnen.

Und kein anderer würde jemals vermuten, wie er sie behandelte.

So ein Scheusal war er nur zu Hause.

Niemals in der Öffentlichkeit, nie bei Einladungen von Freunden.

Da huldigte er ihr, schenkte ihr Rosen, hob sie hervor als die Frau, ohne die er es nie geschafft hätte, so zu sein, wie er nun mal war. Und beschrieb sie liebevoll als seinen Glücksengel, der ihr wohl vom heiligen Anzolo, dem Schutzpatron Grados, geschickt worden war.

Alle glaubten es und sogen die Lügen von seinem sinnlichen Mund, als gäbe es keine andere Wahrheit.

Und ihre beiden Kinder?

Fredo, ihr wunderbarer Sohn, und Allegra, ihre hinreißende Tochter?

Die hatten vieles von dem, was passierte, bemerkt und dennoch geschwiegen, sich aus der Schusslinie gebracht und in ihre Zimmer zurückgezogen.

Zuerst waren sie noch zu klein gewesen, um zu handeln, dann hatten sie sich an das Brüllen und Toben ihres Vaters, die Brutalität in der Beziehung ihrer Eltern und die Ausweglosigkeit gewöhnt.

Ihre Kinder waren still gewesen, so wie sie selbst, und hatten sich den Wünschen ihres Vaters anstandslos gefügt, sich ihm regelrecht unterworfen. Aus Angst, ein falsches Wort zu äußern. So war das eben, wenn man in einer derart vergifteten Atmosphäre aufwuchs.

Carolina selbst hatte den Kindern zudem eine heile Welt vorgegaukelt, um sie vor allem Unheil zu beschützen.

Ihr war klar, dass sie ihnen mit diesen Verharmlosungen schadete.

Beide Kinder waren immer auf ihrer Seite gewesen, weil sie den Kummer ihrer Mutter spürten. Gleichzeitig war ihr Ehemann der seinem Nachwuchs alles gewährende stolze Vater, den die beiden irrational liebten.

Hatte er die Grenzen wieder einmal überschritten und Carolina zu hart rangenommen, verhielten sich Fredo und Allegra am nächsten Tag besonders behutsam ihr gegenüber, brachten ihr kleine Geschenke und Aufmerksamkeiten, so als läge sie einfach nur krank im Bett und wäre nicht rücksichtslos zusammengeschlagen worden. Von ihrem Taschengeld kauften sie Blumen, Schokolade und Modezeitschriften, die sie ihr mit hilflosen Blicken überreichten.

Als Allegra in ihren frühen Teenie-Jahren angefangen hatte, mit Kosmetik zu experimentieren, war ihr irgendwann aufgefallen, dass ihre Mutter Tiegel mit hochdeckender Camouflage besaß und die Augen besonders sorgfältig schminkte, um einige blaue Flecken zu überdecken.

Einmal hatte sie Carolina vorsichtig darauf gesprochen, woraufhin diese alles entschieden leugnete und die lauten Auseinandersetzungen mit ihrem Mann wie üblich mit dessen beruflicher Überforderung erklärte.

»Rede mit mir, Mama«, hatte Allegra sie inständig gebeten. Das »Nein« war Carolina viel härter als beabsichtigt herausgerutscht.

Allegra, zutiefst verunsichert, hatte sie daraufhin innig umarmt und an sich gedrückt. Anschließend war sie jedoch emotional ein Stück weit von ihr weggerückt.

Wahrscheinlich hatte ihre Tochter ihr nicht verzeihen können, dass sie sich ihr nicht anvertrauen wollte.

Im Nachhinein fragte Carolina sich oft, ob sie damals nicht falsch gehandelt hatte, indem sie Allegras Versuch, ihr beizustehen, abgeblockt hatte.

Vielleicht wollte sie beschützen, wo es nichts zu beschützen gab.

Ihre Kinder waren gute Kinder, denen sie so einen erbarmungslosen Vater und so eine schwache Mutter gerne erspart hätte.

Carolina lebte in ständiger Angst vor Antonios Launen, fühlte sich jedoch außerstande, jemanden um Hilfe zu bitten. Es würde ihr so oder so niemand Glauben schenken, ihr Ehemann war ein zu einflussreicher, mächtiger Mann. Und wenn doch, hätten entsprechende Äußerungen fatale Auswirkungen gehabt. Nicht nur auf sie, auch auf die Person, der sie reinen Wein einschenkte, sei es eine Freundin, ihre langjährige Haushälterin oder eine ihrer wenigen Verwandten. Es wäre der Untergang dieses »miesen Packs« gewesen, wie er seine Widersacher nannte. Mitwissern musste geschadet und ein Weitertragen des »Familiengeheimnisses« verhindert werden.

Eine Scheidung kam nicht in Frage. Die Furcht davor, davonzulaufen, sich zu trennen, hielt sie fest umklammert. Sie war sich sicher, dass Antonio mittels Einflussnahme und perfiden Lügen mit Leichtigkeit das Sorgerecht für die Kinder erhalten würde und sie fortan eine Geächtete wäre.

Dazu war er fähig.

So wurde sie bloß immer kratzbürstiger, und des Öfteren stieß sie sogar ihre Freundinnen mit ihren zynischen Äußerungen zurück. Niemand verstand ihr Verhalten oder erahnte den Grund für ihre Schroffheit, und würde sie sich auch nur eine Minute lang öffnen, brächen all ihre Schutzmauern umgehend zusammen, und sie verlöre endgültig den Boden unter ihren Füßen.

Finanziell war Carolina zu hundert Prozent abhängig von ihrem Mann, da er nach der glamourösen Hochzeit von ihr verlangt hatte, nur für ihn da zu sein. Sie musste ihren Job als Bibliothekarin kündigen und tat das auch, aus Liebe zu ihm, aber unter Tränen.

Als sie bald darauf mit den Zwillingen schwanger wurde, war ihr nichts anderes übrig geblieben, als bei den Kindern zu Hause zu bleiben.

Hätte sie sich ihm damals widersetzt und ein Au-pair-Mädchen eingestellt, wäre durch ihren Egoismus und ihre Faulheit seine Karriere im Rathaus gefährdet gewesen. Das predigte er unaufhörlich, wie ein Mantra war diese Begründung auf sie eingeprasselt, bis sie es schließlich ebenso sah wie er.

Zwei Kinder?

Wer brauchte da Hilfe?

Nur die, die sich nicht selbst um die Erziehung der Kleinen kümmern wollten.

Immerhin gab es eine Köchin, einen Gärtner und eine Reinigungskraft, die sie unterstützten.

Wozu also eine weitere Angestellte?

Carolina war auch dann noch bei ihren Babys geblieben, als diese längst alt genug waren, die Schule zu besuchen. Insgeheim hatte sie jedoch stets gehofft, irgendwann wieder in ihren Job zurückzukehren.

Eine irrige Annahme. Er verdiente, im Unterschied zu anderen, weit mehr, als eine Familie allein benötigte, wie er ihr immer wieder verdeutlichte. Ihren Wunsch nach einer Teilzeitbeschäftigung belächelte er. Sie sei doch keine von diesen selbstsüchtigen Frauen, die ihr sorgenfreies Leben nicht zu schätzen wussten und das Ansehen der Familie mit emanzipatorischen Vorstellungen von Selbstverwirklichung torpedierten.

Gehirnwäsche und Gaslighting nannte man so ein manipulatives Verhalten üblicherweise. Sie war in diesem Gaslicht gefangen, hatte sein System erst verstanden, als es zu spät gewesen war. Ihren Ehemann zu verlassen, um aus eigener Kraft neu anzufangen, traute sie sich da schon längst nicht mehr.

Ach, wie unendlich dumm sie doch gewesen war. Sie hatte ohne den geringsten Zweifel an seine Liebe geglaubt, sogar blind den Ehevertrag unterschrieben, den er ihr mit einem charmanten Lächeln vorgelegt hatte, und ihm bedingungslos vertraut.

Jetzt stand sie da, ohne einen Cent.

Wobei das nicht ganz der Wahrheit entsprach.

Tatsächlich hatte sie sich einen Trick einfallen lassen, um heimlich wenigstens eine kleine Summe zu sparen.

Da sie über ein großzügiges Budget verfügte, um sich für ihren Mann und die mit ihm besuchten repräsentativen Anlässe in Schale zu werfen, war ihr irgendwann die Idee gekommen, hin und wieder eins der per Kreditkarte gekauften Kleidungsstücke von ihm unbemerkt zurückzubringen und sich den Gegenwert in bar auszahlen zu lassen.

Es machte ihr Spaß, ihn hinters Licht zu führen, und gab ihr das Gefühl, nicht völlig hilflos zu sein.

Obwohl er als Kontrollfreak angeblich die gesamte Welt im Griff hatte, fiel ihm nie auf, dass sie manche Kleidungsstücke kein zweites Mal trug. Er schätzte es sogar, dass sie sich für ihn ständig neu ausstaffierte.

Groß genug, um ihn zu verlassen, war ihre kleine geheime »Vorsorge« jedoch nicht. Ebenso wenig wie das teilweise damit erspielte Geld.

Sie versteckte die erbeuteten Scheine in einem Gefrierbeutel unter ihrer Matratze. Überall sonst hätte er ihre »Beute« gefunden. Inzwischen war ein zweiter Gefrierbeutel in Arbeit, dennoch traute sie sich nicht, etwas mehr an ihm vorbei auf die Seite zu räumen oder gar häufiger.

Dazu war er viel zu gerissen, viel zu schlau. Wenn sie es übertrieb, würde Antonio ihr auf die Schliche kommen.

Und so zockte sie heimlich, in der Hoffnung, genug zu gewinnen, um ihn endlich verlassen und abhauen zu können.

Ihre beiden Kinder waren inzwischen auf der Uni in Padua und alt genug, um ohne sie auszukommen. Ihr Vater finanzierte ihr Studentenleben auf generöse Weise. Als *best dad ever* kam er nicht nur für ihren Unterhalt auf, er sponserte außerdem die Universität, verbrüderte sich mit den Professoren und zeigte sich von seiner allerbesten Seite.

Carolina nahm er nie zu diesen Treffen mit.

»Männersache«, erklärte Antonio lapidar. Seine Bestechungen hielt er für überaus berechtigt.

Ja, er wollte eine Ärztin und einen Juristen in seiner Familie, na und?

Das gehörte sich eben so, fand er. Ein Stammhalter müsse heilen, der andere das Imperium verteidigen.

Was er nicht sah, war die enorme Anstrengung, die ihre beiden Kinder aufbringen mussten, um seinen übertriebenen Wünschen zu entsprechen.

Weder Allegra noch Fredo taten sich mit dem Studium leicht. Sie nahmen Aufputschmittel, um Prüfungen zu bestehen und Seminararbeiten rechtzeitig abzuliefern. Ihre Kommilitonen und Freunde bedauerten sie, weil sie ihre Schwäche erkannten, genossen aber gleichzeitig ihren Reichtum, von dem immer auch etwas für sie abfiel.

Allegra und Fredo waren durch die Zuwendungen ihres Vaters spendabel, zahlten in Kneipen und Bars für ihre Freunde und nahmen gegen Geld deren stets gern angebotenen Nachhilfeunterricht in Anspruch.

Eigentlich verhielten sie sich nicht anders als ihr Vater. Sie erkauften sich die Anerkennung und Loyalität der Menschen in ihrem Umfeld.

Carolina wiederum war diejenige, die ihre nächtlichen tränenreichen und verzweifelten Anrufe entgegennahm und sie tröstete.

Manchmal fuhr sie für einen Tag nach Padua und versuchte, die beiden aufzumuntern. Aber neue Klamotten und schicke Sneakers waren eben nicht genug. Sie sprach auch mit den Mitbewohnern in der Wohngemeinschaft, bat sie um Verständnis und um weitere Hilfestellungen.

Was konnte sie mehr tun?

Oft fragte sie sich das.

Hätte sie Geld, würde sie die beiden packen und woanders hinbringen. Vermutlich nach Sizilien zu einer Schwester ihrer Mutter. Oder gleich ins Ausland, vielleicht nach Malta oder in die Schweiz.

Jedenfalls weit entfernt von der Einflusssphäre ihres allmächtigen Vaters.

Ihre Kinder waren das Beste in Carolinas Leben.

Warum zwang er sie zu einem Studium, das sie nicht interessierte und mit jedem Semester mehr überforderte? Allmählich würde diese Nötigung sie brechen und sie zu verzweifelten Menschen machen.

Es war Zeit, diese Tragödie, in der sie drei sich befanden, zu beenden.

9

Maddalena betrachtete die Tote. Diese Frau hatte etwas an sich, das sie zutiefst berührte.

Hatte sie mit ihrem Tod gerechnet? Etwas Derartiges in Erwägung gezogen? Der Angriff auf sie schien hinterrücks erfolgt zu sein. Ihr Versuch, aus der Wohnung zu entkommen, wurde vereitelt. Was sagten die Gläser in der Spüle über die Stunden vor ihrem Tod aus? Hatte sie Besuch gehabt? Oder direkt vor der Tat arglos mit ihrem Mörder ein Glas getrunken?

Sie verließ das Haus und marschierte zum Rettungswagen, in dem sich die Sanitäter immer noch um den älteren Mann bemühten, der die Leiche entdeckt hatte.

»Commissaria Degrassi«, wurde sie freundlich begrüßt.

»Guten Morgen«, entgegnete sie, »darf ich mit eurem Patienten kurz reden?«

»Klar doch«, antwortete die Sanitäterin, »der Mann ist so weit stabilisiert. Nur zu.«

Sie trat anstandslos zur Seite und ließ Maddalena in den Rettungswagen.

Der Patient saß auf einem Tragestuhl, und sein Arm hing an einer Infusion. Er war sehr blass und hatte rote Flecken auf den Wangen.

»Commissaria Degrassi«, hauchte der Mann und versuchte sich zu erheben.

»Sie bleiben schön brav sitzen«, mischte sich die Sanitäterin ein.

»Commissaria, ich kannte Ihren Vater. Wir waren oft gemeinsam in der Lagune, um zu angeln oder«, er lächelte, »in Ruhe ein Bier zu trinken. Er machte diese Ausflüge gern mit mir, kam extra aus Santa Croce.«

Maddalenas Brust zog sich jäh zusammen. Das war immer so, wenn jemand ihren geliebten verstorbenen Vater erwähnte.

»Ihr Vater war eine Größe, in jeder Hinsicht. Geschichtlich hatte er mehr drauf als viele andere. Ich denke, das beurteilen zu können, da ich bis zu meiner Pensionierung hier in der Bibliothek gearbeitet habe. Der Mann war ein wandelndes Archiv. Nur was das Fischen betraf, war er keine Koryphäe, da war ich ihm eindeutig überlegen.« Er grinste ihr zu und seufzte dann gequält auf.

Unwillig zupfte er an dem Schlauch der Infusion.

»Das lassen Sie mal schön bleiben«, ermahnte ihn die Sanitäterin. »Das muss komplett durchlaufen. Außerdem rate ich Ihnen, heute mal kürzerzutreten und möglichst viel Wasser zu trinken. Das ist für Ihren Kreislauf absolut wichtig.«

»Jaja«, brummte der Mann ungehalten.

Maddalena zwinkerte der netten Sanitäterin über seinen Sturkopf hinweg zu. »Sie alle hier machen Ihre Sache außerordentlich gewissenhaft und verlieren dabei Ihre gute Laune nicht. Beachtlich. Davon kann sich manch einer eine Scheibe abschneiden.«

»Das hören wir gern, danke, Commissaria.«

»So, und nun zu Ihnen, Brummbär.« Maddalena sah den Mann schmunzelnd an.

Schlagartig verbesserte sich seine Laune.

»Kannten Sie die Tote?«

»Kennen ist übertrieben. Wissen Sie, das Gebäude besteht aus zwei Häusern, die durch einen gemeinsamen Hinterhof miteinander verbunden sind. Ich lebe im zweiten Haus. Wenn ich hinauswollte, musste ich an ihrer Tür vorbei. Aber wie das nun mal so ist, gesprochen haben wir nie, höflich einander zugenickt hingegen schon. Die arme Seele. So einen schrecklichen Tod wünscht man niemandem.«

»Wissen Sie, wie die Tote heißt? Haben Sie eine Ahnung, mit wem sie im Haus Kontakt pflegte?« Maddalena musterte ihn aufmerksam.

»Leider nein.« Er atmete tief durch. »Befragen Sie lieber mal die Leute aus dem vorderen Haus. Vielleicht bekommen Sie von denen genauere Informationen.«

Maddalena bedankte sich und wusste intuitiv, dass diese Ermittlung nicht einfach werden würde.

Die Bewohner der beiden Häuser erwiesen sich als mehr als nur verstockt. Sie waren wortkarg, so als würden sie der Polizei nicht über den Weg trauen. Selbstverständlich war Maddalena so ein Verhalten geläufig. Doch hier ging es nun mal um eine brutal erschlagene Frau. Alle Befragten sagten fast wie einstudiert dasselbe aus: Das Opfer habe keine Feinde gehabt und ziemlich zurückhaltend gelebt. Hin und wieder sei sie, meistens mittwochs, tagsüber mit ihren Freundinnen unterwegs gewesen. Zudem brachte Lippi in Erfahrung, dass es eine monatliche Literaturrunde gab, an der verschiedene Frauen teilnahmen. Doch nicht nur bei der Toten habe diese Veranstaltung stattgefunden. Meistens sei sie mit ihrem aktuellen Buch zu einer der anderen Teilnehmerinnen gegangen, aber nie spät zurückgekehrt.

Betrunken war die Tote von keinem der Hausbewohner je gesehen worden. Da waren alle einer Meinung. Alkohol war eindeutig nicht das Thema.

Einer wusste jedoch zu berichten, dass sie in Ferdis Tabaccheria, die dieser Zeuge selbst häufig aufsuchte, des Öfteren Rubbellose erstanden hatte. Ob es sich dabei um Spielsucht handelte, wusste er nicht zu beurteilen. »Wenn, dann bin ich vielleicht eher so ein Fall. Ich zocke regelmäßig. Allerdings gibt es natürlich auch einige andere Orte, an denen man Lose kaufen oder an Automaten spielen kann. Casinos sind hier verboten, da müsste man schon über die Grenze nach Slowenien fahren oder nach Venedig. Aber so eine war diese Nachbarin nicht. Ich fand sie unauffällig und stets freundlich. Einen engeren Kontakt hat sie jedoch vermieden. Warum, kann ich Ihnen wirklich nicht sagen, vielleicht hatte sie etwas zu verbergen. So kam sie mir aber nicht vor.«

Nach dieser Befragung fühlte Maddalena sich körperlich und geistig erschöpft.

»Lippi, finden Sie nicht auch, dass diese Leute so was von

zugeknöpft auftreten und das Opfer fast als Geist in diesem Haus wohnte?«

»Dieser Meinung kann ich mich nur anschließen. Ich suche mal Fanetti und frage auch die anderen beiden Kollegen, was sie von den Nachbarn bisher erfahren haben.«

»Gute Idee«, lobte Maddalena ihn. »Wenn Sie Arturo gefunden haben, lade ich Sie beide auf eine deftige Pizza ins ›Rebechin‹ ein.«

»Na, das ist ja mal eine erfreuliche Ansage.«

Wie zur Bekräftigung seiner Worte knurrte Lippis Magen synchron mit Maddalenas, und sie lachten beide schallend.

10

Als Romina endlich in ihre Straße einbog, stand Paulina, ihre Schwester, schon ungeduldig wartend vor der Haustür.

»Romy«, ihre Stimme klang, als würde sie gleich in Tränen ausbrechen, »warum hast du mich weggedrückt, wann immer ich dich heute angerufen habe?«

Romina war selbst kurz davor, zu weinen, da sie sich von dem Druck, unter dem sie beide standen, überfordert fühlte, aber sie riss sich zusammen.

»Pauly. Mittwoch. Du weißt doch, ich war bei unserem Mädelstreffen. Ich konnte nicht ungestört mit dir telefonieren. Meine Freundinnen wissen nicht, was wir durchmachen, und das soll auch so bleiben, weil ich ihr Mitleid wirklich nicht gebrauchen kann. Du kennst sie ja, sie sind alle sehr lieb, aber auch neugierig, sie würden ständig jedes kleinste Detail wissen wollen. Und es würde mich nur quälen, in einem fort darüber reden zu müssen.«

»Das glaube ich dir. Aber du warst so lange fort wie nie zuvor. Das hat mich total fertiggemacht. Was, wenn ich schlechte Nachrichten gehabt hätte? Ich war völlig außer mir.«

»Es tut mir leid. Ich habe ohnehin dauernd an dich und Benedetta gedacht. Es ist doch nichts passiert? Geht es Benedetta gut? Bitte sag mir, dass alles in Ordnung ist.«

»Ihr Zustand verschlechtert sich rapide. Ich weiß nicht, wie lange sie noch durchhält.« Paulina fing an zu weinen.

Romina nahm ihre Schwester in die Arme, drückte sie kurz an sich und zog sie mit sich in den kühlen Flur. »Lass uns das bei einer Tasse Eistee besprechen«, sagte sie in beruhigendem Tonfall, obgleich ihr selbst zum Heulen zumute war.

Im Wohnzimmer sank Paulina auf einen Sessel und verbarg ihr Gesicht in den Händen. »Romy«, schluchzte sie. »Wenn sie nicht bald eine Spenderniere bekommt, stirbt mein Mädchen. Die Zeit läuft uns davon. Sie wird immer knapper. Die behandelnden Ärzte versuchen mir einzureden, dass alles gut wird. Dass sie das Nierenversagen mit den ACE-Hemmern hinauszögern und eine Transplantation noch längere Zeit vermeiden können. Doch Benedettas Nieren vernarben trotzdem viel schneller als erwartet. Ich kapiere einfach nicht, warum die Ärzte sie nicht längst auf die Warteliste für eine Transplantation gesetzt haben. Vielleicht sind wir denen nicht nobel genug? Zu unbedeutend?«

»Stopp. Hör sofort auf damit.« Romina klang unwirscher, als sie beabsichtigt hatte. »Ein solches Handeln ist verboten, die Vergabe von Spenderorganen unterliegt strengen Regeln. Du bist zu misstrauisch.«

»Es geht um mein geliebtes Kind. Und dieser verdammte Gendefekt ist nun mal erblich. Also trage ich einen Teil der Schuld an der Krankheit meiner Tochter, da ich die Trägerin bin und ihn an Benedetta weitergegeben habe, ohne selbst daran erkrankt zu sein. Obwohl betroffene Mütter die Störung normalerweise eher an ihre Söhne übertragen.«

»Pauly. Bitte. Es wäre doch genauso schlimm, wenn Benedetta ein Junge wäre. Du reagierst richtiggehend verbohrt und verrennst dich da in was. Niemand ist verantwortlich. Und du schon gar nicht, Schwesterherz.«

»Verbohrt? Das bin ich nicht, ich schätze die Situation nur realistisch ein.« Paulina sprang auf und starrte sie aufgebracht an.

Romina brach der kalte Schweiß aus, zudem machten sich Kopfschmerzen bemerkbar, da sie eindeutig zu viel Alkohol getrunken hatte. Sie litt mit ihrer älteren Schwester und ihrer kleinen Nichte mit. »Bitte entschuldige, so war es nicht gemeint. Setz dich wieder hin. Ich bin doch auf deiner Seite. Ich weiß auch, dass ein Nierenversagen und damit die Dialyse immer wahrscheinlicher wird. Aber du und ich, wir beide, werden einen Weg suchen, das zu verhindern, indem wir rechtzeitig eine Niere für sie finden. So viel steht fest.«

Was redete sie denn da?

Auch wenn eine Transplantation die lebenswertere Alternative böte, wie sollte ihnen das abseits der üblichen Wege gelingen?

»Soll ich uns einen Espresso machen, oder hättest du lieber Tee?«, fragte sie, um ihre Schwester auf andere Gedanken zu bringen.

Paulina schüttelte entschieden den Kopf. Ihr feines brünettes Haar flog um ihr Gesicht, das von tiefen Falten durchzogen war. Obwohl sie Schwestern waren, sahen sie völlig unterschiedlich aus, Paulina hatte sichtlich mehr von den Genen des hageren Vaters abgekriegt. Romina kam nach ihrer Mutter, ihr Haar war voll und mit blonden Strähnen durchzogen. Auch in Größe und Gewicht unterschieden sie sich. Benedetta hingegen glich eher ihr, der Tante, als ihrer Mutter.

Deswegen hatte Romina alle erforderlichen Tests machen lassen.

Die Wartezeit war schier unerträglich, jedoch mit großer Hoffnung verbunden gewesen, bis schließlich das erschütternde Ergebnis eintrudelte.

Sie war negativ und kam daher als Spenderin leider nicht in Frage.

Ja, sie hätte Benedetta ohne Vorbehalte eine ihrer gesunden Nieren geschenkt.

Paulina fasste nach ihrem Oberarm, und Romina schrak zusammen.

»Du siehst aus wie zur Salzsäule erstarrt. Worüber zermarterst du dir dein Hirn?«

»Ach, vergiss es. Es ging um die Arbeit«, log sie, da sie Paulina nicht an diese quälenden Tage erinnern wollte. »Also, willst du Tee?«

»Lieber einen Whiskey. Mit wenig Eis, dafür umso mehr Jack.«

Romina blickte überrascht, dann begann sie schallend zu lachen. »Pauly, du und etwas anderes als Prosecco?«

»Genau.«

Das war mehr als nur absurd.

Sie stand, immer noch grinsend, abrupt vom Sofa auf und

nahm die Hand ihrer Schwester in ihre. »Wird erledigt. Woher weißt du übrigens, dass ich Jack Daniel's und ausreichend Eiswürfel vorrätig habe?«

»Also, wenn ich mich an deine alkoholischen Vorlieben nicht mehr erinnern würde, wäre ich ja ziemlich blöde. Immerhin haben wir jahrelang zusammengewohnt, bevor ich Benedettas untreuen Erzeuger traf und mich Hals über Kopf in diesen Schurken verliebte.«

»Ein Schurke ist Guglielmo unumstritten, auch wenn er sich hingebungsvoll um eure Tochter kümmert.«

»Da hast du recht. Hinter dieser unerwarteten Fürsorge steckt aber wohl eher seine zweite Frau. Sie ist im Unterschied zu ihm nicht gänzlich frei von Empathie und scheint einen guten Einfluss auf meinen Ex-Mann zu haben. Und Benedetta mag sie. Das bedeutet mir viel, es lässt mich fast vergessen, dass sie der Grund war, warum er mir damals das Herz gebrochen hat.«

Paulina nahm zwei Whiskeygläser aus der Vitrine im Wohnzimmer, ging in die Küche, legte den Beutel mit den gefrorenen Würfeln auf den Küchentisch, breitete ein Geschirrtuch darüber und schlug mit dem Nudelholz einige Male darauf, um das Eis zu zerkleinern. Dann schaufelte sie das Crushed Ice aus dem Beutel in die Gläser und schüttete großzügig Whiskey darüber.

»Da hast du deinen Jack on the Rocks.«

Paulina hatte sich inzwischen zu ihr in die Küche gesellt und nahm mit einem anerkennenden Nicken ihr Glas entgegen.

»Danke. Gut machst du das. Professionell. Wie ein richtiger Barkeeper.«

Sie gingen zurück ins Wohnzimmer und lümmelten sich auf die Couch, prosteten einander zu. Eine Weile tranken sie und schwiegen. Der Whiskey rann scharf Rominas Kehle hinab, und sie überlegte, ob die alkoholische Basis in ihrem Magen wirklich die beste Grundlage für das hochprozentige Getränk war. Hoffentlich wurde ihr nicht schwindlig. Oder schlimmer noch, sie musste sich übergeben. Das wäre ihr vor ihrer seit Längerem fast abstinenten Schwester enorm peinlich.

Dann stellte Paulina die unvermeidliche Frage, vor der Romina sich bereits gefürchtet hatte.

»Romy, was hast du genau damit gemeint? ›Du und ich werden rechtzeitig eine Niere für sie finden‹?«

Romina spürte, wie ihr Herzschlag sich beschleunigte. Über ihrer Oberlippe bildeten sich Schweißtropfen.

Ihre Schwester sah sie gespannt an und setzte eindringlich nach: »Sag bitte, wie wir beide an eine Spenderniere für Benedetta gelangen könnten. Hast du eine Idee?«

Mit allem Möglichen hatte Romina gerechnet, am ehesten jedoch mit dem Vorwurf, irrational zu sein und ihrer Schwester Hoffnung zu machen, wo es keine gab. Dass Paulina nun stattdessen voll darauf einstieg, versetzte sie in Panik.

»Vielleicht habe ich bloß meine diffusen Gedanken laut ausgesprochen, weil ich unlängst einen Artikel im Internet gelesen habe, in dem es um am Schwarzmarkt erhältliche Organe ging. Ich wollte dich nicht aufregen, Pauly. Glaub mir das.«

»Im Gegenteil. Endlich schimmert ein Licht am Ende des Tunnels.« Jetzt war es Paulina, die Rominas Hand nahm. Sie legte kurz den Kopf auf ihre Schulter, dann stand sie auf. Auf ihren Wangen zeigten sich hektische rote Flecken, und sie atmete viel zu schnell.

»Pauly, krieg dich bitte wieder ein. Ich verzeihe mir mein dummes Geschwätz nie, wenn ich sehe, was es mit dir anstellt.«

»Blödsinn. Ich finde das toll. Hast du eine Ahnung, wie viel das kostet?«

»Auf alle Fälle einen ordentlichen Batzen Kohle. Von ein paar hunderttausend Euro kannst du ausgehen. Illegal ist es außerdem.«

»Woher kriegt man die Organe? Das Wort Schwarzmarkt ist viel zu ungenau. Das kann überall sein.«

Romina überlegte eine Weile, bevor sie antwortete. Sie wollte kein Öl ins Feuer gießen. »Von China, Pakistan und Indien stand da was. Aber nicht, wie man es anstellt, an das Organ zu kommen. ›Transplantationstourismus‹ nennt sich das, wenn man für eine Niere in eines dieser Länder fährt.«

»Dann machen wir das doch. Wenn die Ärzte es nicht rechtzeitig angehen, dann sind eben wir gefragt.« Paulina griff zu ihrem Handy und begann, eine Nachricht zu schreiben.

»He, was soll das?« Romina sprang auf und riss ihr das Telefon aus der Hand.

»Guglielmo ist es seiner Tochter schuldig. Er hat sie und mich im Stich gelassen.«

»Bist du noch ganz bei Trost? Du darfst niemandem gegenüber erwähnen, worüber wir geredet haben. Verstanden? Sonst kriegen wir noch Probleme mit dem Gesetz. Ich verstehe deine Aufregung. Dennoch, Pauly, versprich mir, den Mund zu halten!«

»Jaja. Beruhige dich. Hand darauf. Es bleibt unter uns beiden«, entgegnete Paulina unwirsch und schlang ein wenig bockig die Arme um ihren schmalen Körper.

»Wir müssen sehr vorsichtig sein, es sind viele Hindernisse zu überwinden, und eine Menge kann schiefgehen. Fazit ist, wir würden im Gefängnis landen.«

»Unabhängig davon, könntest du mir bitte den Link zu dem Artikel schicken oder ihn für mich ausdrucken?« Die Stimme ihrer Schwester klang mindestens so hilflos, wie Romina sich gerade fühlte.

»Okay. Das mache ich. So wie du drauf bist, würdest du ohnehin so lange rumklicken, bis du den Bericht hättest.«

»Danke, tausendmal danke.« Paulina warf ihr einen nachdenklichen Blick zu. »Du spielst doch hin und wieder. Glaubst du, es wäre möglich, wenn ich dir etwas Geld gebe, dass du einen höheren Betrag einsetzt? Ich meine, nur so zur Sicherheit.«

»Pauly. Du bist ja richtig besessen von der Idee mit der Schwarzmarkt-Niere. Stimmt's?«

»Ich habe einfach furchtbare Angst, dass Benedetta nicht effizient genug mit Medikamenten vor der Dialyse geschützt werden kann, weil sich ihr Zustand rapide verschlechtert. Das hast du selbst bemerkt.«

Das hatte Romina wirklich, und deshalb spielte sie in letzter Zeit sogar häufiger, um ihrer kleinen Nichte Freude bereiten zu können. Das neue iPad, die fröhlichen Klamotten, all das verdankte sie ein paar jedoch eher spärlich zu nennenden Gewinnen.

»Es zu versuchen schadet sicher nicht. Aber die Chance, anständig zu gewinnen, ist mehr als gering.« Sie seufzte. »Verschwindend gering sogar.«

»Ich kann leider keinen Kredit aufnehmen, dazu ist mein Einkommen zu niedrig. Lass mich doch Guglielmo um das Geld bitten. Schließlich fließt er doch geradezu über vor Schuldgefühlen. Er gibt uns sicher etwas, und du kaufst Lose oder setzt es da ein, wo du den höchsten Gewinn erwartest. Ich kenne mich damit leider nicht aus.«

»Pauly, hör auf damit. Du hast versprochen, niemandem etwas davon zu erzählen, und jetzt fängst du schon wieder mit Guglielmo an. Ich brauche seine Scheine nicht, sondern einfach nur ein wenig Glück«, fügte Romina gegen ihren Willen hinzu und ärgerte sich, von Paulina überzeugt worden zu sein.

Was, wenn sie wirklich gewann, so viel, dass sie sich den Transplantationstourismus für Paulina und Benedetta leisten konnte?

Auf jeden Fall wären sie dann beide kriminell.

Aber, beruhigte sie sich, erstens ist es unwahrscheinlich, dass ich gewinne, und zweitens ist die Sache mit dem Schwarzmarkt ein völlig irrationales Vorhaben. Geeignet, um Hoffnung zu erzeugen, aber zur Umsetzung gehört nun mal noch einiges mehr.

»Bekomme ich noch einen Schuss vom *good old* Jack?«, fragte Paulina, und ihre Stimme klang gepresst, so als würde sie Tränen unterdrücken.

»Ja, aber nur noch einen kleinen.«

Romina ging in die Küche. Dort öffnete sie das Fenster und atmete tief durch. Hinter ihren Schläfen pochte der Kopfschmerz. Wenn sie nicht sofort eine Tablette nahm, würde er in eine Migräne ausarten.

Sie beugte sich über die Spüle, hielt den Mund unter den fließenden Wasserstrahl und schluckte die Pille.

»Warum brauchst du so lange?«, rief Paulina ungeduldig.

»Bin gleich bei dir. Mach inzwischen bitte beide Fenster auf und lass frische Luft herein.«

Achtlos mischte sie den Whiskey mit dem Rest des zerschlagenen Eises, das sie in der Plastiktüte zurück ins Gefrierfach gelegt hatte. Ohne sich dagegen wehren zu können, sah sie ihre Nichte im sterilen Krankenhausbett liegen, sah, wie über ihr liebes Gesicht ein strahlendes Lächeln wanderte, sobald ihre Tante im Türrahmen auftauchte.

Rominas Herz zog sich schmerzhaft zusammen. Und wieder änderte sie im Bruchteil einer Sekunde ihre Meinung.

Um Benedetta zu retten, *musste* sie Geld beschaffen. Wenn sie nicht gewann, würde sie es eben anders versuchen. Über das Wie würde sie sich später Gedanken machen.

***

Mariella öffnete die Tür und stürzte zum läutenden Telefon.

Aus Sicherheitsgründen hatte sie ihr altes Handy nie mit dabei, wenn sie ausging. Offiziell besaß sie nicht mal eines, was ihren Freundinnen gehörig missfiel, da sie dadurch telefonisch nicht für sie erreichbar war.

Außer bei der Arbeit.

Doch da riefen sie nicht an, denn Mariella war zuverlässig und hatte bisher noch keinen per Mail vereinbarten Termin ausgelassen.

Und so lag das alte, verhängnisvolle Ding stets in ihrer Wohnung auf dem Nachtkästchen neben ihrem Bett und wartete dort auf sie.

Mariella holte noch einmal tief Luft, ehe sie zitternd vor Furcht endlich auf »Annehmen« drückte. »Gennaro?«, stammelte sie, obwohl sie wusste, dass nur er es sein konnte.

»Was soll diese bescheuerte Frage? Ich bin es. Natürlich ich. Wer denn sonst? Hast du diese Nummer etwa noch an irgendjemand anders weitergegeben?«

»Nein. Das würde ich niemals tun. Ich habe es dir versprochen und halte mich daran.«

»Warum muss ich so oft anrufen, bis ich dich endlich erreiche? Das war so nicht abgesprochen.«

»Heute war doch unser regelmäßiges Mittwochstreffen. Das weißt du. Es hat etwas länger gedauert, weil Ludmilla dauernd neue Getränke bestellte. Ich konnte nicht vorzeitig aufbrechen, ohne aufzufallen. Die halten mich ohnehin alle für verschroben und weltfremd.«

»Bist du wohl auch. Jedenfalls verstehe ich jetzt, warum du so verwaschen klingst. Hoffentlich hast du bei diesem lächerlichen Stammtisch den Mund gehalten, denn wenn du betrunken bist, kannst du deine Muttersprache kaum verbergen. Du denkst einfach nicht mit. Pass besser auf, sonst ...«

»Ich schwöre dir, weniger als die anderen getrunken und auf meine Sprache geachtet zu haben.«

»Das rate ich dir. Und komm nicht auf die Idee, den Kontakt zu mir abzubrechen, unbedarft und schwachsinnig, wie du bist.«

»Das würde ich auf keinen Fall wagen, ich weiß doch, dass meine Existenz von dir abhängt. Wie hätte ich die Prüfungen sonst schaffen sollen, ohne deine großzügige Hilfe?«

»Ich weiß, was deine Beteuerungen wert sind. Du dummes Mädchen, denkst du allen Ernstes, dass es dir gelingen würde, mir zu entkommen, wenn du mich nur besänftigst und mir schmeichelst? Ja, glaubst du, ich weiß nicht, wie ich dich erreichen kann, wenn du tatsächlich eines Tages beschließt, mich zu blockieren? Das verdammte Handy ist nicht mein einziges Mittel, deiner habhaft zu werden. Ich weiß alles über dich, wer du bist, was du tust, wo du wohnst. Schlimmstenfalls hole ich dich von dort weg. Wage also solche Dummheiten besser nicht, oder du wirst sehen, was du davon hast.«

»Ich werde immer für dich da sein. Auch wenn ich mich verspäte und du ein paarmal anrufen musst, sei unbesorgt, ich hebe immer ab.«

»Das erwarte ich auch. Sonst gnade dir Gott. Ich finde dich überall, und meine Bestrafung für deinen Ungehorsam wird grausam sein.«

Allein das Vernehmen der Boshaftigkeit in seiner Stimme brachte sie zum Zittern.

»Bitte, bitte, tu mir nicht weh. Ich gehorche dir, ich tue, was du verlangst, das weißt du. Alles, damit du mich nur nicht auslieferst. Es wäre mein absolutes Ende. Ich kann nicht zurück nach Garni. Ich möchte weiterhin in Italien bleiben und als Lehrerin arbeiten.«

»Dich nach Armenien bringen? Dazu muss es nicht kommen, wenn du gehorchst. Komm einfach heute Nacht wie üblich nach Cervignano und befriedige deine Freier mit der erotischen Phantasie und Hingabe, die ich ihnen versprochen habe, und es wird dir nichts passieren. Falls du jedoch fernbleibst, weißt du, was du zu erwarten hast, meine kleine, keusche Schullehrerin.«

»Ja«, stammelte sie ergeben. »Natürlich.«

»Das will ich meinen. Ich erwarte dich, mein Täubchen. Du bist die Beste, aber sei pünktlich. Es sind drei reizende Männer mit speziellen Neigungen, die sich heute auf dich freuen. Bereite dich auf eine lange Nacht vor.«

»Du kannst auf mich zählen«, wisperte sie, aber da hatte Gennaro die Verbindung schon unterbrochen.

Mariella sank weinend in die Kissen ihres schäbigen, muffigen Sofas und zupfte ein paar Kleenex aus der Schachtel, die daneben auf dem Beistelltisch stand.

Sie unterdrückte das Schluchzen und rief sich zur Ordnung. Was halfen Tränen und Rotz?

Sich selbst zu bemitleiden würde nur bewirken, dass sie morgen mit verquollenem Gesicht zum Unterricht erschien. Den Schlafmangel hatte sie im Griff, dank der Tabletten, die er ihr verabreichte. Sie ließen auch die tiefen Ringe unter ihren Augen im Nu verschwinden und gaben ihr die Kraft, den Tag zu überstehen. Nur weinen durfte sie nicht.

In Wahrheit vermochte kein Medikament der Welt ihr Martyrium zu lindern.

Sie musste ihm gehorchen, sich seinem Willen widerstandslos beugen.

Hatte sie eine Wahl?

Die hatte sie nicht.

Damals in Garni, der armenischen Kleinstadt, aus der sie stammte, hatte sie diesen Mann für ihren Retter gehalten, nun war er ihr größter Alptraum. Bevor sie ihn traf, hatte sie ihren Job in einem Kleiderladen verloren. Sie war vom Besitzer beim Klauen erwischt worden, und weil ihr Chef den Diebstahl der Polizei melden wollte, war es zu einem kurzen Kampf gekommen, bei dem sie ihn am Kopf verletzt hatte. Zum Glück konnte sie ihm entwischen. Doch von da an war die Polizei hinter ihr her, und sie wusste nicht, wohin sie gehen sollte. Familiären Rückhalt gab es keinen, da ihre Mutter schon lange tot war und ihr Vater wegen Raubmords im Gefängnis saß. Ersparnisse besaß sie auch nicht, durch ihre Arbeit im Geschäft war sie gerade so über die Runden gekommen.

Sie stand vor dem Abgrund. Die bitteren Tränen der Verzweiflung schluckte sie tapfer hinunter. Doch während sie auf einem Barhocker in einer miesen Kneipe saß und in die Cola starrte, für die sie gerade ihr letztes Geld ausgegeben hatte, schwirrten ihr diffuse Selbstmordgedanken durch den Kopf.

Sie sah einfach keine Zukunft mehr für sich.

Dann, von einer Minute zur nächsten, veränderte sich alles.

Ein Wunder geschah.

Wie ein Ritter in einer schillernden Rüstung, in Wahrheit handelte es sich dabei um einen silbern glänzenden schwarzen Anzug, stand er auf einmal neben ihr. Er blickte ihr tief in die Augen, lächelte, und ihr Mund verzog sich automatisch zu einem gelösten Grinsen. Im nächsten Moment hatte er den Barhocker neben ihrem nahe an sie herangeschoben und saß dicht an ihrer Seite.

Auf Russisch, in ihrer Muttersprache, sprach er mit ihr, lauschte aufmerksam ihrer Geschichte, hob fassungslos die buschigen Augenbrauen, murmelte:»Einem so außergewöhnlich schönen Mädchen wie dir sollten niemals so furchtbare Dinge zustoßen. Wäre ich Gott im Himmel, ich hätte einen Weg gefunden, dir dieses traurige Schicksal zu ersparen. Die Bullen dürfen dich nicht erwischen, es wäre dein Ende.«

Mariella war von seinen mitfühlenden, schmeichelnden Worten geradezu betört gewesen. Sie hatte sich nicht gefragt, was dieser überaus attraktive und offensichtlich wohlhabende Mann in so einer heruntergekommenen Kaschemme verloren hatte, sondern geweint, all ihren Schmerz herausgelassen, sich dem Fremden geöffnet wie keinem anderen jemals zuvor und sich hilfesuchend an seine kräftige Schulter gelehnt. Was war sie doch naiv gewesen, dämlich und unbedacht! Nach jedem Drink, den er ihr spendierte, wurde sie sich seiner Zuneigung sicherer, wuchs ihre Hoffnung ins Unermessliche.

Ihr tragisches Dasein, ihre Angst und ihre Verzweiflung verwandelten sich in ein buntes Karussell mit immer neuen fröhlichen Mustern, die zu einem Wirbelwind wurden, der sie hin und her schleuderte.

Als sie vom Hocker zu stürzen drohte, nahm er sie fest an die Hand, stützte sie und geleitete sie so selbstverständlich, als hätten sie es zuvor miteinander ausgemacht, in sein Hotelzimmer. Er bettete sie auf das saubere Laken, warf ihre billigen Klamotten in den Papierkorb unter dem Schreibtisch und breitete eine dünne Decke über ihren schmalen nackten Körper.

»Mädchen, ich werde dir aus der Armut heraushelfen. Durch mich wirst du der Polizei entkommen. Denn du gefällst mir. Was für ein Glück, dass wir uns heute begegnet sind. Du und ich, wir sind füreinander bestimmt. So etwas widerfährt einem nicht häufig im Leben. Wir werden zusammen fortgehen, mein Täubchen. Das möchtest du doch auch, da irre ich mich doch nicht?«

Duselig hatte sie genickt und ihren hämmernden Kopf in die weichen Kissen geschmiegt, während er ihr Gesicht mit Küssen bedeckte. In ihrer Benommenheit nahm sie kaum mehr wahr, dass er erregt zu ihr unter die Decke schlüpfte und sich auf sie legte.

Sie wachte auf, als ihr der Duft von frisch aufgebrühtem Kaffee in die Nase stieg. Das Frühstück, das er für sie geordert hatte, stand auf dem Nachttisch neben ihrem Bett. Er war bereits wach und angezogen.

»Warte hier auf mich, mein Täubchen, ich bin in etwa einer Stunde wieder bei dir. Ich besorge ein paar Dinge für dich.«

»Kleidung?« Ihre Kehle war rau.

»Ja, und einiges mehr. Was eine junge Dame eben alles so braucht. Schlaf ruhig noch ein wenig, du sollst ausgeruht sein. Denn heute betrittst du mit mir die Wunderwelt, die dir gebührt.«

Sie hatte vor Aufregung nicht mal dösen können. Unter der Dusche wusch sie ihr langes Haar, seifte ihren Körper ein, der an manchen Stellen wund war und schmerzte, und musste dennoch vor Freude auf das Kommende singen.

Die diffus an die Oberfläche ihres Bewusstseins drängenden Bruchstücke eines Traums, den sie letzte Nacht offenbar gehabt hatte, schob sie beiseite.

Seine schwitzende Hand auf ihrem Mund, die ihre Schmerzensschreie dämpfte.

Sein gefährliches Flüstern: »Ruhig, bleib still, dann geschieht dir nichts. Oder es wird dein letzter Laut sein.«

Das war doch nur in ihrer Einbildung geschehen?

Bereits nach etwa fünfzig Minuten stand er mit etlichen Papiertüten in den Händen im Zimmer, und sie strahlte ihn, in ein Badetuch gehüllt, erwartungsvoll an.

»So gefällst du mir schon besser, mein Täubchen. Lass den blöden Stofffetzen fallen und schau nach, was ich dir alles mitgebracht habe.«

Es war wie die Geburtstage und Weihnachtsfeste ihrer Kindheit zusammen. Damals, als ihre liebe Mutter sich noch um sie kümmern konnte. Sie schluckte hart und wusste, dass er jetzt an Mamas Stelle getreten war. Wahrscheinlich hatte sie ihn geschickt.

Splitternackt saß sie auf dem Boden, neben sich Büstenhalter, Slips, enge Kleidchen aus feinen Stoffen, Korsagen mit Strapsen und den dazugehörigen Strümpfen, durchscheinende Nachthemdchen, drei Paar Stöckelschuhe, Stiefel, ein samtenes

Jäckchen, kurze Pullis, bunte Schals, einen taillierten Mantel, Accessoires und Schminke, von Lippenstiften über Wimpertusche bis hin zu Make-up und mit Strass besetzten Haarspangen. Vieles davon kannte sie nicht mal. Auch Waschzeug war dabei. Rosenseife, Haarshampoo, Talkumpuder, Lavendelduschgel, eine Bodylotion sowie Zahnpasta und eine Bürste.

»Danke«, stammelte sie und schluchzte vor Rührung. »Danke, womit habe ich das verdient?«

»Du hast mir sofort den Atem geraubt, als du mir gestern in der Bar in die Arme gelaufen bist.«

»Ich bin wohl eher vom Barhocker geplumpst«, entgegnete sie kichernd.

»An deiner Aussprache und der Wortwahl werden wir noch etwas arbeiten müssen.«

»Was ist falsch daran, wie ich rede?«

Sie war so arglos gewesen, so zuversichtlich. Voller Hoffnung und neu gewonnenem Optimismus.

»Alles. Du wirst lernen, dich in deiner und in meiner Sprache gewählt auszudrücken. Es wird eine Weile dauern, bis ich dich so weit habe, wie ich mir das vorstelle, aber willig bist du ja«, er grinste, »das ist mir nicht entgangen.« Er ging zum Schrank und nahm einen Koffer heraus. »Wir reisen heute noch nach Italien. Gibt es jemanden, von dem du dich verabschieden musst?«

»Nein. Ich bin allein.«

»Umso besser. Denn jetzt hast du ja mich. Du brauchst niemand anderen. Ich bin ab sofort dein Mann, und du bist meine Frau.«

»Heiraten willst du mich? Du? Ein Mann von Welt? Das einfache Mädchen aus ärmlichen Verhältnissen?«

»Ich wiederhole mich nur ungern. Aber vor uns liegt noch ein mächtiges Stück Arbeit, bis du für den Altar bereit bist. Gehorche mir, füge dich, und alles wird sich zum Besten wandeln.«

Mariella war überglücklich gewesen. Sie hatte ihm bedingungslos vertraut, sich von seinen verführerischen Worten über die bevorstehende Eheschließung in einem Land, das nach Zitronenbäumen duftete und das sein Zuhause war, ohne jeden Vorbehalt einwickeln lassen.

Sie durfte Armenien den Rücken kehren.

Ihr Ritter in der schillernden Rüstung würde sie aus dem Schmutz ziehen, nach Italien bringen und ihr ein sicheres Dasein ermöglichen. Ohne ihn wäre sie heute vielleicht nicht mal mehr am Leben. In der Gosse hätte sie sich wiedergefunden oder womöglich gleich in einem Sarg.

Dass die von ihm in schillernden Farben beschriebene Zukunft mit ihm für sie letztlich beides zugleich bedeuten würde, war ihr erst viel später klar geworden.

In seinem Auto, einem SUV mit schwarz getönten Scheiben, brachte er sie in einen Vorort von Cervignano, einem Städtchen an der oberen Adria, nicht weit entfernt vom Meer, in sein prunkvolles Haus, in dem er allein und fernab von anderen wohnte.

Die erste Zeit war schier unerträglich gewesen, denn Geduld zählte nicht zu seinen Stärken. Dafür hatte sie sich angestrengt, ihm jeden Wunsch von den Augen abzulesen. Doch ihre Bemühungen wurden nicht mit der erhofften Zuneigung belohnt. Die einzige Nähe, die sie erfuhr, war brutaler Sex. Meistens war sie da schon im Halbschlaf, möglicherweise leicht betäubt. Der bittere Geschmack der Drinks, die er ihr zuvor verabreichte, ließ sie das vermuten. Am nächsten Morgen spürte sie dann ihren geschundenen Körper und wunderte sich über die blauen Flecken auf ihrer Haut.

Hörig?

Dieses altmodisch anmutende Wort hatte sie hin und wieder in Journalen gelesen, aber nie wirklich verstanden, worum es dabei ging.

Abhängig war sie von ihm, aber sicherlich nicht im sexuellen Sinn.

Sie war an ihn gebunden, aus Dankbarkeit, da er sie aus einem trostlosen Leben herausgeholt und mitgenommen hatte.

Sie empfand eine klare Verpflichtung, ihm dafür zu Willen zu sein.

Schließlich kam er für ihre Existenz auf, gewährte ihr Unterschlupf, ermöglichte ihr die Ausbildung in einem harmlosen, wenn auch angesehenen Beruf, organisierte neue Papiere, die sie als Italienerin auswiesen.

Ohne seine Unterstützung hätte sie nie den Abschluss als Lehrerin gemacht.

Zwar lobte er sie für ihre Sprachbegabung. Niemand konnte ihren Akzent wahrnehmen, sie redete fast wie eine gebürtige Italienerin.

Bei allem anderen war sie jedoch auf seine Hilfe angewiesen gewesen.

Auch deshalb war sie ihm dankbar ergeben.

Geheiratet hatte er sie allerdings nie.

Als sie ihn an sein Versprechen erinnerte, hatte er bloß höhnisch gelacht und gemeint: »Für eine wie dich habe ich anderes im Sinn. Aber da du es ansprichst, mein Täubchen: Deine Lehrjahre bei mir sind nun vorbei. Ab jetzt wirst du mir meine Investition zurückzahlen.«

Sie war von seinen Worten geschockt gewesen.

Bestürzt hatte sie nachgehakt: »Was bedeutet das genau für mich?«

»Du wirst einer anderen Braut Platz machen müssen, mein Täubchen. Eine Unterkunft in Grado gibt es schon für dich, nicht weit entfernt von der Schule, in der du unterrichtest. Du sparst dir also die lästige Busfahrt und kannst zu Fuß zu deinem Arbeitsplatz gehen.«

Ein anderes Mädchen würde ihre Stelle bei ihm einnehmen? Das machte sie traurig, es tat weh. Auch wenn er einen sehr schlechten Charakter hatte, hing sie an ihm. »Werden wir uns wiedersehen? Wie kann ich dir danken? Was bin ich dir schuldig?«

»Du wirst mich einmal die Woche treffen. Hier in diesem Haus. Du wirst die ganze Nacht bleiben und Männern gefällig sein.«

»Was heißt das?«, brachte sie mit heiserer Stimme heraus.

»Nichts Neues für dich, mein Täubchen. Sie werden dir

schon sagen, was sie wollen, und ich gebe dir Pillen, die es für dich leichter machen. Alles wie gehabt. Aber deinen Mund wirst du halten müssen, zu niemandem ein Wort, verstanden? Denn wenn du mich verpfeifst, gehst du mit in den Knast. Erinnere dich, warum du niemals nach Garni zurückkannst. Du stehst auf einer Fahndungsliste.«

Mariella konnte sich noch gut daran erinnern, wie sie sich gefühlt hatte, als ihre Welt bei diesen Worten zum zweiten Mal zusammenbrach. Mindestens zwei Lastwagen waren über ihre geschundene Seele gerattert.

»Ich werde schweigen und unser Geheimnis für mich behalten. Das verspreche ich dir hoch und heilig.«

War das eine Lüge oder die Wahrheit gewesen?

Sie konnte es nicht sagen, es sich nicht einmal selbst eingestehen.

Doch sie war an einem Punkt angelangt, an dem ihr klar wurde, dass es so nicht länger weitergehen konnte.

Sie spürte von Woche zu Woche mehr, wie ihre Lebensgeister schwanden. Umgeben von einer dicken, dämpfenden Hülle bestritt sie ihre Tage und lag in den Nächten häufig wach, weil sie angestrengt überlegte, wie sie ihm entkommen konnte.

Aufgefallen war ihr Zustand lediglich Camillo, einem ihrer Kollegen aus der Schule. Die Freundinnen hatten nie etwas bemerkt.

Eines Tages hatte Camillo sie angesprochen und gefragt, ob sie schlafwandele oder an einer Krankheit leide.

»Epilepsie?«, hatte er vorsichtig geäußert und sie aufmerksam betrachtet. »Ich meine nur, weil du mitunter wie weggetreten wirkst und kaum ansprechbar bist.«

Sie war abrupt vom Konferenztisch aufgesprungen, hatte brüsk erklärt, sie sei vollkommen gesund, und war Camillo seither aus dem Weg gegangen.

Aber er ließ nicht locker. Er beobachtete sie, wenn die anderen Kollegen nicht hinsahen, und legte ihr ab und an einen salzigen Leckerbissen oder eine süße Brioche mit Aprikosenmarmelade auf ihr Pult, weil er wohl meinte, dass sie zu wenig aß.

Mariella war darüber froher, als sie es sich eingestehen wollte, und verzehrte alles, was er ihr brachte, mit Genuss.

Ein Gespräch, das über ein paar belanglose Plaudereien in der Pause hinausging, hatte er nie wieder angefangen.

Sie mochte ihn, weil er ein sanfter Lehrer war, der nicht zu Gewaltausbrüchen neigte. Vielleicht dachte sie sogar ein wenig zu oft an ihn.

Wenn er wüsste, was sie jeden Mittwochabend tat, würde er sich von ihr abwenden.

Mariella musste einen Weg finden, ihrem Peiniger zu entfliehen. Dazu brauchte sie Geld, viel Geld. Doch woher nehmen? Sparen konnte sie über die Jahre nur wenig, denn er kontrollierte alles, sogar ihr Bankkonto.

Flucht war ihre einzige Möglichkeit, diesen Schrecken hinter sich zu lassen.

11

Das Geschäft war abgesperrt.

Die Auslage in den Schaufenstern und das matte, leicht abgedunkelte Glas der Eingangstür erlaubten keine Sicht nach drinnen.

Nichts war zu hören, als Anastacia ihre Ohren an das Glas presste. Verunsichert blickte sie sich um.

Die Mittagspause war längst vorüber, und der Laden hätte geöffnet und voll sein sollen.

Nicht wirklich *voll*, denn das war er nie.

Einige Touristen verirrten sich durchaus hierher. Jene, die *echte* Schnäppchen von der Sonneninsel erstehen wollten. Die Einheimischen kamen ebenfalls, doch viele von ihnen fuhren lieber ins Outlet, das knapp vor Palmanova lag und zu günstigen Preisen die jeweilige Vorjahrsmode anbot. An Regentagen war diese Shoppingmeile bei Einheimischen wie Auswärtigen ein beliebtes Ausflugsziel. So manches Schnäppchen wurde dort ergattert.

Durch das Outlet hatten sie eine Menge an Umsatz eingebüßt.

Anastacia suchte nach dem Schild, das sie üblicherweise an der Eingangstür befestigten, wenn sie während der Öffnungszeiten kurz wegmussten, konnte es jedoch nicht entdecken.

Sie zog ihren Zweitschlüssel aus der Hosentasche und sperrte auf. »Giovanna!«, rief sie und: »Giusy!«, aber niemand antwortete ihr.

Verdrossen irrte sie durch den Laden. Die beiden saßen nicht wie vermutet in der Teeküche bei einem gemütlichen Mittagsplausch. Es war niemand hier.

Anastacia ging zur Kasse und überprüfte die letzte Eingabe.

Elf Uhr fünfundvierzig.

Das hieß, die beiden hatten kurz danach, als Anastacia noch fröhlich mit ihren Freundinnen plauderte, die Schotten dicht gemacht und waren abgezogen.

Was zur Hölle, überlegte sie, und ein komisches Gefühl machte sich in ihr breit. Wohin hatte es Giovanna und Giusy bloß verschlagen?

Vielleicht in die neue, angesagte Pizzeria auf dem Platz neben der Parfümerie? Oder genehmigten sie sich einen Happen in einer der Bars im Zentrum?

Alles okay, beruhigte Anastacia sich selbst und versuchte, ihr ungeduldig schlagendes Herz wieder in den normalen Takt zu bringen.

Warum aber gab es kein Post-it mit einem entsprechenden Hinweis für sie, wo die beiden zu finden waren?

Wieso ging Giovanna nicht ans Telefon?

Das war mehr als nur merkwürdig. Dieses nachlässige Verhalten ihrer Partnerin, die ihr sonst immer schrieb, wo sie sich aufhielt, schürte Anastacias Eifersucht und ihr Misstrauen gegenüber Giusy.

Sie fühlte sich ausgeschlossen aus der Welt ihrer Liebsten.

Wie kam Giovanna dazu, ihr das anzutun?

Tränen traten in ihre Augen.

Mit einem letzten Rest Hoffnung, Giovanna dort anzutreffen und eine gewöhnliche Erklärung zu erhalten, machte sie sich auf den Weg zu ihrer gemeinsamen Wohnung in der Città giardino, einem Teil von Grado, in dem auch der Wochenmarkt jeden Samstag stattfand.

Sie hastete mehr durch den Parco delle Rose, als dass sie lief. Daheim angelangt, stürmte sie in den zweiten Stock hinauf und öffnete mit bebenden Fingern die Wohnungstür.

Kaum dass sie eingetreten war, kam ihr Giusy entgegen. Sie war in ein Handtuch gehüllt, das gerade mal ihre Brust und die Oberschenkel bedeckte.

Als sie Anastacia erblickte, blieb sie stehen und begann zu kichern. »Es ist nicht das, wonach es aussieht«, brachte sie glucksend hervor.

»Erspare mir diese dummen Allgemeinplätze«, herrschte Anastacia sie an. »Wo ist Giovanna?«

»Hier bin ich«, antwortete ihre Partnerin und trat aus dem Badezimmer. Sie wand ihr nasses, tropfendes Haar um ihre Hand. »Was führst du dich wie eine Besessene auf?«

Anastacia blieb das Wort im Hals stecken. Sie rang verzweifelt nach Luft. »Habt ihr … wart ihr zusammen unter der Dusche?«, fragte sie schließlich gequält.

Giovanna schoss augenblicklich eine tiefe Röte ins Gesicht. »Natürlich nicht, *tesoro.*« Ihre Stimme klang schuldbewusst. Sie kam auf Anastacia zu und umarmte sie fest. »Alles ist gut. Wo denkst du bloß hin? Unsere Kleine hier hat sich mit Schokolade und Erdbeereis bekleckert. Da haben wir früher Schluss gemacht, und ich bot ihr an, bei uns eine Dusche zu nehmen.«

Dieses »wir« stieß Anastacia gewaltig auf.

»Das erklärt noch lange nicht, warum du dein Haar gewaschen hast.« Ohne es verhindern zu können, stellte Anastacia sich vor, wie Giusy und Giovanna unter der Brause standen und im Strahl des kühlen Wassers ihre Brüste aneinanderrieben.

Sie wollte noch etwas sagen, doch Giusys schadenfrohes Grinsen hielt sie davon ab.

Entsetzt stürmte Anastacia hinaus und zog die Wohnungstür hinter sich ins Schloss.

***

Maddalena wählte Zolis Nummer.

Dienstbeflissen, wie ihr Assistent nun mal war, hob er prompt ab.

»Houston, wir haben ein Problem«, meldete Maddalena sich und ärgerte sich, diese abgedroschene Redewendung verwendet zu haben.

»Commissaria, Chefin«, erwiderte er sogleich, »wie kann ich helfen?«

»Haben Sie heute schon etwas vor? Falls nicht, würde ich Sie bitten, sich uns anzuschließen. Wir haben eine weibliche Leiche, mit einem stumpfen Gegenstand erschlagen, und müssen noch eine Menge Anwohner befragen. Fanetti und Lippi sind im Einsatz und gehen ebenfalls von Tür zu Tür, doch bisher haben wir noch nicht viel herausbekommen und könnten Ihre Unterstützung gebrauchen.« Sie nannte ihm Straße und Hausnummer.

»Selbstverständlich können Sie mit mir rechnen. Meine Maria kann mein Mittagessen, das sie nach Anleitung meiner Mutter für uns gekocht hat, am Abend für mich aufwärmen. Ich bringe eine Thermoskanne Espresso mit.«

Maddalena hörte ihn noch »Mama, dein Kaffee ist erwünscht« rufen, dann brach die Verbindung ab.

Erleichtert, dass Zoli sich ihnen anschließen würde, ging Maddalena zwei Stockwerke nach unten zur Wohnung der Toten, um dort auf Lippi und Fanetti zu warten.

Ein Junge mit einem großen Schulranzen auf dem Rücken, womöglich das Kind, von dem Lippi ihr berichtet hatte, kam an der Hand seiner Mutter die Treppe herauf.

Wissbegierig flitzte sein Blick zwischen ihr und der Wohnungstür hin und her.

Maddalena begrüßte ihn freundlich. »Hallo, junger Mann, suchst du meinen Kollegen? Hast du uns vielleicht etwas zu sagen, das ein wenig Licht ins Dunkel bringt? Du scheinst mir ein aufgewecktes Kerlchen zu sein.«

Die Wangen des Jungen färbten sich rot vor Stolz. »Warum ist die Dame denn tot? Ich kannte sie nicht, aber sie hat mir einmal einen Schokoladenhasen zu Ostern geschenkt.«

»Carlo.« Die Mutter zog an seinem Arm. »Lass die Polizistin ihre Arbeit doch in Ruhe verrichten.«

»Aber sie hat mich extra gefragt«, wandte der Kleine berechtigterweise ein, »da musste ich antworten. Es wäre unhöflich gewesen, nichts darauf zu erwidern. Ich könnte ein wertvoller Zeuge sein.«

»Bist du aber nicht«, erklärte ihm die Mutter trocken. »Komm, es gibt Mittagessen, und danach hast du eine Menge Hausaufgaben zu erledigen.«

Der gestrengen Mutter und ihrem Sohn kam eine hübsche blonde Frau entgegen, die einen dicken Hund an der Leine führte. »Wenn das nicht mein Schnuckelchen ist.« Mit ihren langgliedrigen Fingern strich sie über den Wuschelkopf des Jungen, der sich empört wegdrehte. Dem Hund galt allerdings sein Interesse.

»Warum keucht er immer so komisch?«

»Er leidet an Asthma«, erklärte die Blonde.

Dem Jungen schien das nichts zu sagen.

»Komm, Mama, ich habe einen Bärenhunger.«

Maddalena und die Mutter wechselten über den Kopf des Jungen hinweg einen Blick des stillen Einverständnisses, und die beiden zogen von dannen.

»Können Sie mir etwas über die tote Frau berichten? Kannten Sie sich?«, fragte Maddalena die blonde Frau und wies auf die Wohnungstür.

Sie hob den Hund auf ihren Arm, ehe sie antwortete. »Tut mir leid, mein armer Schatz kriegt so schwer Luft. Ich bin auf dem Weg zum Tierarzt. Die bedauernswerte Signora habe ich zwar manchmal im Flur getroffen und ein paar Worte mit ihr gewechselt, doch näher kannten wir uns nicht. Es ist eine Tragödie. Sie können mich gern noch mal befragen. Aber jetzt muss ich wirklich los. Ich wohne im zweiten Stock, hier im Haupthaus.« Sie setzte sich in Bewegung.

Kaum hatte sie mit ihrem Hund das Haus verlassen, wurde die Tür erneut aufgedrückt, und Piero Zoli stürmte herein.

»Bin ich zu spät?« Er schwenkte seine berühmte Thermoskanne.

»Keineswegs.«

Maddalena freute sich auf den starken Espresso, den Zolis Mutter wie keine andere zubereitete, als die blonde Frau auf einmal zu ihnen zurückgelaufen kam, stoppte und unbeweglich wie eine Statue mit dem Hund auf dem Arm im Flur stehen blieb.

»Ich wollte rasch noch etwas melden«, hob sie schüchtern an, »es war, glaube ich, vorgestern Abend, da war hier einiges los. Ein Taxi kam, oder es fuhr weg, so genau kann ich mich nicht mehr erinnern. Jedenfalls gab es ein ziemliches Getrampel im Treppenhaus, und ich hörte unterschiedliche aufgeregte Stimmen.«

»Waren es Frauen- oder Männerstimmen?«, fragte Zoli. »Ich kann es nicht sicher sagen, auf jeden Fall hörte ich mehr als nur eine Person reden. Und dann war es still.«

Maddalena überlegte, ob der Mord womöglich schon am Donnerstag stattgefunden haben könnte, verwarf den Gedanken jedoch sofort wieder, da die Leiche bei offener Wohnungstür halb im Treppenhaus liegend aufgefunden worden war. Außerdem hatte sich der Arzt, der den Tod feststellte, bereits auf einen Todeszeitpunkt in der Nacht von gestern auf heute festgelegt.

Sie bedankten sich, und die blonde Frau verließ, die Tür für Lippi und Fanetti aufhaltend, das Haus erneut in Richtung der Straße, während sie beschwörend auf das Hündchen einredete.

»Komisches Sozialverhalten«, dachte Maddalena laut, »aus manchen Menschen werde ich einfach nicht schlau. Zuerst wollte die Frau von nichts wissen, dann tauchte sie, obwohl in Eile, wieder auf.«

»Ich fand das Benehmen gar nicht so eigentümlich«, wandte Zoli ein. »Bestimmt war sie neugierig, und sie hatte ja wirklich etwas gehört, was von Bedeutung sein könnte. Wahrscheinlich ist sie auch den anderen Bewohnern gegenüber sehr aufmerksam, mal freundlich ausgedrückt. Und sie musste davon ausgehen, dass einer von uns sie ohnehin heute noch befragt hätte.« Er grinste schief und ein bisschen stolz, seine Meinung so differenziert geäußert zu haben.

»Da hat ja einer mitgedacht.« Lippi war an sie herangetreten und feixte. Er konnte es einfach nicht bleiben lassen, auf Zoli herabzublicken.

»Der Kollege hat das schon richtig eingeschätzt, ich war ein wenig neben der Spur«, warf Maddalena korrigierend ein, woraufhin Lippi betreten den schwarz-weiß gemusterten Fliesenboden fixierte.

»Hallo, Piero«, sagte Fanetti aufgeräumt. »Das ist ja eine fabelhafte Unterstützung. Espresso vom Feinsten.«

»Sind Sie im anderen Haus weitergekommen?«

»Wir haben an alle Türen geklopft, jedoch kaum etwas Interessantes zu hören bekommen, sofern uns überhaupt geöffnet wurde.«

»Hier fehlt noch eine Etage, die sollten wir gemeinsam abklappern und dann endlich Pause machen. Wir werden hier später noch einige Zeit verbringen, da viele Bewohner sicherlich erst nach und nach von ihrer Arbeit zurückkommen.«

»Zurzeit trifft man fast ausschließlich Senioren, Hausfrauen und Schulkinder an. Der Knirps ist jedenfalls schon wieder zu Hause.« Guido Lippi lächelte versonnen.

Maddalena schrieb diese ungewohnte Gefühlsregung dem Umstand zu, dass er seit kurzer Zeit mit der kleinen Simone zusammenlebte und anscheinend sein Herz für Kinder entdeckt hatte. Das freute sie für ihre Freundin Stella, deren bislang unerfüllter Wunsch nach einem Kind letztendlich doch noch in Erfüllung gegangen war. Wenn auch durch äußerst bestürzende Umstände, die den schmerzlichen Verlust ihrer gemeinsamen Freundin Bibiana zur Folge gehabt hatten.

Sie verteilten sich in der obersten Etage und tingelten von Tür zu Tür. Nur wenige Hausbewohner waren anwesend, und der Informationsfluss erwies sich als ebenso spärlich wie zuvor.

Unverrichteter Dinge kehrten sie zur Wohnung der Toten zurück.

Die Forensiker waren mit ihren Untersuchungen und Tatortanalysen fertig, und Lippi wies die Bestatter an, die Tote in die Rechtsmedizin zu bringen. Die beiden Kollegen der Tagschicht, die er am Morgen zur Sicherung des Tatorts angefordert hatte, würden die Wohnung nach Abschluss der Arbeiten versiegeln und dann in die Dienststelle zurückfahren.

Gerade als sie beschlossen hatten, sich nun auf den Weg in die Pizzeria zu machen, stürmte ein Mann ins Treppenhaus.

Er war etwa siebzig Jahre alt und hatte bereits eine beträchtliche Anzahl Haare verloren. Sein Hemd spannte sich über einem beachtlichen Bauch.

»Sind Sie die Kommissare?«, sprach er sie hektisch an und redete direkt weiter. »Ich wurde gerade von einem meiner Nachbarn darüber informiert, dass es hier im Haus eine Mordermittlung gibt und um wen es sich bei der Toten handelt. Ich glaube, ich habe eine enorm wichtige Beobachtung gemacht, auch wenn ich die besagte Person nicht gut kannte.«

»Da sind wir mal ganz Ohr«, erwiderte Fanetti.

Maddalena spürte, wie ihr Magen zu rebellieren begann. Aber sie riss sich zusammen und unterdrückte ihr Hungergefühl. Schließlich konnte man nie wissen, welche Aussagen wichtig waren und welche belanglos.

Dann besann Maddalena sich jedoch eines Besseren. Sie versicherte dem aufgeregten Mann, dass er seine Aussage in Kürze, nämlich am Nachmittag, zu Protokoll geben könne.

Er reagierte nicht unbedingt erfreut, willigte aber ein, sich um etwa sechzehn Uhr vor dem Appartement der Toten einzufinden, und verließ das Treppenhaus in Richtung des Hinterhofs.

»Chefin«, wagte Guido Lippi sich verwundert vor, »wenn ich fragen darf, warum haben Sie diese Aussage auf später verschoben?«

»Ganz einfach, Kollege«, antwortete sie. »Uns allen hängt der Magen inzwischen in den Kniekehlen, und der Zeuge hat auf diese Weise zwei Stunden Zeit, seine ›enorm wichtige Beobachtung‹ zu strukturieren. Wir wissen doch alle, dass die Menschen mitunter dazu tendieren, ihre Beobachtungen angesichts der tragischen Situation überzubewerten. Sein Eifer wird etwas nachlassen, und er wird dadurch weniger übertrieben, dafür um einiges glaubwürdiger erzählen, was er wahrgenommen hat. Vielleicht irre ich mich auch, Ausnahmen bestätigen bekanntlich die Regel, aber auf alle Fälle wird seine Aussage nach dem Essen nicht minder wertvoll sein.«

»Das könnte hinkommen.« Lippi nickte.

»Dann machen wir vier uns jetzt auf den Weg zur Osteria ›Rebechin‹, da sind wir zu Fuß in wenigen Minuten, und bestellen uns eine oder mehrere Pizzen. Die Rechnung geht auf mich. Einverstanden?«

Maddalena hatte nichts anderes als die nun folgende begeisterte Zustimmung erwartet. Durch die Führungsseminare hatte sie gelernt, wie wichtig es für die Arbeitsmotivation war, speziell bei schwierig anmutenden Fällen auch für das leibliche Wohl ihrer Mitarbeiter zu sorgen. Am besten bei einem gemeinsamen Essen.

***

Giorgias Weg zur Isola della Schiusa führte sie über die zweite der beiden Brücken.

Eigentlich hätte sie über die sogenannte weiße Fußgängerbrücke, die Egidio Bullesi, einem seliggesprochenen Franziskanermönch, gewidmet war, marschieren können, aber die war ihr mit dem Kinderwagen eindeutig zu steil. Also ging sie weiter, bis sie über den Zebrastreifen zur zweiten, weniger anspruchsvollen Brücke gelangte, die auch von Autos befahren wurde.

Am höchsten Punkt angekommen, blieb sie stehen, denn das Schieben des unhandlichen Kinderwagens die Steigung hinauf verlangte ihr auch hier einiges an Kraft ab.

Sie atmete tief durch und warf einen prüfenden Blick in den Wagen. Nachdem der kleine Mann vorhin über eine halbe Stunde geschrien hatte, war er zu Giorgias Erleichterung eingeschlafen.

Manchmal strengte sie das Aufpassen und Herumkutschieren ziemlich an, aber das würde sie niemandem gegenüber eingestehen.

Giorgia lehnte sich an das eiserne Geländer und nahm den Duft der bunten Blumen auf, die dort fein säuberlich angeordnet in den Kistchen prangten. Bald würde der Sommer das meiste Grün verblassen lassen und braun einfärben.

Es erstaunte sie immer von Neuem, wie rasch die Jahreszeiten einander abwechselten. Vermutlich war das ihrem fortschreitenden Alter geschuldet, denn als junges Mädchen hatte es ihr nicht schnell genug gehen können. Der Winter schien damals nie aufzuhören und der Hochsommer noch übermäßig weit entfernt zu sein.

Das Wasser im Kanal unter ihr war von einem tiefen Blau,

in dem sich die weißen Wolken des Himmels spiegelten. Am Ufer, unter den Pinien, lagen schmale Boote vor Anker.

Giorgia genoss den idyllischen Anblick und verspürte plötzlich den Wunsch, mit dem Linienschiff einen Ausflug zur Mönchsinsel Isola Barbana zu unternehmen, verbunden mit einem Essen im dortigen Pilgerrestaurant der Wallfahrtsstätte.

Dass ausgerechnet die zurückhaltende Mariella einen gemeinsamen Gottesdienst nach der Prozession zur Marienstätte vorgeschlagen hatte, freute sie. Ihr Herz ging bei dem Gedanken an ihre Worte förmlich auf.

Wie leicht konnte man sich in jemandem täuschen.

Ihr selbst war das, als sie noch tagsüber in der Bar gearbeitet hatte, schon einige Male passiert. Nicht alles war in Wirklichkeit so, wie es auf den ersten Blick, nach außen hin, schien.

Für Giorgia war das eine Mahnung, sich keine allzu schnellen Urteile zu bilden. Denn auch sie war gegen diese Art oberflächlicher Überheblichkeit keineswegs gefeit.

Wie oft schon hatte sie sich voreilig ein Bild von jemandem gemacht und war dann überrascht gewesen, wenn sich das Gegenteil ihres ersten Eindruckes herausstellte.

Jedes Mal überfiel sie sowohl Melancholie als auch Fröhlichkeit, wenn sie an ihre hauptberufliche Zeit in der Bar zurückdachte. Zum Beispiel wenn sie sich den alten Mann in Erinnerung rief, der neben einem Glas Wein für sich selbst auch stets eins für seinen Hund bestellte, das er diesem, sobald es serviert wurde, in den Napf goss. Nicht selten war der flauschige Wuschel zur Belustigung der übrigen Gäste danach leicht angeheitert zur Seite gekippt.

Weiter vorne meinte sie, Blaulicht flackern zu sehen. Sofort dachte sie an ihren Sohn. Hoffentlich wurde nicht bei ihm eingebrochen und etwas gestohlen, überlegte sie und merkte, wie leicht es ihr fiel, immer das Schlimmste anzunehmen.

Am Ende der kleinen Insel hatten Silvano und seine Lebensgefährtin unlängst ein Haus mit einem ansehnlichen Stück Grünfläche erstanden.

Als sie gerade in die Gasse, in der die beiden wohnten, einbiegen wollte, nahm sie im Augenwinkel eine flüchtige Bewegung wahr.

Ruckartig drehte sie sich zur Seite und stutzte.

War das nicht Giovanna, Anastacias Verlobte, die eine Blondine mit Zöpfen innig küsste?

Hastig schob sie den Kinderwagen weiter.

Sie wollte das nicht wissen.

Wie peinlich, falls Giovanna sie ebenfalls bemerkt hatte. Aber sie schien so vertieft darin zu sein, die junge Frau zu umarmen, dass Giorgias Anwesenheit ihr vermutlich entgangen war.

***

Verzweifelt hielt Romina das Handy ein Stück von ihrem Ohr weg. Doch es half nichts. Immer noch hörte sie deutlich und klar Paulinas Schluchzen und konnte die abgehackten Worte dazwischen nicht entschlüsseln.

Sie massierte mit der freien Hand heftig ihre verspannte Nackenmuskulatur. »Beruhige dich bitte, Pauly. Was ist denn passiert? Du heulst und stammelst so sehr, dass ich nichts von dem verstehe, was du sagst.«

Ihre Haut begann zu prickeln, und die feinen Härchen auf ihren Unterarmen stellten sich auf. Sie hatte Angst davor, dass ihre Schwester sich fasste und antwortete.

Das lag vermutlich daran, dass Romina etwas Erschreckendes befürchtete.

»Jetzt rede schon, ich klappe gleich zusammen. Es ist doch nichts mit Benedetta?«

»Doch, Romy. Die eine Niere ist kurz davor, endgültig zu versagen.«

Vor dem Fenster versank die orangefarbene Sonne hinter der grauen Häuserfront. Das bemerkenswerte Schauspiel, dem sie sonst zumindest einen Blick gegönnt hätte, übte diesmal keinen Reiz auf sie aus.

»Bist du noch dran?«, vernahm sie die zittrige Stimme ihrer Schwester von weit her.

Romina packte das Telefon fester, presste es an ihr Ohr und antwortete entschlossen: »Ich schlachte jetzt mein Sparschwein mit dem Notgroschen und mache mich auf den Weg. Die eine Bar am alten Hafen ist noch geöffnet. Dort gibt es einen einarmigen Banditen. Vielleicht kommt diesmal etwas aus der Slot-Maschine. Ich brauche nur vier gleiche Symbole, um den Jackpot zu knacken. Und der wirft eine Menge aus.«

»Danke«, hauchte Paulina, »ich hoffe, es ist nicht schon zu spät. Ich bete jeden Tag zu Jesus und den unterschiedlichsten Göttern, flehe sie regelrecht an, dass sie mein kleines Mädchen verschonen. Ich weiß, dass das kindisch, wenn nicht gar infantil ist.«

»Du machst das erstklassig. Benedetta könnte keine bessere Mutter als dich haben.«

Im Stillen ergänzte Romina betreten: und keinen besseren Vater.

Im Unterschied zu ihrer Schwester war sie nämlich felsenfest davon überzeugt, dass Guglielmo trotz all seiner Schwächen für sein Kind, das er augenscheinlich sehr liebte, stets das Beste tat. Aber ihre Meinung darüber würde sie keinesfalls kundtun. Ihr lag nichts daran, ihre bis an die Grenzen belastete Schwester noch zusätzlich aufzuregen.

»Hilf mir, hilf uns, bitte.«

Wieder schluchzte sie, und Romina sah, obwohl sie ohne Bild telefonierten, die Tränen über die Wangen ihrer Schwester strömen.

»Mir sind doch genauso wie dir die Hände gebunden«, flüsterte sie und spürte die Kralle, die ihren Hals fest umschloss. »Aber ich versuche es und melde mich morgen wieder bei dir, Pauly.«

Ihre Schwester beendete kommentarlos das Gespräch, und Romina fühlte sich, als würde sie in der Hölle schmoren. Sie hoffte inständig, dass Paulina niemals von der Schwäche, die sie für ihren Ex-Schwager hegte, erfahren würde.

Und erst recht nicht von dem Kuss, den sie in einer lauen Sommernacht vor ein paar Jahren leidenschaftlich ausgetauscht hatten.

Damals hatten die Perseiden ihren Sternschnuppenschwarm über Grados dunklen Himmel geschickt. Paulina hatte zu ihrem Kummer daheimbleiben müssen und das Schauspiel nicht mitverfolgen können, da Benedetta schon als Einjährige seit Wochen kränklich war. Der Anfang einer endlos langen Krankengeschichte. Auch wenn das damals noch keinem von ihnen klar gewesen war. Immer noch fühlte Romina sich schuldig, ihre Schwester durch diesen schamlosen Kuss betrogen zu haben. Sie hasste sich dafür.

Und als Guglielmo sich später als notorischer Fremdgänger entpuppte, war Romina sich ihres Anteils am Geschehen durchaus bewusst gewesen.

Wenn sie jetzt an die animalische Anziehungskraft zurückdachte, die er damals auf sie ausgeübt hatte, ekelte sie sich zutiefst. Doch nicht vor ihm, in erster Linie vor sich selbst.

Sie hatte einiges gutzumachen.

Glücklicherweise war ihre Verfehlung ein einmaliger Ausrutscher und bis heute unentdeckt geblieben. Wie eine der damals unendlich vielen Sternschnuppen schien sie am Nachthimmel verglüht zu sein.

Sie zog einen dunklen Hoodie über, holte das Geld aus ihrer Notfallbox und machte sich auf den Weg zur Bar.

Gerade als sie den Hafen umrundete und die Straße beim Zebrastreifen überqueren wollte, sah sie ihre Freundin Mariella in einer seltsam anmutenden Bekleidung an der Ecke zum Fischgeschäft stehen.

Wie ein Partygirl sah die brave Lehrerin aus und war zudem in ein lebhaftes Gespräch mit einem nicht unansehnlichen Mann vertieft.

Mariella bemerkte sie gar nicht, so gefangen war sie in der Unterhaltung.

Romina war es nur recht, denn sie wollte nicht erklären müssen, wohin ihr Weg sie führte.

Sie beschleunigte ihre Schritte, kam aber nicht umhin, sich noch einmal zu den beiden umzudrehen.

Mariella und ihr unbekannter Gesprächspartner standen immer noch an der gleichen Stelle wie vorhin.

Niemand hier schenkte Romina Beachtung. Die vier Angestellten des Fischgeschäftes räumten auf, entsorgten die nicht verkauften Reste und reinigten den Laden. Dennoch roch es intensiv nach Krabben und anderem Meeresgetier. Der angesehene Immobilienmakler nebenan pinnte neu zu erwerbende Wohnungen hinter die Glasscheibe seiner Agentur.

Romina wischte mit der Hand über ihre Stirn und spürte, wie der Schweiß ihren Rücken entlanglief.

Forschen Schrittes betrat sie die Bar und steuerte, ohne nach rechts oder links zu schauen, direkt den Spielautomaten an.

***

Mariella wusste nicht, wem sie heute Nacht begegnen würde und welche perversen Gelüste sie diesmal zu befriedigen hatte.

Die Ungewissheit hatte stets etwas Bedrohliches. Zumal sie das Gefühl bekam, dass es mit jeder Woche schlimmer wurde.

Waren die Männer mit der Zeit abartiger geworden?

Oder lag es an Mariellas wachsendem Widerwillen, ihnen bei der Erfüllung ihrer geheimsten Wünsche zu Diensten zu sein? Sie machte sich nichts vor, ihr vermeintlicher Retter verfügte über sie wie über ein wehr- und willenloses Tier. Inzwischen hasste sie diesen grauenvollen Mann, der sie komplett in seiner Hand hatte, zutiefst.

Was würde sie heute erwarten?

Die Angst kroch kalt wie Schüttelfrost ihren Rücken hinauf.

Welche sexuellen Praktiken hatte sie noch nicht angewandt, welche Gelüste noch nicht befriedigt?

Sie konnte es nicht sagen.

Ihrer Meinung nach war schon alles dabei gewesen.

Dennoch irrte sie sich meist gewaltig, wurde immer wieder von neuen Begehrlichkeiten überrascht.

Jenseits ihrer Vorstellungskraft gab es augenscheinlich viele andere Spielarten, die bestens dazu geeignet waren, sie jede Mittwochnacht noch ein gutes Stück mehr zu demütigen. Einige ihrer Freier kannte sie bereits. Andere kamen neu hinzu und waren meistens für eine Überraschung gut.

Inzwischen war ihr klar, dass sie nicht als einzige Sexsklavin in seinem Freudenhaus arbeitete.

Aus den im selben Flügel neben ihrem liegenden Zimmern drangen eindeutige Laute zu ihr. Gesehen hatte sie ihre Leidensgenossinnen jedoch noch nie. Darauf legte Gennaro großen Wert.

»Eine Freundin wirst du hier kaum finden. Jedes Täubchen arbeitet in ihre eigene Tasche und hat wenig Interesse daran, sich zu verbrüdern, oder nennt man das in eurem Fall ›verschwestern‹?«

Seine gehässigen Worte saßen tief wie ein Stachel. Nie hätte sie sich getraut, entfernt vom Haus auf eine von ihnen zu warten. Sie konnte ja nicht wissen, wer ihm untertan war und sie verraten würde.

Was hätte sie auch von einem Austausch unter Schicksalsgenossinnen zu erwarten? Rebellion? Dass sie nicht lachte!

Heute fühlte Mariella sich besonders schlecht. Ihr Kopf brummte. Zum einen lag das daran, dass sie bei der wöchentlichen Zusammenkunft mit den Freundinnen einen über den Durst getrunken hatte, zum anderen an dem zufälligen Treffen mit Camillo, dem netten Lehrer aus ihrer Schule.

»*Salve, cara*, so ein Zufall!«, hatte er überrascht ausgerufen, als sie auf dem Weg zu ihrem Auto gewesen war und auf einmal vor ihm stand. Kurz zögerte er, als würde er Mut sammeln, um sie danach schnell zu fragen: »Hast du heute Abend schon etwas vor? Wenn nicht, darf ich dich dann auf eine Pizza und ein Glas Wein einladen? Ich kenne da ein gutes Restaurant ganz in der Nähe.«

Mariella hatte bekümmert auf ihre Armbanduhr geschaut. Sie war schon spät dran gewesen und wusste, wie unwillig, wenn nicht grob ihr Peiniger auf Verspätungen reagierte.

Als sie Camillo verdutzt ansah und nicht gleich antwortete, musterte er sie lächelnd von oben bis unten und pfiff anerkennend.

»Na, da komme ich wohl um einiges zu spät. So schick, wie du heute gekleidet bist, hast du schon ein Date, stimmt's? In der Schule habe ich dich noch nie im Minirock und mit cooler Lederjacke gesehen.«

Mariella zog die Lederjacke enger um sich, um das knappe Shirt darunter vor seinem Blick zu verbergen. Die High Heels steckten gottlob in ihrer Tasche, weil sie noch Auto fahren musste. Sie schämte sich zutiefst. Wenn er wüsste, was dieses vermeintliche »Date« beinhaltete, würde er wohl nie wieder ein Wort mit ihr wechseln. Sie konnte sich die Verachtung, die sich dann auf seinem freundlichen Gesicht abzeichnen würde, bildhaft vorstellen.

»Schade«, antwortete sie geknickt. »Heute Abend bin ich bei meiner Tante zum Essen eingeladen. Sie kocht oft für mich, damit ich, wie sie meint, nicht ganz vom Fleisch falle.« Sie lachte. Wie leicht ihr inzwischen die Lügen fielen.

Unglaube zeichnete sich auf seinen Zügen ab. »Wenn diese Tante ein Onkel wäre, könnte ich das nachvollziehen. Ich meine deinen schick–«

»Verstehe ich nicht«, blaffte sie ihn an. Angriff war immer die beste Verteidigung, das hatte Gennaro ihr in all den Jahren beigebracht.

»Ich wollte dir nicht zu nahe treten, Mariella«, entschuldigte sich Camillo hastig. »Die Verwandlung vom süßen Entchen zum herausgeputzten Schwan hat mich nur ein wenig irritiert. So kenne ich dich nicht.«

»Nun, für den Unterricht wäre das auch nicht das passende Outfit. Und eigentlich heißt es ›vom hässlichen Entlein zum schönen Schwan‹«, korrigierte sie ihn überflüssigerweise.

»Da hat die Lehrerin wohl nicht ganz unrecht. Wobei du mir auch in deinen Alltagsklamotten ziemlich gut gefällst.«

Mariella konnte spüren, wie die Röte bis unter ihren dunklen Haaransatz kroch. Dummerweise rückte der Zeiger auf ihrer

Armbanduhr immer weiter vor, und wenn sie nicht einen Zahn zulegte, käme sie niemals zur vereinbarten Zeit in Cervignano an.

Was musste ihr geheimer Held aus dem Konferenzzimmer auch im unpassendsten Moment überhaupt auftauchen? Ihr war klar, dass sie ihn mit ihrer ablehnenden Reaktion barsch zurückwies. Sie ärgerte sich maßlos darüber und beklagte einmal mehr ihre Zwangsverpflichtung.

Zerknirscht wandte er sich ab. »Dann gehe ich jetzt wohl besser und halte dich nicht länger auf.«

»Camillo!«, rief sie ihm hinterher. »Vielleicht ein anderes Mal. Wenn du dann noch Lust hast. Gegen Pizza und Wein ist nie etwas einzuwenden. Es kam für mich einfach zu überraschend.«

Er drehte sich zu ihr um, und der Schalk blitzte aus seinen blauen Augen.

»Das werde ich mir nicht entgehen lassen, darauf kannst du zählen.«

Mariella war zu ihrem alten Fiat Panda gegangen und hatte versonnen gelächelt, bis sie den Damm, der Grado mit dem Festland verband, überquert hatte. Dann riss sie sich zusammen, denn sie musste sich höllisch konzentrieren, um keinen Fahrfehler zu begehen.

Als sie Aquileia erreichte, begann sie unvermittelt zu weinen, ohne zu wissen, warum. Sosehr sie sich bemühte, es gelang ihr nicht, den Tränenfluss zu stoppen.

Wenn Camillo auch nur den geringsten Schimmer davon hätte, was sie wirklich trieb, wäre sein Interesse an ihr rascher erloschen, als die Concorde damals fliegen konnte. Da war sie sich absolut sicher. Jedes Mal wenn sie ihn sah, dachte sie das.

Mit einem tiefen Aufseufzen parkte sie ihr Auto vor der »Hütte des Schreckens«, wie sie seine Villa inzwischen bezeichnete.

Das Innere des Hauses roch durchdringend nach Duftstäbchen, Patschuli und Sandelholz.

In ihrem Zimmer wartete die Flasche Prosecco zu ihrer »Entspannung« bereits im Kühler auf sie.

Rasch schenkte sie sich ein Glas ein, spülte damit die Pillen, die er für sie vorbereitet hatte, hinunter und schüttete ein weiteres Glas hinterher, bevor sie das dritte etwas ruhiger leerte. Allmählich begann sie sich besser zu fühlen und legte mit routinierten Bewegungen das Make-up auf. Ihre Augen mit den geweiteten Pupillen starrten ihr wie die einer Katze aus dem Spiegel entgegen, und ihr Mund erinnerte sie an eine rot klaffende Wunde.

Angewidert schlüpfte sie in die knappen Shorts, die er für ihr erstes »Date«, so bezeichnete er diese Treffen, hergelegt hatte. Ein Zettel, auf dem ihre erste »Rolle« vermerkt war, lag daneben. Sie sollte eine Ausreißerin darstellen, die von ihrem Vater, nachdem dieser sie ausfindig gemacht hatte, zur Strafe verdroschen wurde. Das schwarze Haar flocht sie zu einem mädchenhaften Zopf, der lose über ihre Schulter hing.

Schon rief Gennaro ungeduldig nach ihr. »Mein Täubchen, dein Verehrer hat seine Zeit nicht gestohlen!«

Nie nannte er sie bei ihrem Namen.

Hier hieß sie »unzüchtiges Fräulein«, da Gennaro der Meinung war, das würde ihre Freier zu noch größerer Gier anspornen. Deshalb verriet er auch ihr wahres Alter nicht und verkaufte sie um viele Jahre jünger.

Mariella musste an sich halten, um sich ihre Abscheu nicht anmerken zu lassen, als sie des Mannes ansichtig wurde, der in einem anderen Raum auf sie wartete. Ein dicker Mann, schwer atmend, stand mit einer Peitsche in der Hand neben dem Bett.

»Du freches Gör bist wieder mal abgehauen. Das werde ich dir austreiben.«

»Bitte, Vater, tu mir nicht weh«, hauchte sie, ehe er sie mit geöffnetem Hosenschlitz übers Knie legte. Er riss ihr die Shorts herunter, und die Schläge mit dem Lederriemen prasselten nur so auf ihr entblößtes Hinterteil ein.

Ihr Wehklagen war nicht mal gespielt.

Jeder Hieb schmerzte unerträglich.

»Hast du endlich genug, um nicht wieder aus deinem Zuhause zu fliehen, oder muss ich deutlicher werden?«, röchelte er und stieß sie so heftig zu Boden, dass sie sich den Kopf am Bettpfosten stieß.

Benommen flehte sie um Gnade und beteuerte, ihre Lektion gelernt zu haben, ehe er sie auf das Bett zerrte und brutal auch ihre restliche Kleidung zerriss.

Während des Aktes zog Mariella sich in sich selbst zurück und dachte an Camillo. Wie sanft und humorvoll ihr Kollege war. Sie schämte sich dafür. Es war ein wenig so, als würde sie ihn dadurch in ihr schmutziges Geschäft mit hineinziehen. Das hatte ihr anständiger Kollege nicht verdient. Doch es machte die Sache ein wenig leichter für sie.

Schließlich vernahm sie die erlösenden Laute, die das Ende ihrer Qual verkündeten.

»Fort mit dir, undankbares Kind«, zischte er, nachdem er sich zur Seite gewälzt hatte, und sie sammelte ihre zerfetzte Kleidung vom Boden auf und machte sich eilig auf den Weg in ihr Zimmer.

Die Dusche tat ihr wohl. Mariella seifte sich ein und schrubbte so lange ihre Haut, bis sie zu brennen begann.

Dann schlüpfte sie in ihr nächstes Outfit aus mit massiven, schweren Kettengliedern verbundenen Lederriemen, das sie nicht zum ersten Mal anzulegen hatte, und Angst griff nach ihr. Dieser Mann kam aus der Politik, er war ein wichtiger Referent im Rathaus und stets komplett schwarz gekleidet sowie maskiert. Er zog es vor, sie in einen Käfig zu sperren. Mariella hatte nicht unberechtigt Angst vor ihm.

Alles in ihr sträubte sich dagegen, ihm zu Willen zu sein.

Als sie nach zwei Stunden wieder in ihrem Zimmer war, geschunden und gedemütigt, strömten Tränen über ihr Gesicht. Ihre Nase lief, und sie wischte den Schleim mit einem Kleenex weg. Mit der ihr verbliebenen Kraft drängte sie die schauerlichen Erlebnisse zurück. Dennoch spürte sie, dass ein weiteres Stück ihres Selbst zerbrochen war.

So ging es nicht weiter. Die Zeit war reif, endlich zu handeln.

12

Es war noch ein wenig wärmer als letzte Woche, der Sommer schien dieses Jahr früher dran zu sein. Vermutlich lag das an der stetigen Klimaveränderung. Die Sonne schickte ihre Strahlen ungehemmt auf die entfalteten Schirme und Markisen über den Restaurants und Cafés. Als ihren heutigen Treffpunkt hatten sie eine der angesagten Bars auf dem kleinen Platz gegenüber der Parfümerie und einer Pizzeria ausgewählt.

Ludmilla war, wie sonst auch, die Erste und bestellte rein auf Verdacht schon mal eine Flasche Ribolla Gialla im Weinkühler und sechs Gläser.

Anna, die Besitzerin des Cafés, zwinkerte ihr zu, als sie das vollgeladene Tablett vorsichtig auf einem der Nebentische abstellte. »Na, Ludmilla, hast du heute Lust, gleich aus mehreren Gläsern zu trinken?«

»Das wäre eine interessante Abwechslung.« Ludmilla grinste. Anna war eine liebenswerte Person, die stets ein Lächeln für ihre Gäste übrig hatte. Mit ihrer Partnerin und den zwei Brüdern schmiss sie den Laden. Die Familie hatte außerdem vor Kurzem ein nobles Restaurant eröffnet. Es lag in der Nähe des Brunnens mit Blick aufs Meer. Ludmilla hatte sich vorgenommen, dort demnächst einen schönen Abend zu verbringen, sie wollte nur nicht gern allein essen. Spontan beschloss sie, diejenige der Freundinnen, die als Nächstes auftauchte, zu fragen, ob sie Lust hätte, sie dorthin zu begleiten. Die Preise waren zwar sehr hoch, aber das war ihr gleichgültig. Sie würde ihre Begleitung sogar mit Freude auf den kulinarischen Hochgenuss samt einem guten Tropfen einladen.

Vergnügt schmunzelte sie bei der Vorstellung und sah sich schon an einem der elegant gedeckten Tische sitzen.

Anna stand noch immer neben ihr. Anscheinend wartete sie auf eine Antwort, doch Ludmilla war so in ihre Gedanken vertieft gewesen, dass sie die Frage nicht gehört hatte.

»Entschuldigung, ich war gerade ganz woanders, was hast du gesagt?«

»Tagt eure Mittwochsrunde heute wieder mal bei uns?«

»So ist es. Du weißt, wir wechseln die Örtlichkeiten, besuchen aber nur unsere Lieblingsbars.«

»Das freut mich sehr. Ich habe dich in letzter Zeit nur aus der Ferne gesehen. Auch mein Vater hat sich schon nach dir erkundigt.«

Giuseppe war im gleichen Alter wie Ludmilla, und sie hatte schon so manchen lustigen Abend gemeinsam mit seiner Familie verbracht.

»Geht es euch allen gut?«

»Ja, und das Beste ist, Alessandra und ich fahren bald in den Urlaub. Übrigens, da vorne biegt soeben eine deiner Freundinnen um die Kurve.«

»Giorgia!«, rief Ludmilla und winkte ihr begeistert zu. Es freute sie, dass die Wahl für ihr Abendessen-Geschenk auf diese Freundin gefallen war, da sie so selten Zeit mit ihnen verbrachte.

Anna grüßte ebenfalls und rückte einen Tisch etwas weg, damit der große Kinderwagen neben ihnen Platz hatte.

»Dein Enkel wird immer putziger«, äußerte Anna entzückt, nachdem sie in den Wagen geblickt hatte. Auch sie kannte Giorgia und deren Familie gut.

»Putzig ist er vor allem, wenn er schläft.« Giorgia feixte.

»Stimmt nicht ganz. Sobald das Kerlchen aufwacht, geht mein Herz vor Liebe über.«

»Giorgia«, sagte Ludmilla feierlich, nachdem Anna wieder im Innenraum der Bar verschwunden war, »du hast heute das Glückslos gezogen.«

Giorgia zuckte kaum merklich zusammen. »Wie meinst du das?«

»Ich habe beschlossen, die Erste von euch, die heute hier auftaucht, in Annas neues Restaurant einzuladen. Und das bist du, *tesoro*. Wir machen uns ein paar gemütliche Stunden, und statt dass du babysittest, kriegst du einen köstlichen Happen vorgesetzt. Na, ist das eine ausgezeichnete Idee?«

Giorgia lächelte, sie schien sich ehrlich darüber zu freuen und entspannte sich. »Toll, danke, damit hast du bei mir richtig ins Schwarze getroffen. Ich war schon so lange nicht mehr aus. Dante und ich …« Sie stockte.

»Was ist mit euch?«, hakte Ludmilla sogleich nach.

Giorgia wurde jedoch einer Antwort enthoben, da in diesem Moment Anastacia in engen Sportklamotten angelaufen kam. »Buh!«, rief sie keuchend. »Ganz schön schwül.« Sie beugte sich vor und stützte die Hände auf ihre Knie.

Ihre Kleidung war nass geschwitzt.

»Du schaust verdammt durchtrainiert aus«, bemerkte Ludmilla anerkennend. »Aber hol dir eine Decke, du verkühlst dich sonst. Du hast ja keinen trockenen Faden mehr am Leib.«

»Ein bisschen Sport wirkt eben Wunder. Außerdem will ich mir und Giovanna auch weiterhin gefallen.«

Giorgia wandte bei Anastacias Worten ein wenig betreten den Kopf zur Seite ab und umklammerte den Griff des Kinderwagens so fest, dass die Knöchel ihrer Hand weiß wurden. Als sie Ludmillas aufmerksamem Blick begegnete, ließ sie ihn rasch wieder los. Es schien ihr unangenehm zu sein, dass Ludmilla ihre Reaktion bemerkt hatte. Anastacia hingegen bekam davon nichts mit, sie war mit Dehnübungen beschäftigt. Gerade hielt sie hinter dem Rücken einen Fuß in der Hand, um die Oberschenkelmuskulatur zu strecken, und stand auf dem anderen Bein.

Wie ein Storch, dachte Ludmilla. Sie nahm die Flasche und schenkte drei Gläser fast randvoll ein.

»*Cin cin*, Mädels! Auf uns.« Sie blickte sich ein wenig ratlos um. »Wo sind die anderen?«

Anastacia und Giorgia stießen mit ihr an.

Von Romina, Carolina und Mariella war noch immer nichts zu sehen.

»Ich rufe mal durch.« Ludmilla zückte ihr Handy.

Anastacia nahm einen Schluck vom Ribolla Gialla und seufzte. »Bei Mariella wirst du kein Glück haben. Die hat ja nicht mal ein Handy.«

»Stimmt. Bei ihr versuche ich es über das Festnetztelefon. Aber zuerst kommt Carolina dran.«

Kaum dass sie deren Nummer gewählt hatte, trat die Freundin aus dem Schatten. Sie trug trotz der frühsommerlichen Temperaturen ein Langarmshirt.

»Ciao, Mädels.« Ihre Stimme hatte einen kratzigen Unterton. Ludmilla legte das Handy auf den Tisch und goss ihr ebenfalls ein Glas ein.

Hastig nahm Carolina einen Schluck und hustete. Als sie die Hand vor den Mund hielt, rutschte ihr Ärmel nach unten, und alle konnten ihren mit blauen Flecken übersäten Unterarm sehen.

»Hey, was ist dir denn passiert?« Anastacia griff nach ihrem Handgelenk. »Bist du unter einen Lastkraftwagen geraten, oder hat dich ein Elch geknutscht?« Sie lachte ein wenig verlegen über ihren unpassenden Witz.

Carolina wand den Arm aus ihrer Hand, rückte ihre überdimensionale Markenbrille mit den dunklen Gläsern zurecht und leerte mit einem weiteren Schluck das halbe Glas.

»Weder noch«, sagte sie dann.

Es klang gequält, fand Ludmilla und tauschte diesbezügliche Blicke mit Giorgia und Anastacia, die ihren Eindruck zu teilen schienen.

»Macht kein Drama daraus. Ich bin im Badezimmer auf den nassen Fliesen ausgerutscht und habe mir dabei auch den Kopf gestoßen. Wahrscheinlich hatte ich einen über den Durst getrunken, nachdem der beste Ehemann von allen vor ein paar Tagen bei seinem Lieblingswinzer im Karst war. Da schlägt er dann immer ordentlich zu.«

Ludmilla, Anastacia und Giorgia musterten sie teils entsetzt, teils prüfend.

»Ich meine«, stammelte Carolina unbeholfen, »nicht dass ihr glaubt, mein Mann vergreift sich an mir. Er kauft einfach nur beträchtliche Mengen Wein ein. Das bedeutet ›ordentlich zuschlagen‹.«

»Klar doch«, erwiderte Anastacia leichthin und zwinkerte

den anderen verstohlen zu, was Carolina nicht entging. »Wo ist denn die Beule an deinem Kopf? Zeig mal her.«

»Nicht der Rede wert. Da, an der Schläfe. Es tut nicht mehr weh«, murmelte Carolina abweisend.

»Warum setzt du deine Sonnenbrille eigentlich nie ab?«, bohrte Giorgia nach.

Alle hielten die Luft an und warteten gespannt, wie Carolina sich verhalten würde.

»Na, weil sie so schick ist und zu allem passt«, entgegnete sie schnippisch.

Niemand erwiderte etwas darauf, um keinen Streit zu riskieren.

»Ich versuche es mal bei Mariella auf dem Festnetz«, lenkte Ludmilla ab.

Es klingelte und klingelte, aber die Freundin hob nicht ab.

»Komisch, sie ist immer so verlässlich, was Verabredungen betrifft.«

»Vielleicht hat sie einen Freund«, warf Romina ein, die sich von der Seite genähert hatte, bevor sie sich unter großem Hallo an den Tisch setzte.

Carolina griff zur Flasche, schenkte ein und bestellte bei Anna mit der typischen kreisenden Bewegung ihrer Finger eine weitere Runde.

Neugierig fragte sie nach: »Wie kommst du auf so eine Idee? Unsere schüchterne Mariella und ein Freund? Davon wüssten wir doch.«

»Letzte Woche habe ich sie am Hafen mit einem attraktiven Mann gesehen, noch dazu in einem für sie ungewohnt kessen Aufzug, würde ich mal behaupten. Ich glaube, sie hat mich nicht gesehen, jedenfalls reagierte sie nicht auf meinen Gruß. Sie schien mir regelrecht abwesend zu sein.«

»Das ist aber noch lange kein Grund, heute unerreichbar zu sein«, stellte Giorgia nüchtern fest.

»Das musst du gerade sagen, wo du in letzter Zeit kaum, wenn überhaupt, an unseren Treffen teilgenommen hast«, griff Carolina sie giftig an.

»Immer mit der Ruhe«, warf Anastacia beschwichtigend ein. »Es wäre Mariella nicht zu verdenken, wenn sie mal ein Treffen auslässt, weil sie jemanden kennengelernt hat. Wenn ich mal nicht erscheine, liegt das auch am ehesten daran, dass Giovanna sich eine Überraschung für mich ausgedacht hat.« Sie schaute triumphierend in die Runde.

Giorgia drehte erneut den Kopf zur Seite, als der Name von Anastacias Partnerin fiel, und Ludmilla fragte sich, ob ihr angespannter Gesichtsausdruck mit der gerunzelten Stirn wohl ausdrückte, dass sich die Freundin Giovannas Liebe vielleicht etwas zu sicher war.

»Lasst uns heute nicht wieder so viel bechern«, fuhr Anastacia fort. »Meiner Giovanna gefällt es gar nicht, wenn ich beschwipst nach Hause komme.«

Giorgia verzog kaum merklich die Mundwinkel, als wollte sie sagen, der gefällt wohl so einiges nicht, und Ludmilla dachte, dass sie irgendetwas zu wissen schien, wovon sie selbst anscheinend noch nichts mitbekommen hatte.

Ehe Anastacia etwas bemerken konnte, wachte Giorgias Enkel auf und begann zu krähen. Sie hob ihn aus dem Kinderwagen, setzte ihn auf ihren Schoß und beruhigte ihn sanft.

»Das ist das Zeichen zum Aufbruch«, stellte Ludmilla fest. »Der Kleine hat Hunger.«

»Wenn du das sagst, als eine, die keine Kinder hat, muss ich mir ein Grinsen verkneifen. Es gibt so viele unterschiedliche Gründe, warum ein Baby zu weinen beginnt.« Giorgia roch an der Windel und schüttelte den Kopf. »Wickeln muss ich ihn jedenfalls nicht.«

»Wir sollten dich, so wie es aussieht, eindeutig zur Über-Großmutter der Insel küren«, witzelte Carolina mit leicht zynischem Unterton.

Giorgia lachte hell auf. »Frag lieber mal Nini, die Mutter von Matteo. Die fährt den kleinen Stöpsel mindestens ebenso häufig spazieren wie ich meinen Enkel. Ich brauche kein Ranking bezüglich der besten Oma.«

Die Antwort klang für Giorgias Verhältnisse scharf und zurechtweisend, fand Ludmilla, daher wechselte sie harmonisierend, wie sie nun mal war, rasch das Thema. »Ihr kommt doch alle am Freitagabend zu mir und habt brav das Buch ausgelesen, damit wir darüber diskutieren können?«

»Klar«, kam es einstimmig.

Während sie austranken, bestand Ludmilla abermals darauf, die Rechnung zu begleichen. Die anderen widersprachen eher halbherzig, und so bedeutete sie Anna, ihr die Rechnung zu bringen.

Sie verabschiedeten sich herzlich voneinander, und Romina meinte: »Ich werde versuchen, Mariella zu erreichen, und eventuell später bei ihr vorbeischauen. Sie wohnt nicht allzu weit von mir entfernt.«

»Gute Idee«, stimmte Carolina zu, die sich wohl verantwortlich fühlte, da sie Mariella in die Gruppe gebracht hatte.

»Sag mir bitte, ob du sie erreichen konntest, anderenfalls versuche ich es auch noch mal«, erwiderte Ludmilla. Sie stand auf und fügte hinzu: »Ich freue mich darauf, euch übermorgen mit kleinen Leckerbissen und gutem Wein bei mir zu empfangen.«

Einmal mehr wechselten die Freundinnen vielsagende Blicke miteinander. Sicher fragten sie sich, was es mit ihrer neuen Großzügigkeit auf sich hatte.

Ludmilla gab nichts darauf. Sie freute sich, dass es ihr möglich war, die Freundinnen einzuladen, und lächelte innerlich.

❊❊❊

In Mariellas Schläfen stach der Schmerz.

Heute Abend war es wieder mal so weit. Sie versuchte, den Gedanken zu verdrängen.

Camillo letzte Woche am Tag nach ihrer zufälligen Begegnung im Konferenzzimmer anzutreffen war eine Herausforderung für sie gewesen. Sie hatte erwartet, dass er sie, auch wenn er nicht wissen konnte, was der Besuch bei ihrer »Tante« tatsächlich beinhaltete, wegen ihres ungewohnten Aufzugs nach etwas Bedenkzeit womöglich mit anderen Augen sah.

Aber als sie ihm am nächsten Vormittag im Lehrerzimmer begegnete, verhielt er sich so wie immer, unbeschwert, aufmerksam und charmant.

Eigentlich verkörperte er für Mariella den perfekten Mann. Vielleicht war er eine Spur zu rundlich, und die Haare schienen ihm früh ausgefallen zu sein, denn er trug eine Glatze. Aber das gefiel ihr, und es stand ihm ausgezeichnet.

Als er ihr in der Pause galant ein Stück mit Kirschmarmelade gefüllten Schokoladenkuchen auf einem Pappteller servierte, hatte sie nicht anders gekonnt, als wie ein Schulmädchen zu kichern. Es brachte ihr einiges erstauntes, wenn nicht gar missbilligendes Getuschel der Kollegen ein. Sie war nicht die einzige weibliche Lehrkraft an der Schule, und zwei wesentlich hübschere Pädagoginnen als sie schienen beide nicht uninteressiert an Camillo zu sein.

Doch er beachtete die jungen Frauen nicht, sondern lenkte sein Augenmerk lediglich auf sie.

»Womit habe ich dieses köstlich duftende Gebäckstück eigentlich verdient?«

»Da du gestern nicht mit mir ausgehen konntest und so in Eile warst, ging ich nach Hause und begann, in meinen Kochbüchern zu stöbern. Du musst wissen, Kochen, Braten und Backen sind meine großen Leidenschaften.«

Ihr lief das Wasser im Mund zusammen, und sie probierte einen Bissen.

»Es schmeckt großartig, du scheinst ein begnadeter Künstler in der Küche zu sein«, bedankte sie sich verschämt und erntete neidisches Murmeln.

»Du schaust nach deinem freien Tag immer so geschafft aus, als hättest du dich vom Trubel hier nicht ausreichend erholen können. Also wollte ich dir etwas Gutes tun«, erklärte er ihr leise.

Mariella sah ihn an, und eine tiefe Röte überzog ihr blasses Gesicht. Das war also der Grund, warum er ihr hin und wieder etwas zu essen hinstellte. Wenn sie jetzt an die bisherigen Male zurückdachte, fiel ihr auf, dass es tatsächlich meistens an einem

Donnerstag gewesen war. Langsam wurde das zu einer liebenswerten Routine.

»Jetzt erinnerst du mich an eine bestimmte junge Frau mit Haut so weiß wie Schnee, Lippen so rot wie Blut und Haar so schwarz wie Ebenholz. Du weißt doch, von wem ich spreche, oder nicht?« Er lächelte sie spitzbübisch an.

»Du hast wohl in deiner Kindheit zu viele Märchen gelesen.« Mariella sah aus dem Augenwinkel, dass die anwesende Lehrerschaft angestrengt vorgab, nicht zu lauschen, verlegen nestelte sie an ihrer Bluse. Dann fiel ihr etwas ein, und sie setzte zögernd nach: »Oder liest du sie deinen Kindern vor dem Schlafengehen vor? Die mögen Schneewittchen sicher gern.«

Camillo machte große Augen. »Da bist du aber gerade völlig falsch abgebogen. Schneewittchen gefiel mir schon als kleiner Junge, und ich bin weder verheiratet, noch habe ich Kinder, Neffen oder Nichten. Bei den Nachbarn spiele ich auch nicht den Babysitter, die Rabauken hier in der Schule reichen mir schon.«

»Ah«, machte Mariella, der ein Stein vom Herzen plumpste. Sie versuchte sich nicht anmerken zu lassen, wie sehr seine Antwort sie erleichterte.

Warum dem so war, wollte sie sich lieber nicht eingestehen.

Unaufgefordert ließ er sich auf dem leeren Stuhl neben ihr nieder. »Ich habe da von gestern noch so einen Satz im Ohr, der mir nicht aus dem Sinn gehen will.«

»Hm?« Mariella sah ihn neugierig von der Seite an.

Ein Hauch von holzigem Aftershave wehte zu ihr, und sein Hemd roch frisch gebügelt.

»›Gegen Pizza und Wein ist nie etwas einzuwenden.‹ Waren das nicht deine Worte? Ich vergesse so schnell nichts, was aus deinem hübschen Mund kommt.«

Es stimmte, und Mariella wurde ganz warm, weil sie ahnte, dass er seine Einladung nun wiederholen würde. Da ertönte, wie um sie einer Antwort zu entbinden, auf einmal grell das Geräusch der Pausenklingel.

Unruhe war im Raum entstanden, als die meisten Kollegen

eilig ihre Sachen zusammenpackten, um genau wie Mariella und Camillo wieder in den Unterricht zu gehen.

Auch während der folgenden Tage war es nicht dazu gekommen, dass sie miteinander ausgingen. Er spielte zwar immer mal wieder darauf an und sah sie bedeutungsvoll an, aber sie hatte der Frage nach einem Date erfolgreich ausweichen können.

Natürlich wäre sie höllisch gern mit ihm ausgegangen. Doch ein Mann, noch dazu ein so besonderer Mensch wie Camillo, hatte in ihrem kaputten Leben keinen Platz.

Trotz ihrer offensichtlichen Zurückweisung hatte Camillo sein Verhalten ihr gegenüber jedoch nicht geändert. Er blieb aufmerksam, brachte ihr weiterhin schmackhafte Häppchen und plauderte nun auch hin und wieder in den Pausen mit ihr.

Manchmal, wenn sie hochschaute, weil sie sich beobachtet fühlte, meinte Mariella, Traurigkeit in seinen Augen zu lesen.

Wahrscheinlich dachte er, sie würde ihn nicht attraktiv oder interessant genug finden, um sich von ihm ausführen zu lassen.

Am liebsten hätte sie »Quatsch, so ein Blödsinn!« gerufen, aber auch dabei hielt sie sich zurück.

Sie durfte ihn in ihre kranke Welt unter keinen Umständen mit hineinziehen.

Doch heute hatte sich das Blättchen in unerwarteter Weise gewendet.

Sie hatte ihre Wohnung eben für das anstehende Mittwochstreffen mit ihren Freundinnen verlassen und war aus dem Hausflur auf die Straße getreten, da sah sie, wie er mit strahlendem Gesicht auf sie zugeeilt kam.

»Ich hatte gehofft, dich hier zu treffen.«

Er trug ein blaues Hemd, das die Farbe seiner fast ebenso blauen Augen zum Leuchten brachte, und beige Chinos. Seine nackten Füße steckten in Sneakers von Timberland.

»Warum unterrichtest du heute nicht, und woher weißt du, wo ich wohne? Du stalkst mich doch hoffentlich nicht«, brachte Mariella verunsichert hervor. Ihr Hals war eng geworden, und das Herz hämmerte wie verrückt gegen ihre Rippen.

Was, wenn er ihr einmal nachfuhr?

Oder hatte er das bereits getan?

Wusste er, was sie mittwochnachts tat?

Sie machte einen schnellen Schritt zurück und griff sich an die Kehle.

»Na, na. Ich beiße schon nicht. Ich bin, so sieht es zumindest meine betagte Mutter, der letzte Mensch, vor dem man sich fürchten sollte.«

»Das ... das ist es nicht«, stammelte sie unbeholfen. »Ich bin bloß erschrocken, weil ich nicht mit dir gerechnet hatte.«

»Ich hingegen bin höchst erfreut, dich zu sehen. Um auf deine Fragen einzugehen«, er stand jetzt so nah vor ihr, dass sie wieder sein holziges Aftershave riechen konnte, »ich war beim Zahnarzt, eine schmerzhafte Wurzelbehandlung, und hatte daher heute schon nach der ersten Stunde unterrichtsfrei. Als ›Stalken‹ würde ich unsere Begegnung nicht bezeichnen, aber ja, du hast nicht ganz unrecht, ich hätte einen anderen Weg nach Hause wählen können. Das wollte ich allerdings nicht. Ich kenne die Adressen sämtlicher Lehrer, da ich die halbjährlichen Rundbriefe für das Kollegium erstelle und dafür den Postverteiler des Sekretariats benutze. Deiner habe ich große Aufmerksamkeit gewidmet, und nach meinem Zahnarzttermin schlug ich bewusst diese Richtung ein, um zu sehen, ob ich dir vielleicht zufällig begegne. Da ist doch nichts Verwerfliches dran?« Camillo zwinkerte ihr unverschämt zu, sagte »Au« und griff sich an die leicht geschwollene Wange. »Das tut weh.«

»Oje. Du Armer. Entschuldige bitte, dass ich dich verdächtigt habe.«

Eine nicht unbeträchtliche Last fiel von Mariellas Schultern.

Er war ihr nicht gefolgt.

Sie hatte sich das bloß eingebildet.

Alles war in Ordnung.

»Eigentlich hatte ich vor, dich auf eine Pizza oder eine Bruschetta einzuladen. Aber die Wirkung der Spritze hat noch nicht ganz nachgelassen, und es wäre keine allzu gute Idee, jetzt etwas zu essen.«

»Das stimmt.« Mariella lächelte ihn mitleidig an und war wieder einmal betrübt, ihn nicht Teil ihres Lebens sein lassen zu dürfen.

Sie mochte Camillo immer mehr, hatte ihn richtiggehend in ihr Herz geschlossen. Er hatte so eine feine, zurückhaltende, unaufdringliche Art und setzte sie nie unter Druck. Es war einzig und allein an ihr, zu entscheiden, ob und wie weit sie auf seine Angebote einging.

»Gegen ein kühlendes Getränk wäre andererseits nichts einzuwenden«, hörte sie sich zu ihrer eigenen Überraschung sagen. »Wie siehst du das?«

Camillo konnte seine Freude nicht verbergen.

Ein vorwitziger Sonnenstrahl spiegelte sich auf seiner Glatze. Mariella fand das niedlich. Am liebsten hätte sie einen Kuss daraufgedrückt. Sie musste sich beherrschen, ihrem Impuls nicht nachzugeben.

»Das ist der beste Vorschlag seit Langem. Ich bin dabei. Was schlägst du vor?«

Mariella überlegte. Die Mittwochsrunde traf sich heute bei Anna in der Bar am kleinen Platz.

»Hm«, sie stockte, »ich hätte schon vor einer Viertelstunde bei meinen Freundinnen sein sollen. Sie warten sicher ungeduldig auf mich, da ich normalerweise keinen Termin versäume.«

»Also verschieben wir es wieder mal?« Camillo sah sie geknickt an.

»Nein.« Mariella war sich sicher wie nie zuvor. »Wir gehen in die Bar am Porto San Vito.«

»Ruf deine Freundinnen doch an und sag ihnen, dass etwas dazwischengekommen ist.«

»Ich habe leider kein Handy, ich kann sie also nur über Festnetz oder via Mail erreichen.«

»Und ich dachte, jeder hätte heutzutage ein Handy. Dann kann man dich also nur telefonisch erreichen, wenn du gerade mal daheim bist? Nichts für ungut.« Camillo grinste. »Aber das passt zu dir. Wenigstens können deine Freundinnen dir so nicht die Hölle heißmachen, wenn du nicht auftauchst.«

Ach, wenn du wüsstest, was es mit dem Handy wirklich auf sich hat, dachte Mariella bekümmert.

Sie gingen in die Bar, die früher Giorgia und Dante gehörte und heute von den Kindern der beiden geführt wurde. Giorgias Sohn begrüßte sie herzlich und brachte ihnen, ohne ihre Bestellung abzuwarten, das Hausgetränk, einen Brioni, und ein paar fein aufgeschnittene Stückchen Pizza.

»Was ist das denn?« Camillo nahm einen Schluck. Er zuckte wegen seines beleidigten Zahns kurz zusammen, nickte dann aber zustimmend.

»Grapefruitsaft, Prosecco und Campari. Sehr erfrischend. Es ist süß und bitter zugleich. Belebt daher den Geist«, erklärte Mariella amüsiert.

Sie verbrachte mit Camillo zwei Stunden in angeregtem Gespräch. Schon lange hatte sie sich in der Gesellschaft eines Menschen nicht mehr so entspannt. Keinen Moment lang dachte sie an das verpasste Treffen mit ihren Freundinnen oder an ihre bevorstehende nächtliche Tätigkeit. Mariella war heiter und fühlte sich gelöst. Vergnügt knabberte sie an den salzigen Sesamgrissini.

Später hatte Camillo sie nach Hause gebracht. Er drückte einen verschämten Kuss auf ihre Wange, der Mariella durch Mark und Bein ging. »Das müssen wir unbedingt bald wiederholen«, sagte er begeistert.

Mariella hatte genickt, und auf einmal war ein schales Gefühl in ihr aufgestiegen. Rasch hatte sie sich verabschiedet und war im Inneren des Hauses verschwunden, ohne sich noch mal nach ihm umzudrehen.

Was war da in sie gefahren?

Sie hatte alle Regeln gebrochen.

Sie durfte keinen engen Kontakt knüpfen, das hatte Gennaro ihr strengstens untersagt.

Die Migräne hatte sich angekündigt, als sie ihre Wohnung betrat, wenige Sekunden später drückte sie auch schon wie ein Schraubstock gegen Mariellas Stirn und Schläfen. Wie benommen wankte sie ins Wohnzimmer, nahm eine Tablette und setzte sich auf die Couch, während der Gedanke an den heutigen Abend in ihrem Hirn pulsierte und Übelkeit in ihr aufstieg.

Da klingelte das Telefon, und Gennaro vergewisserte sich, ob sie pünktlich sein würde.

»Ich fühle mich nicht wohl, daher –«, krächzte sie matt, aber er unterbrach sie grob.

»Mein Täubchen, diesmal sind ohnedies bloß zwei Freier scharf auf dich, das erledigst du mit links.« Alles in ihr sträubte sich dagegen, die Fahrt nach Cervignano anzutreten. Sie musste ihn irgendwie dazu bringen, sie von ihrer Verpflichtung zu entbinden. »Mein Hals brennt wie Feuer, ich kann kaum schlucken, bitte entschuldige mich für heute«, wimmerte sie.

Doch er ließ sie nicht vom Haken. »Mitgefangen, mitgehangen. Ich erinnere dich an dein Versprechen.«

»Wann habe ich dich jemals im Stich gelassen? Doch wenn ich krank bin ... Ich suche mir das nicht aus.«

»Dann beeile dich, gesund zu werden«, schnauzte er sie barsch an. »Du wirst beizeiten nachholen müssen, was die anderen Täubchen heute für dich erledigen.«

Schluchzend, als wäre sie am Rande der Verzweiflung, dankte sie ihm und verabschiedete sich mit einem heftigen Niesen.

Dazu hatte sie nur ein Papiertaschentuch zu einem Faden drehen und ihre Nasenschleimhaut reizen müssen. Das funktionierte immer, sie hatte diesen Trick in der Vergangenheit schon ein paarmal benutzt, um einen schlimmen Infekt vorzutäuschen.

Unter der Dusche überwältigte sie das schlechte Gewissen. Sie hatte sein ausdrückliches Verbot missachtet und fürchtete sich vor den Konsequenzen ihrer unbedachten Handlung.

Was, wenn er Wind davon bekam, dass sie sich mit einem Mann getroffen hatte?

Sie wollte sich die Bestrafung, die sie deswegen zu erdulden hätte, nicht ausmalen.

Todesangst schnürte ihr die Kehle zu.

Mariella legte sich ins Bett, kuschelte sich unter die Decke und versuchte einzuschlafen.

Das Festnetztelefon klingelte ein paarmal, doch sie beachtete es nicht. Sie fühlte sich außerstande, mit einer ihrer Freundinnen zu sprechen und eine lahme Entschuldigung für ihr Fernbleiben hervorzubringen. Das hatte Zeit bis morgen. Es ging niemanden etwas an und war vermutlich auch nicht ungefährlich, wenn sich herumsprach, dass sie sich mit einem Mann getroffen hatte. Außerdem hatte sie nicht die geringste Lust, sich dem Fragengewitter der Freundinnen zu stellen.

Probleme hatte sie schon genug.

Wie hatte Scarlett O'Hara in einem ihrer Lieblingsfilme, »Vom Winde verweht«, so trotzig gesagt? »Morgen ist auch noch ein Tag.«

Die Türklingel riss sie abrupt aus ihrem irgendwann eingetretenen Schlaf.

Wer konnte das sein?

Doch wohl nicht Camillo?

Weil das Geläute nicht enden wollte, öffnete Mariella widerstrebend die Tür und stand Romina gegenüber.

»Du?«, fragte sie überrascht.

»Ich dachte, es wäre dir etwas zugestoßen, weil du heute nicht aufgetaucht bist und auch nicht ans Telefon gingst. Wir haben uns Sorgen gemacht. Ich rufe rasch bei Carolina an und sage ihr, dass ich dich angetroffen habe und du wohlauf bist. Sie soll die anderen verständigen.«

»Es gibt keinen Grund zur Sorge, aber ich finde es sehr lieb, dass ihr so an mich denkt. Ein Bekannter lief fast in mich hinein. Ich war bereits auf dem Weg zu euch.«

»Na, wenn das so ist, sei dir vergeben.« Romina grinste. »Trotzdem sind wir natürlich in Sorge, wenn wir nichts von dir hören, weil du uns am Herzen liegst und uns wichtig bist.«

Mariella genoss das warme Gefühl, das sich in ihr ausbreitete und ein bisschen nach ihrem früheren Zuhause schmeckte. Diese Art von Geborgenheit hatte sie schon lange nicht mehr empfunden. Klar mochte sie ihre Freundinnen, doch mit einer solchen Anteilnahme hatte sie nicht im Traum gerechnet.

»Es handelte sich bei der unerwarteten Begegnung nicht etwa

rein zufällig um den schnuckeligen Typen mit der Glatze?«, fragte Romina neugierig.

Mariella gefror das Blut in den Adern.

Woher wusste Romina von Camillo?

Wurde sie beobachtet?

»Wie kommst du auf eine so absurde Idee?«

»Ich habe euch letzten Mittwoch am Abend zusammen gesehen. Ihr standet vor dem Fischgeschäft am Hafen und habt euch angeregt unterhalten.« Romina betrachtete sie eingehend. »Ja. Das stimmt. Ich habe dich gar nicht bemerkt. Camillo ist Lehrer, einer meiner netteren Kollegen an der Schule. Während die anderen im Konferenzzimmer ständig über die ›bösen Schüler‹ und ihre angebliche Dummheit herziehen, liegt ihm das Vorankommen seiner Schüler am Herzen. Er verhält sich nie überheblich und entwertend den Jugendlichen gegenüber, sondern baut sie gütig und verständnisvoll auf.«

Romina strich ihr Haar zurück. »Sag mal, Mariella«, begann sie vorsichtig, »gibt es etwas, das du mir anvertrauen möchtest?« Wieder starrte Romina sie aufmerksam an. »Ich werde einfach nicht schlau aus dir. Wir kennen dich als graue Maus, als langweilig und geradezu spießig gekleidete Lehrerin. Dagegen wirkte deine Aufmachung letzte Woche ehrlich gesagt regelrecht nuttig. Und die aufreizenden Stilettos, die da aus deiner Tasche hervorblitzten, zum Schnüren und aus glänzendem Lack, die willst du doch nicht wirklich in der Öffentlichkeit anziehen, oder? Man wird dich für eine Schlampe halten. Sei mir nicht böse, dass ich dir das so direkt sage, aber wo wolltest du denn an dem Abend hin? Wer erwartete dich und wo?«

Mariella wurde heiß und kalt zugleich. Die Schuhe, die sie am Morgen in ihrer Umhängetasche neben dem Sideboard bereitgestellt hatte, um sie nach der Autofahrt zur Hütte des Schreckens anzuziehen, hatte sie völlig vergessen. Sie fühlte sich in die Ecke gedrängt, gleichzeitig waren ihre Nerven ohnehin zum Zerreißen gespannt.

Camillo schwirrte immer noch in ihrem Kopf herum. Ebenso die Angst, die sie erfasste, wenn sie sich vorstellte, dass ihr Peiniger von ihrem Regelbruch erfuhr. Jederzeit könnte der nächste Kontrollanruf erfolgen – oder schlimmer noch, Gennaro könnte persönlich hier auftauchen, um zu sehen, ob sie wirklich krank im Bett lag, und sie, wenn es ihm passte, nach Cervignano in sein Freudenhaus zerren, um sie gnadenlos zu bestrafen. Und jetzt stand Romina vor ihr, mit einem riesigen Fragezeichen im Gesicht, das dennoch nichts anderes als Sympathie verriet. Ohne dass sie es wollte, begann sie heftig zu zittern.

»Ich … ich … kann … darf … nicht. Bitte frage mich nicht weiter aus. Mein Geheimnis darf niemand erfahren, es würde nur Schlechtes bewirken. Begnüge dich damit.«

Doch Romina ließ nicht locker. Sie schlang ihre schmalen Arme um Mariellas bebenden Körper und drückte sie fest an sich.

Mariella versuchte sie abzuschütteln, aber Romina blieb hartnäckig.

»Du kannst mir vertrauen«, beschwor sie Mariella bewegt. »Das verspreche ich dir. Dazu sind Freundinnen schließlich da. Ich helfe dir, egal, was Sache ist.«

»Es gibt keinen Ausweg aus meiner Verdammnis. Und wenn du dich einmischst, wird alles nur schlimmer, es könnte möglicherweise meinen Tod bedeuten, verstehst du? Du schadest mir mehr, als dass du mir hilfst.«

Romina ließ sie abrupt los und starrte sie eine Weile erschüttert an.

»Jede von uns hat ihre Geheimnisse«, sagte sie dann ernst. »Wenn du mit mir redest, verrate ich dir, was mein Leben so unendlich schwer macht.«

Unvermittelt sank Mariella zu Boden und umfasste ihren Kopf mit beiden Händen. »Romina, du bist so gütig. So liebevoll. Aber wenn du mich zwingst zu reden«, sie schluchzte auf, und Tränen fluteten ihr Gesicht, »dann kann ich für absolut nichts mehr garantieren. Ich gerate dadurch in ernsthafte Schwierigkeiten. Bitte glaube mir das.«

Die Freundin packte sie an ihren Armen und zog sie energisch hoch. »Ich hole uns jetzt ein großes Glas Eiswasser, wir setzen uns auf die Couch, und dann vertraust du dich mir an. Ich will alles wissen, bis ins kleinste Detail. Verstehst du? Ich kann sehr beharrlich sein, das hast du sicher schon bemerkt. Notfalls schalten wir eben die Polizei ein, wenn du dich in Schwierigkeiten befindest. Man wird dich schützen, vor was du auch Angst hast.«

Mariella begann heftig zu weinen. Nur als ihre geliebte Mama starb, hatte sie so viele bittere Tränen vergossen. Panik überkam sie, und sie fing an zu hyperventilieren.

***

Langsam normalisierte sich Mariellas Keuchen. Immer noch hielt Romina das zitternde Bündel Mensch in ihren Armen. Die Freundin konnte sich kaum fassen, die Tränen strömten aus ihren Augen, und Rotz floss aus ihrer Nase. Wenigstens war die Panikattacke abgeklungen, denn Romina hatte ihr geistesgegenwärtig eine Papiertüte über den Kopf gestülpt, als sie Mariellas beschleunigte Atmung bemerkte. Eine Kollegin von Romina neigte bei großem Stress zu solchen Attacken. Sie wusste daher, dass durch das Hyperventilieren zu viel Sauerstoff in die Lunge gelangte und zu viel Kohlendioxid hinaus. Für den Betroffenen fühlte es sich zwar sehr beängstigend an, war aber ungefährlich, sofern keine Nebenerkrankung bestand. Der Arzt der Firma hatte die Belegschaft darüber aufgeklärt, wie man sich in so einem Fall verhalten sollte.

Erst nach Minuten beruhigte Mariella sich ein wenig.

»Wie geht es dir?«

»Schon besser. Das Kribbeln in den Fingern und die Muskelkrämpfe lassen langsam nach. Danke, dass du so schnell reagiert hast. Weißt du dir eigentlich in jeder Situation zu helfen? Wenn ja, bist du mir weit überlegen. Gegen dich bin ich der reinste Jammerlappen.«

Mariella floss vor Tränen nur so über. Sie schniefte und langte unbeholfen nach einem Kleenex. Dann legte sie ihren Kopf vertrauensvoll an Rominas Schulter.

»Kannst du mir helfen? Ich weiß mir keinen Rat mehr. Hab so oft nachgedacht und alles Mögliche in Betracht gezogen, aber bin immer nur an meine Grenzen gestoßen.«

Das gefiel Romina überhaupt nicht. Sie bekam es langsam mit der Angst zu tun, ihre Versprechungen ein wenig vorschnell geäußert zu haben. Sie war schließlich keine übermächtige Instanz, die tagein, tagaus die gravierenden Angelegenheiten anderer lösen konnte. Sie hatte genug mit sich selbst, ihrer Schwester und Benedettas Leiden zu tun.

Sie spürte die Nässe von Mariellas Tränen und deren Rotz auf ihrem T-Shirt und wand sich innerlich. Doch sie riss sich zusammen und stieß Mariella nicht zurück, obwohl sie nahe daran war.

»Soll ich dir eine Tasse Tee aufbrühen, oder hättest du gerne einen starken Espresso? Du solltest etwas trinken. Das würde dir guttun«, fragte sie mit kratziger Stimme. Sie klang, als hätte sie die Nacht durchgemacht.

Das passierte ihr oft, wenn sie sich Situationen gegenübersah, die sie nicht im Griff hatte. Es war schon vorgekommen, dass sie überhaupt kein Wort hervorgebracht hatte.

Sanft löste sich Mariella aus ihren Armen.

»Nichts will ich. Wirklich nichts. Danke. Du bist so lieb zu mir. Es ... es ist mir fürchterlich unangenehm. Das wollte ich nicht. So soll mich niemand sehen.«

Romina führte die aufgelöste Freundin zum Sofa. Wieder schluchzte Mariella laut auf und schnäuzte sich in eine Serviette, die, anscheinend vergessen, auf dem Wohnzimmertisch gelegen hatte.

»Warte kurz, ich komme gleich wieder.«

Ohne zu wissen, wo sich die Küche befand, fand sie auf Anhieb den richtigen Weg.

Kein Wunder, dachte sie, die Wohnung ist ja nicht unbedingt ausgestattet wie ein Palast. Sauber war sie, das musste sie zugeben, aber ärmlich war kein Ausdruck für das, was ihr hier begegnete.

Die Möbel im Wohnzimmer waren ein paar Jahre alt und

abgenutzt, aber mit Kissen und Decken hübsch dekoriert gewesen. Die Küche hingegen stammte wohl aus grauer Vorzeit, mindestens jedoch aus den sechziger Jahren. Sie war in einem dunklen Braun gehalten, einige Blenden fehlten, und Mariella schien abgebrochene Griffe durch andere, schlichte weiße aus dem Bauhaus ersetzt zu haben. Auf dem Tisch, auf dem sich Schulhefte und Klassenarbeiten stapelten, lag eine Plastiktischdecke.

Romina öffnete die Tür des Kühlschranks und prallte zurück. Da war nichts drin außer einem Stück Butter, einer angebrochenen Flasche Acqua Gassata, einem Bund Karotten, einer Tafel Schokolade, einigen Hautpflegeprodukten und einem halb leeren Glas Marmelade.

Wovon ernährte die arme Seele sich? Von Kosmetika?

»Wein, keinen Kaffee, bitte!«, hörte sie Mariella mit verweinter Stimme rufen.

Nun denn, dann suchen wir mal, was es hier Alkoholisches zu finden gibt, beschloss Romina. Unter der Spüle entdeckte sie eine stattliche Anzahl Flaschen mit heimischen Weinsorten. Sie entschied sich für einen Roten, da keiner der Weißweine gekühlt war.

Mit einem saftigen »Plopp« löste sich der Korken, und sie füllte ein Glas, das zum Abtropfen auf dem gerippten Gitter stand. Aus dem Regal holte sie ein zweites Glas und schenkte großzügig ein.

»Hast du Hunger, Vögelchen?«, fragte sie und reichte Mariella eines der Gläser.

»Nein ... danke. Ich hatte heute schon ein paar Grissini und Pizzaecken.«

Romina wusste nicht, ob sie der mageren Mariella Glauben schenken sollte.

Die schien Rominas Zweifel zu spüren, denn sie bekräftigte ihre Worte. »Ehrlich. Ich war mit Camillo in einer Bar. Er hatte Zahnschmerzen, konnte daher nichts essen. Sonst hätte er mich in ein Restaurant eingeladen.«

»Also doch der Typ, mit dem ich dich gesehen habe. Steht

er womöglich auf diese nuttigen Klamotten? Wenn ja, ist der Mann nämlich ganz und gar nicht der sanfte Kollege, für den du ihn hältst. Eher schon ein Perverser, der sich gut verstellen kann.«

Mariella hielt die Luft an.

Nicht zu Unrecht, fand Romina, denn sie hörte sich wie eine wichtigtuerische Erzieherin in einem katholischen Mädcheninternat an. Das lag jedoch einzig daran, dass sie sich ernstlich Sorgen machte.

Als hätte sie nicht selbst schon genug davon.

»Natürlich ist Camillo nicht pervers. Im Gegenteil, er war regelrecht schockiert, als er mich letzten Mittwoch in diesem Outfit sah. Er weiß doch nicht, wohin ich unterwegs war.« Sie zögerte. »Besser gesagt, wohin ich fahren musste. Davon hat er keine Ahnung.«

Wieder begann sie zu weinen.

Romina fühlte sich immer unbehaglicher.

Sie spürte, Mariella war kurz davor, ein gruseliges Geheimnis zu lüften.

✳✳✳

Mariella war nicht klar, wie viel Romina von ihrer ausweglosen Situation bereits verstanden hatte.

Sie hatte schreckliche Angst und hasste Romina zutiefst dafür, dass sie bei ihr aufgetaucht war, gleichzeitig empfand sie durch die Zuwendung ihrer Freundin eine Erleichterung, wie sie sie bisher nicht gekannt hatte.

Was sollte sie jetzt bloß machen?

Sie durfte ihr keinen reinen Wein einschenken, auch wenn sie sich so sehr wünschte, jemanden ins Vertrauen zu ziehen, nicht mehr allein dazustehen.

Seine Strafe würde unvorstellbar grausam sein.

Wie um Himmels willen war sie in diese aussichtslose Situation geraten?

Sie spürte Rominas Hand an ihrem Unterarm.

»Mariella, hast du denn nicht gehört, dass es bei dir geläutet hat?«

Die Freundin hatte absolut recht.

Erst jetzt wurde Mariella bewusst, dass jemand vor der Tür stand und klingelte, bereits zum wiederholten Mal.

Hoffentlich war das nicht Gennaro, der sie zu Hause aufsuchte und hier abholen wollte, wenn sie seines Erachtens nicht krank genug wirkte.

Wimmernd sank sie ins Polster. »Ich darf nicht öffnen. Du hast keine Ahnung, was passieren könnte.«

Romina stand so abrupt vom Sofa auf, dass sie fast das Glas Wein verschüttete. »Was soll daran so schlimm sein? Erkläre mir das bitte, damit ich dich verstehe. Du sprichst in Rätseln, und das schon die ganze Zeit über.«

»Das geht nicht.« Mariella rang ihre Hände und raufte sich die schönen langen schwarzen Haare.

Wieder klingelte es.

»Jetzt öffne endlich die Tür. Das ist doch nicht mehr auszuhalten«, herrschte Romina sie schroff an. »Glaubst du, ich habe keine Probleme? Weit gefehlt. Aber es liegt mir fern, mich so aufzuführen, wie du es gerade tust.«

Mariella bekam es mit der Angst zu tun. Abgesehen davon, dass sie sich ohnehin ständig in einer Art von Panikzustand befand, fühlte sie sich der momentanen Situation nicht annähernd gewachsen.

Natürlich war sie sich dessen bewusst, dass es ein Fehler wäre, die Tür zu öffnen, mehr als das. Doch sie musste eine Entscheidung treffen.

Was hatte sie für eine Wahl?

Den Kopf in den Sand zu stecken?

Vogel-Strauß-Politik walten zu lassen?

Sollte sie sich vielleicht in der Küche verbarrikadieren?

Oder aus dem Fenster springen?

Draußen lauerte das absolut Böse, doch ihre Freundin erwartete Normalität.

»Romina«, wisperte sie.

»Ja?«, kam es harsch.

»Bitte geh du hinunter und lass die Person herein, die dort wartet. Vorher geht derjenige sicher nicht weg.«

»Das ist meiner Meinung nach unser geringstes Problem. Klar erledige ich das für dich. Vielleicht schafft dieser unangemeldete Besuch mehr Klarheit. Denn aus dir werde ich nicht schlau.«

Romina betätigte den Öffner und trat in das dunkle Treppenhaus. Im selben Moment ging das Licht an.

Mariella verkroch sich in sich selbst oder in dem, was von ihr noch übrig geblieben war.

Was würde auf sie zukommen?

Würde Gennaro in Anwesenheit ihrer Freundin sein wahres Gesicht zeigen oder warten, bis er sie losgeworden war?

Brachte sie auch Romina in Gefahr?

Mariella schloss die Augen.

»Na, wen haben wir denn da?«, hörte sie Rominas angenehm überraschte Stimme sagen.

Sie blinzelte. Niemand anderer als Camillo betrat neben der Freundin ihre Wohnung.

»Mariella, verzeih mir bitte meinen Überraschungsbesuch. Es ist sonst nicht meine Art, ohne Vorankündigung bei jemandem zu Hause aufzutauchen. Doch du warst ein wenig von der Rolle, als wir uns heute Mittag verabschiedeten. Hektisch und überdreht. So kenne ich dich nicht. Ich habe mir Sorgen gemacht, deswegen bin ich da«, brachte er statt einer Begrüßung unsicher hervor.

Sie wusste nicht, ob sie sich freuen oder ärgern sollte. Zu viele Leute machten sich zu viele Gedanken über sie. Das konnte böse enden.

»Da bist du nicht der Einzige«, antwortete Romina an Mariellas Stelle und stellte sich vor.

Camillo reichte ihr die Hand. »Ich vermute, du bist eine der Freundinnen, die Mariella heute Vormittag meinetwegen«, er grinste schelmisch, »versetzt hat.«

»Korrekt. Ich bin die nüchterne Bankangestellte, die heute

allerdings ein wenig angeschickert ist, weil wir vorhin eine Flasche Wein geöffnet haben. Möchtest du auch ein Glas vom Roten?«

Camillo nickte automatisch, vermutlich ohne ihre Frage überhaupt wahrgenommen zu haben, und machte einen Schritt auf Mariella zu, deren Herz zu pochen begann. Er berührte leicht ihre Wange. Dann musterte er sie eingehend von oben bis unten. Sie trug noch immer ihren Morgenmantel, den sie hastig übergeworfen hatte, als Romina bei ihr aufgetaucht war. Sein Blick fiel auf die Schuhe neben der Anrichte.

»Kocht deine Tante heute wieder für dich?«, fragte er spitz.

Mariella spürte instinktiv, dass Camillo hin- und hergerissen war. Zuerst stand Besorgnis im Vordergrund und jetzt tiefe Verunsicherung.

»Warum«, eiferte sie sich, als Romina mit einem Glas Wein für Camillo aus der Küche kam, »lasst ihr beide mich nicht einfach in Ruhe?«

»Mariella.« Romina baute sich vor ihr auf. »So lass dir doch helfen. Rede mit uns. Sogar unter den vom Heulen geschwollenen Rötungen kann ich die Blässe in deinem Gesicht erkennen. Du wirkst völlig verzweifelt, verwirrt, verstört, geradezu herzzerreißend unglücklich.«

Camillo nickte, und wieder wechselte seine Gefühlslage. Anteilnahme und Mitgefühl spiegelten sich jetzt in seinen schönen blauen Augen.

Er und Romina standen mit fragenden Mienen dicht nebeneinander, und Mariella befürchtete, jeden Augenblick einen weiteren klaustrophobischen Anfall zu erleiden, da sie sich dermaßen beengt und eingekeilt vorkam.

Es gab keinen Ausweg.

Die beiden versperrten jede Möglichkeit, der Inquisition zu entkommen, allein durch ihre körperliche Präsenz.

»Lasst mich einfach in Frieden. Ihr habt keine Ahnung, in welcher Lage ich mich befinde. Für euch beide ist es anscheinend ein Vergnügen, mich derart unter Druck zu setzen, sonst würdet ihr nicht so handeln.«

Die Blicke, die Camillo und Romina tauschten, besagten das Gegenteil. Mariella konnte sich ihnen, die ihr nur Gutes wollten, dennoch nicht anvertrauen.

Camillo setzte sich kurzerhand neben sie und nahm sie fest in seine Arme. »Erzähl es uns doch bitte.« Er sah zu Romina und dann Mariella beschwörend an. »Wir beide haben inzwischen verstanden, dass du dich, aus gutem Grund womöglich, zum Schweigen verpflichtet fühlst. Das bedeutet aber nicht, dass du nicht um Hilfe bitten darfst. Vielleicht empfindest du deine Situation als viel weniger bedrohlich, sobald du es herauslässt und darüber sprichst. Mariella, wir sind für dich da, wir sind an deiner Seite, um dich zu unterstützen.«

Mariella löste sich abrupt aus Camillos Umarmung und klammerte sich stattdessen flehend an ihre Freundin. »Ich darf darüber wirklich nicht sprechen. Falls ich es dennoch tue, könnte dieses Vergehen meinen Tod bedeuten. Und ihr wärt dann womöglich ebenfalls in Gefahr. Das möchte doch keiner von euch beiden, oder irre ich mich da?«

»Helfen wollen wir dir«, versicherte Camillo augenblicklich. »Sonst nichts.«

Romina hingegen schien von freundlichen Beteuerungen genug zu haben.

»Helfen? Wie kann man jemandem helfen, der so festgefahren ist wie du?«, brauste sie auf und schaute auffordernd zu Camillo, der sie mahnend ansah. »In diesem Zustand lassen wir dich allerdings nicht allein«, fügte sie etwas milder hinzu. »Darin sind wir uns, glaube ich, einig.«

Camillo nickte zustimmend, doch über dem Blau seiner Augen lag ein Schleier.

In Mariella zerbrach etwas. Sie wünschte sich nichts sehnlicher, als dass der Schleier sich wieder heben möge.

Was konnte sie den beiden sagen, dass sie verstanden und sie nicht länger behelligten?

Was erwarteten sie von ihr?

Mariella stand auf, ging mit wackligen Knien zu ihrem

Nachtkästchen im Schlafzimmer und nahm das Handy, das stummgeschaltet unter einem Buch verborgen lag. Sie kehrte zu Romina und Camillo zurück, setzte sich ihnen gegenüber auf die Couch und legte es auf den kleinen Tisch. Ihre Hand zitterte. Zwei entgangene Anrufe waren auf dem Display verzeichnet.

»Das habe ich, um für jemanden erreichbar zu sein, der«, sie stockte, »um für einen Mann erreichbar zu sein, dem ich ... der mich ... in der Hand hat und mich ... kontrolliert. Er wird mir etwas antun, und das nicht zum ersten Mal, wenn er erfährt, dass ich mit euch über ihn spreche ... und über das, was ich ... was ich ... für ihn tue.« Sie schluckte, ihr Hals fühlte sich trocken und kratzig an.

War ihre vorgetäuschte Krankheit vielleicht gar nicht so weit hergeholt gewesen? Sie fühlte sich wirklich so elend wie kaum jemals zuvor.

»Was soll das bedeuten, ›der dich kontrolliert‹? Was musst du denn für ihn tun?«, fragte Romina ratlos und spürbar ungeduldig.

Mariella wich den beiden aus. Auf keinen Fall wollte sie darüber sprechen, was ihr allwöchentlich widerfuhr. Sie würde Verachtung in seinen schönen Augen sehen, dessen war sie sich sicher.

Ehe sie sich eine halbwegs passende Antwort überlegen konnte, leuchtete auf einmal das Display des Telefons auf, und Mariella zuckte zurück.

Auch Romina und Camillo waren überrascht zusammengefahren. Erschrocken sahen sie Mariella an, die vor dem Handy saß wie das Kaninchen vor der Schlange.

Ihr war klar, dass sie rangehen musste.

Er versuchte es bereits zum dritten Mal. Wenn sie ihn noch länger warten ließ, schürte sie damit nur seine unbändige Wut auf sie.

Ohne dass sie es wollte, griff sie zum Handy und drückte auf »Annehmen«.

»Wieso erreiche ich dich nicht?«, schnauzte Gennaro sie

übergangslos an. So laut, dass Romina und Camillo sicher jedes Wort verstanden. »Warum gehst du nicht ans Telefon? Ich höre.«

Diesmal brauchte Mariella das jämmerliche Krächzen ihrer Stimme nicht vorzutäuschen. »Ich … hatte hohes Fieber, habe den ganzen Nachmittag … geschlafen, um mich zu erholen«, flüsterte sie und räusperte sich mehrmals. »Das Telefon habe ich nicht gehört. Bitte entschuldige.« Sie hustete krampfhaft und anhaltend. »Es könnte … sein, dass ich mir eine schlimme Kehlkopfentzündung eingefangen habe.«

»Du klingst tatsächlich furchtbar. Obwohl ich wütend auf dich war, bin ich glatt geneigt, dir diesmal zu verzeihen, mein armes Täubchen. Falls du mich jedoch für dumm verkaufst, kannst du was erleben. Sei also gewarnt. Unter deinen Freiern ist auch ein angesehener Arzt aus Cervignano. Den lasse ich dich untersuchen und ein entsprechendes Rezept ausstellen, damit du dich bald erholst. Es ist schließlich auch in seinem Sinn, dass du rasch wieder auf die Beine kommst. Was meinst du?«

»Danke … in ein paar Tagen geht es mir bestimmt … wieder besser.« Mariella beendete das Telefonat im Bewusstsein, ihrem Verhängnis wohl gerade noch mal entkommen zu sein.

Sie legte das Handy wieder auf den Couchtisch und sah beschämt zu Boden.

Nun konnten die beiden sich wohl einen Reim auf ihr Problem machen.

Camillo war aufgesprungen und im Zimmer auf und ab gelaufen. Jetzt kam er zu ihr, setzte sich neben sie und legte beschützend einen Arm um ihre bebenden Schultern.

»Unabhängig davon, was da los ist und was dieser furchtbare Typ gegen dich in der Hand hat, es gibt immer einen Ausweg«, flüsterte er ihr sanft ins Ohr.

Daran zweifelte Mariella, doch sie hütete sich, das zu äußern.

Sie trank einen Schluck Rotwein und sagte matt: »Jetzt versteht ihr sicher mein Verhalten. Er darf nicht wissen, dass ihr hier wart. Bitte vergesst, was ihr gehört habt, und lasst mich allein.«

Doch Romina, die während des Telefonats wie erstarrt dagesessen hatte, sah das anscheinend völlig anders.

»Bist du denn völlig bekloppt?«, wetterte sie. »Dieser Tyrann, dieser Verbrecher oder wie du ihn auch immer bezeichnen willst, könnte jeden Moment hier auftauchen. Glaubst du denn allen Ernstes, dass er dir auch nur ein Wort von deiner angeblichen Krankheit abgekauft hat? Wenn ja, bist du naiver, als ich dachte. Von dem perversen Arzt, der das Theater sicher sofort durchschaut, ganz zu schweigen.«

Camillo stand so hastig auf, dass der Couchtisch mitsamt den Gläsern wackelte. »Romina hat vollkommen recht. Ich kann ihr nur zustimmen. Der miese Kerl wird überprüfen, ob du dich nur krank stellst oder wirklich Fieber hast. Der sucht dich auf, da bin ich mir absolut sicher. Also musst du dringend von hier weg.«

Er schaute zu Romina.

»Das sehe ich genauso wie du. Eile ist geboten. Mariella kann zu mir kommen, ich wohne zwar beengt, aber für ein Gästebett ist immer noch Platz.«

Camillo nickte. »Du könntest natürlich auch mit zu mir kommen, aber ich finde, bei deiner Freundin bist du besser aufgehoben.«

Dem Vorschlag konnte Mariella einiges abgewinnen. Eine Erklärung, warum Gennaro sie zu Hause nicht antraf, konnte sie sich ausdenken, doch eins war sicher: Sie durfte auf keinen Fall hier sein, wenn er auftauchte, er würde den Schwindel sofort durchschauen und sie windelweich prügeln, womöglich Schlimmeres. Dazu durfte sie ihm keine Gelegenheit geben.

Aber würde das ausreichen?

»Was, wenn er längst weiß, wer ihr seid und wo ich mich verstecken könnte, weil er auch meine Freundinnenrunde kontrolliert und meine Kollegen aus der Schule?«, fragte sie ängstlich.

»Selbst wenn, wir sind immerhin fünf Frauen. Und gegen uns hat er kein Druckmittel, das ihm Tor und Tür öffnet. Camillo

129

ist auch nicht der einzige Lehrer an deiner Schule, selbst wenn er der einzige ist, mit dem du dich gut verstehst. Das könnte ein Grund sein, zuerst bei ihm nachzusehen, dennoch –«

Camillo unterbrach Rominas Redeschwall. »Mariella, unabhängig davon, wie spät es schon ist, du musst jetzt unbedingt als Allererstes im Sekretariat der Schule anrufen und dich krankmelden. Wenn dieser Bluthund nach dir sucht, dann am ehesten dort. Da gebt ihr mir doch recht?«

»Unwidersprochen.« Romina kräuselte ihre Nase.

Mariella wählte hastig die Nummer der Schule und sprach auf den Anrufbeantworter, dass sie leider krank sei. Das ärztliche Attest würde unmittelbar folgen.

Romina und Camillo nickten zustimmend.

Danach lief sie in ihr Schlafzimmer und warf das Notwendigste ungeordnet in ihren Trolley.

»Ich bin bereit«, sagte sie schließlich, und ihre Stimme drohte zu kippen. »Ich weiß nicht mal, wo du wohnst, Romina, aber danke, dass du mir einen Unterschlupf gewährst«, fügte sie verlegen hinzu.

»Das ist doch selbstverständlich. Ihr kommt beide erst mal mit zu mir, und dann besprechen wir, wie wir weiter vorgehen wollen. Möglicherweise steht uns eine lange Nacht bevor. Ob wir die Polizei verständigen … das wird sich noch zeigen.«

»Nein! Um Gottes willen, nein!«, rief Mariella entsetzt. »Lasst die Polizei da raus. Bitte übereilt nichts. Ich fürchte um mein und ebenso um eure Leben. Das sage ich wirklich nicht unbedacht.«

Geistesgegenwärtig warf sie das »geheime« Telefon in ihre Handtasche. Sie musste trotz allem erreichbar sein. Verdächtigte er sie, sich seinem Einfluss komplett entziehen zu wollen, wäre das ihr unausweichlicher Tod. Glücklicherweise hatte sie, trotz ihrer Verzweiflung und der Nervenkrise, noch all ihre Sinne beisammen.

Sie waren bereits auf dem Weg zur Tür, als Mariella abrupt stehen blieb. War sie womöglich im Begriff, einen schweren Fehler zu begehen? Schätzte sie die Situation falsch ein? Sicher wäre es besser, sie täte wie immer genau das, was er von ihr verlangte.

»Ich will nicht weg von hier«, flüsterte sie.

Camillo nahm ihr Gepäck und begann, sanft auf sie einzureden und die Argumente für das notwendige Verlassen ihres Appartements aufzuzählen.

Verzweifelt schüttelte Mariella bei jedem seiner Worte vehement den Kopf.

13

Das Lokal lag wie ihr aktueller Tatort auf der Colmata, in der Nähe des Meeres. Der Name des Stadtteils bedeutete im Gradeser Dialekt »neu erschaffenes Land«. Er wurde gewissermaßen auf Sand erbaut.

Hier war es um einiges weniger touristisch als in den anderen Vierteln der Insel jenseits des Kanals. Viele Einheimische lebten in Einfamilienhäusern, die zumeist in den vierziger Jahren des vorigen Jahrhunderts erbaut worden waren. Früher war es das Viertel der Fischer gewesen. Deren Erben hatten die Häuser entweder behalten und restauriert oder teuer verkauft. Bis auf die jeweilige Farbe sahen die Häuschen einander sehr ähnlich.

Die Osteria war sowohl bei den Bewohnern als auch bei hin und wieder hereinschneienden Besuchern beliebt, da man hier zu erschwinglichen Preisen ausgezeichnete Gerichte bekam. »Die Speisen sind allesamt von erstklassiger Qualität. Jedenfalls reagiert mein Bauch nicht mit Krämpfen auf den Hefeteig«, pries Maddalena das Lokal an.

Ihre Mitarbeiter wussten schon lange, dass sie ein Problem mit dem Essen hatte. Maddalena machte keinen Hehl daraus, in jungen Jahren unter Magersucht gelitten zu haben, und behielt sich deshalb auch vor, genau abzuwägen, wann, wie viel, mit wem und wo sie ihre Nahrung zu sich nahm.

Pizza aß sie außer im »Delfino Blu« in der Città giardino, das in einem anderen Teil der Insel fast gegenüber der Polizeistation lag, nur hier gerne, wenngleich der Gedanke an Speisen Maddalena immer noch Tränen in die Augen trieb. Franjo, ihr verstorbener Verlobter, war ein mit Sternen gekrönter Koch gewesen und hatte sich stets bemüht, seiner kapriziösen Freundin herrliche Leckerbissen zuzubereiten, denen sie nicht widerstehen konnte. Wenn sie es sich genau überlegte, hatte sie eigentlich erst durch ihn die Freude an gutem Essen entdeckt und gelernt, es genussvoll zu verzehren.

Als sie nach einer saftigen Familienpizza – jeder von ihnen bekam sein Lieblingsstück – und dem Austausch der Ergebnisse ihrer bisherigen Befragungen gestärkt zurückkamen, erwartete sie der aufgeregte Mann von vorhin schon nervös trippelnd vor dem Eingang zum Haus.

»Ich dachte schon, Sie kommen gar nicht mehr. Ich bin zwar Rentner, habe meine Zeit aber nicht gestohlen.«

»Entschuldigung. Wir sind sehr beschäftigt und haben viele Bewohner zu befragen«, rechtfertigte Zoli sich.

Maddalena wechselte einen Blick mit Lippi und Fanetti. Auch wir dürfen uns mitunter eine Auszeit gönnen, dachte sie, nach der wir uns dann alle besser konzentrieren können.

Lippi, der wie immer leicht offensiv drauf war, erklärte barsch: »Wir hätten Sie schon nicht vergessen.«

Der Mann zuckte eingeschnappt zusammen. »Ich wollte doch nur helfen, etwas zur Aufklärung des entsetzlichen Schicksals der armen Frau beitragen.«

»Dafür sind wir Ihnen auch außerordentlich dankbar«, warf Fanetti freundlich ein. »Wir beachten jeden auch noch so kleinen Hinweis. Was Sie vorhin angedeutet haben, klingt sehr interessant. Lassen Sie uns doch ein paar Schritte gehen, damit wir ungestört reden können.« Er fand stets die richtigen Worte und wirkte beruhigend auf hitzige Gemüter.

Darüber staunte Maddalena schon lange nicht mehr.

Gemeinsam entfernten sie sich vom Hauseingang und gingen zu Lippis Dienstwagen. Maddalena bat den Mann, ihnen genau zu berichten, was er beobachtet hatte.

»Also, vor einiger Zeit, ich weiß nicht mehr genau, wann es war, so vor ein, zwei Monaten, wollte ich gerade das Haus verlassen, als ich in der Tür mit einem Mann fast zusammenstieß. Er entschuldigte sich wohlerzogen. Ich blickte ihm nach und sah, wie er an der Wohnungstür des Opfers klingelte.«

»Können Sie den Mann näher beschreiben?«, fragte Zoli, der sein Heft und den Kugelschreiber gezückt hatte.

Es war eine seiner liebenswerten Angewohnheiten, stets mitzuschreiben oder besser mitzukritzeln, was jemand aussagte, dabei verfügten sie alle über Aufnahmegeräte, um ihre Befragungen zu dokumentieren. Auch Zoli benutzte eines, wenn er allein unterwegs war, schrieb aber trotzdem mit.

»Ja, ich denke schon. Er war sehr formell gekleidet und erinnerte mich an diese Sekte. Zeugen Jehovas? Mormonen? Ich meine diese Burschen, die in dunklen Anzügen und gebügelten Hemden herumlaufen. Einen Aktenkoffer hatte er außerdem dabei.«

»Vielleicht ging dieser Mann ja von Tür zu Tür, um neue Anhänger zu akquirieren?«, überlegte Lippi.

»So habe ich die Situation nicht eingeschätzt. Aber ich hatte dazu ja auch nur ein paar Sekunden zur Verfügung. Auf mich wirkte er jedenfalls nicht wie einer, der jemanden anwerben oder einem einen Staubsauger verkaufen will.«

»Eben sagten Sie etwas von einer Sekte, jetzt widerrufen Sie das. Was denn nun?«, bohrte Lippi nach.

»Das haben Sie falsch verstanden. Ich meinte, er glich äußerlich diesen Sektenjüngern. Nicht, dass er einer von denen war«, präzisierte der Mann.

»Warum?«, mischte Maddalena sich ins Gespräch ein.

»Weil unweit der Haustür ein weißer Passat Kombi parkte, den ich niemandem hier zuordnen konnte. Der muss dem Mann gehört haben, daher verwarf ich die Theorie eines Sektenmitglieds und schloss eher auf das Ergebnis eines Glücksspiels. Machen die das bei EuroMillionen nicht so? Kommt da nicht so ein Offizieller und übergibt dem Gewinner einen bestimmten Betrag?«

Lippis Stirn legte sich in Falten, und er tippte mit dem Zeigefinger nachdenklich einen Maddalena unbekannten Rhythmus auf seinen Unterkiefer.

»Mhm«, er strich sich über das Kinn. »War das nicht eher früher mal Usus? Wurde das nicht geändert?« Gleich darauf nickte er. »Ja, doch. Dessen bin ich mir ziemlich sicher.«

Fanetti, Zoli und Maddalena warfen einander ratlose Blicke zu. Manchmal wusste der Kollege über die eigenartigsten Angelegenheiten Bescheid.

Der Mann blinzelte gegen die Sonne an, die schräge Strahlen über den Kanal sandte. »Das ist mir neu. Ich kenne wohl nur das alte Prozedere. Kann auch sein, dass ich mich irre. Einen Eid würde ich wahrlich nicht darauf schwören. Es kam mir eben so vor.«

»Ihre Anmerkungen sind sehr hilfreich«, sagte Fanetti höflich, abermals bemüht, dem Zeugen Respekt entgegenzubringen. »Die Idee, dass dieser Mann ein Lotterie-Abgesandter war, können wir nicht von der Hand weisen. Dem ist nachzugehen, auch wenn es sich am Ende vielleicht anders verhält, als Sie annehmen.« Er lächelte faunisch, wie es nun mal seine Art war. »Danke für Ihre Aufmerksamkeit und Ihre Bereitwilligkeit, mit der Polizei zusammenzuarbeiten.« Maddalena nickte dem Mann freundlich zu.

»Ich recherchiere das mal«, bot Zoli an, nachdem Lippi den Namen und die Kontaktdaten des Hausbewohners aufgenommen und dieser sich von ihnen verabschiedet hatte, und tippte verschiedene Begriffe in die Suchleiste seines Tablets ein. Nach einer Weile bestätigte er, ohne zu triumphieren, Lippis Worte. »Guido, es stimmt. Die Vorgehensweise hat sich erheblich verändert. Früher war es so, wie du sagtest. Jetzt vergleicht der Spieler nach Beendigung der Auslosung die Gewinnzahlen mit den von ihm getippten und ruft, sofern es einen Treffer gibt, bei einer internationalen Telefonnummer der EuroMillionen an. Um seinen Gewinn zu erhalten, muss der Betreffende seinen Lottoschein einem Mitarbeiter aushändigen, damit dieser dessen Gültigkeit überprüft. Wie und wo, wird telefonisch abgesprochen. Meistens kommt ein Angestellter der Firma zu dem Gewinner und lässt sich den Lottoschein mit einem amtlichen Lichtbildausweis gegen eine Bestätigung aushändigen. Sofern alles korrekt ist, überweist die Gesellschaft nach einer Bearbeitungszeit von wenigen Wochen den Ertrag auf das Konto des Gewinners.«

»Gute Arbeit, Kollege«, lobte Maddalena ihren Assistenten. »Der Zeuge hat uns womöglich einen entscheidenden Hinweis gegeben, auch wenn er die Rolle des Besuchers wegen der geänderten Regeln bei der Gewinnübermittlung falsch eingeschätzt hat. Der Mann, der vor ein oder zwei Monaten hier war, wird zwar keinen Koffer voller Geld abgeliefert haben, aber er könnte von der Lotterie beauftragt gewesen sein, ein Gewinnerlos abzuholen. Die Forensiker fanden einen einzelnen Geldschein in der ansonsten leeren Schublade im Schlafzimmer der Toten. Es liegt nahe, davon auszugehen, dass die Schublade zuvor voll war und jemand sie beraubt und getötet hat. Möglicherweise hat unser Opfer also eine beträchtliche Summe durch das Spiel mit dem Glück gewonnen und dadurch ihr Unglück erlitten.«

Maddalena atmete tief durch.

Allmählich verschwand die Sonne hinter den Wolken und machte der Abenddämmerung Platz.

»Muss noch jemand zu Hause anrufen und Bescheid geben, dass es später wird?«, fragte sie salopp in die Runde. »Denn das sieht mir nach einem langen Arbeitstag aus.«

✳✳✳

Es war wahrlich nicht einfach gewesen. Doch irgendwann war es Camillo gelungen, Mariella zum Verlassen der Wohnung zu überreden.

Dass er dabei gegen sein persönliches Interesse handelte, fand Romina ehrenhaft. Ganz eindeutig wollte er Mariella am liebsten bei sich haben, um sie zu beschützen, doch er überließ sie stattdessen ihrer Obhut. Sie schätzte diesen aufrechten, selbstlosen Mann. Es war mehr als nur offensichtlich, dass er sich Hals über Kopf in Mariella verliebt hatte.

Trotz ihrer beengten Wohnsituation und Paulys stets unverhofftem Auftauchen war es für Mariella momentan am besten, bei ihr unterzukommen. Sicher war sicher. Denn dieser furchtbare Mann, der ihr am Telefon gedroht hatte, würde, wenn er Verdacht schöpfte, dass Mariella ihn angelogen hatte, neben der Schule und wahrscheinlich dem Lehrer vermutlich zuerst die Hotels und Pensionen überprüfen. Dort würde er sie eher vermuten als bei einer ihrer fünf Freundinnen. Wirklich überzeugt war sie zwar nicht, aber das durfte sie sich nicht anmerken lassen.

Schließlich saßen sie einander in Rominas Wohnung gegenüber.

»Soll ich uns etwas zu trinken besorgen?«, bot Camillo sich an.

Romina lächelte innerlich. Der nette Kerl spielte hier doch glatt den Gastgeber, wohl um Mariella zu beeindrucken.

»Falls du Alkohol meinst, davon gibt es genug. Eine sehr gute Idee ist es obendrein, verhilft es uns doch höchstwahrscheinlich zu einer gewissen Form der Entspannung«, antwortete sie. »Könntest du einen Prosecco öffnen? Der lauert ohnehin schon darauf. Ein, zwei Flaschen lagern in meinem Kühlschrank. Der gute Tropfen will endlich an die Luft, hat sicher schon Atembeschwerden.« Sie grinste. »Meine Schwester Paulina, die eigentlich selten etwas Härteres trinkt, bevorzugt derzeit Whiskey, Jack Daniel's.«

»Ich kenne deine Schwester nur flüchtig. Sie hat ein paarmal an der Leserunde teilgenommen, und ich weiß noch, dass ich mich gewundert habe, weil sie dir gar nicht ähnlich sieht.«

Romina nickte. »Wenn ich es nicht so genau wüsste, würde ich auch bezweifeln, dass sie meine Schwester ist. Meine kleine Nichte, Benedetta, sieht hingegen aus, als wäre sie meine Tochter. Wir stammen also alle drei nachweislich aus demselben Genpool.«

»Du warst nie verheiratet?«, fragte Mariella, der es offenbar guttat, sich endlich mal auf etwas anderes als ihre eigene Situation zu fokussieren, und traf bei Romina einen wunden Punkt.

»Die Männer liefen allesamt vor mir davon, sobald sie meine autoritäre Art bemerkten.«

Es sollte lustig klingen, tat es aber nicht.

»So ist uns beiden zumindest das Windelwechseln erspart geblieben«, scherzte Mariella ein wenig gezwungen.

»Ganz stimmt das nicht. Paulina bat mich oft, den Babysitter zu spielen. Um ihre Ehe stand es nicht zum Besten, und so gingen sie und ihr Mann häufig miteinander aus, um die Bruchstellen ihrer einst großen Liebe zu kitten. Was ihnen aber nicht gelang. Sie gab sich die Schuld, weil sie der Ansicht war, sie würde ihm verwehren, was er dringend brauchte. Gleichzeitig klagte sie über das Defizit in ihrer Beziehung. Schließlich verließ Guglielmo Pauly für eine andere. Es war für uns alle eine harte Zeit, und meine Schwester hatte neben ihrer süßen Tochter nur noch mich. Guglielmo war lange Zeit kaum mehr greifbar und ziemlich verschossen in seine Neue, die vielleicht sogar eine alte Flamme war. Wer weiß das denn schon so genau?« Romina merkte selbst, wie wehmütig sie sich anhörte.

»Du mochtest deinen Schwager?«

»Wenn du es genau wissen willst, ja. Ich hatte ihn sogar sehr gern. Er ist ein guter Vater und unterstützte meine Schwester während ihrer Ehe, so gut er es neben seinem aufreibenden Job konnte. Doch anscheinend war ihm das nicht genug. Er suchte nach mehr, und schließlich fand er es bei einer anderen Frau. Paulina war todunglücklich. Ich verstand beide nur allzu gut, konnte nachvollziehen, was ihm in der Beziehung fehlte und was sie gebraucht hätte. Doch das tat nichts zur Sache, denn selbstverständlich schlug ich mich auf die Seite meiner Schwester. Blut ist eben dicker als Wasser.«

Mariella schien nicht zu entgehen, was Romina insgeheim bewegte. »Es tut mir leid«, flüsterte sie und legte ihre Hand behutsam auf Rominas Arm. »Vielleicht wärst du für ihn die bessere Wahl gewesen.«

Romina fühlte sich bis in ihr Innerstes durchleuchtet. »Ach, was soll's«, wehrte sie ab und war erschrocken, dass ihr ihre Gefühle wohl überdeutlich anzusehen gewesen waren.

Camillo kehrte gerade im rechten Augenblick zurück und brachte ein Tablett mit drei Gläsern und einer Flasche Prosecco in einem Kühler herein.

Gekonnt öffnete er die Flasche und schenkte ihnen ein.

Mariellas Hand lag immer noch auf ihrem Arm. Romina wollte ihn wegziehen, doch etwas hielt sie davon ab.

»Da ist doch noch mehr«, sagte Mariella leise. »Irgendetwas

bedrückt dich. Du sagtest vorhin, du hättest auch ein Geheimnis. Geht es um Paulina?«

Romina hatte auf einmal das Gefühl, der Stein auf ihrem Herzen würde zu einem riesigen Geröllhaufen anwachsen, der jedoch nicht schwerer, sondern auf wundersame Weise leichter wurde, bereit, abgeladen zu werden. Sie blickte Mariella und Camillo eindringlich an. »Ich kann euch doch vertrauen? Ihr müsst mir versprechen, mit niemandem darüber zu reden.« Beide nickten stumm.

Romina zögerte noch einen Moment, dann holte sie tief Luft, und die Worte purzelten nur so aus ihr heraus.

»Pauly, meine Schwester, hat eine Tochter, Benedetta, die an einer schweren Nierenerkrankung leidet. Nur eine Transplantation kann das Leben meiner kleinen Nichte retten. Doch die ist in weiter Ferne, dabei verschlechtert sich Benedettas Zustand zusehends. Das Kind ist zum Sterben verurteilt, wenn kein Spender auftaucht. Und der findet sich unter Umständen nur dann noch rechtzeitig, wenn abseits der regulären Wege nach ihm gesucht wird.«

Romina nahm am Rande undeutlich wahr, dass Mariella und Camillo entsetzt die Luft anhielten. Tränen glänzten in den Augen ihrer Freundin, und Camillo griff nach Mariellas Hand und drückte sie.

»Pauly und ich kommen als Spenderinnen leider nicht in Frage. Der einzige Ausweg besteht darin, im Ausland, das heißt auf dem Schwarzmarkt, illegal ein Organ zu beschaffen. Dazu braucht man aber enorm viel Geld. Allein die Niere kostet ein Vermögen, der Hin- und Rückflug ist auch nicht billig. Der Aufenthalt in dem fremden Land schlägt ebenfalls zu Buche, und die Operation in einem Militärspital setzt dem Ganzen finanziell noch die Krone auf.« Romina schluckte und kämpfte verbissen die Tränen nieder. Noch nie hatte sie mit jemandem darüber gesprochen. »Meine kleine, tapfere Nichte ist also vielleicht nicht mehr lange unter uns. Denn weder Paulina noch ihr Ex-Mann oder ich verfügen über eine so riesige Summe.«

»Ich würde dir sofort alles geben, was ich habe«, beeilte sich Camillo zu sagen. »Doch ich besitze nicht viel Erspartes.«

»Romina, ich bin zutiefst erschüttert.« Mariella senkte den Kopf. »Wie gern würde ich dir helfen. Doch wir beide sitzen, was das Finanzielle anbelangt, im gleichen Boot. Auch ich habe kaum Geld zur Verfügung, benötige aber eine immense Summe, um meinem Schicksal oder besser gesagt meinem Untergang zu entfliehen.«

Romina sah die Freundin fragend an. Und tatsächlich sprach diese weiter.

Endlich hatten sie Mariella so weit, dass diese sich ihnen voll und ganz anvertraute.

Zuerst schienen die Sätze völlig durcheinander und ohne erkennbaren Zusammenhang aus ihrem Mund zu kommen. Nach einer Weile ergaben sie jedoch einen Sinn. Und Romina erkannte das ganze Ausmaß von Mariellas erzwungenem Doppelleben.

»Wir sollten die Polizei verständigen«, erklärte Camillo im Brustton der Überzeugung, als Mariella verstummte.

»Nein, um Himmels willen!«, wehrte Mariella angstvoll ab und kratzte vor Panik eine Strieme in ihre Wange. »Wenn ihr das macht, kommt keiner von uns mit dem Leben davon. Hohe Würdenträger sind in all das verwickelt, Staatsanwälte, Richter. Und wer garantiert uns, dass nicht auch die Polizei ihre Finger im Spiel hat? Sie werden sich selbst schützen, nicht uns.«

Romina dachte kurz nach, besann sich und sagte dann: »Hab keine Angst. Hier bei mir befindest du dich vorerst in Sicherheit. Sei dir dessen gewiss. Wir werden nichts ohne deine Zustimmung tun. Camillo, das siehst du doch auch so?«

Camillo bestätigte das mit einem Nicken. Immer noch hielt er Mariellas Hand fest umklammert. Dann ließ er sie unvermittelt los und erklärte überzeugt: »Das bedeutet aber trotz allem, dass du aus dieser üblen Lage herausmusst. Wir überlegen uns einen Weg, der keinen Schaden anrichtet.«

Mariella blickte dankbar zu ihm auf. Er schlang seine Arme um sie.

Romina empfand seinen Vorschlag als wohltuend und unterstützend. Sie würden sich etwas einfallen lassen. An die Schwierigkeit, das zu bewerkstelligen, mochte sie jetzt noch nicht denken. Sie waren alle drei erschöpft und mussten sich dringend ausruhen, bevor sie so wichtige Entscheidungen trafen. Also scheuchte sie Mariella unter die Dusche und bereitete das Gästebett vor, während Camillo eine zweite Flasche Prosecco öffnete, um für die richtige Bettschwere zu sorgen.

Morgen war schließlich auch noch ein Tag.

14

Mariella hatte sich in Rominas Wohnung häuslich eingerichtet. Was nicht viel mehr hieß, als dass im Badezimmer über dem Waschbecken ihre Zahnbürste in einem Wasserglas und ihr Schminktäschchen auf einem Regalbrett standen. Den kleinen Koffer mit ihrer Kleidung hatte sie unter das Gästebett geschoben, das Romina ihr gestern im Wohnzimmer aufgebaut hatte.

Am Morgen war sie zum Allgemeinmediziner Dottor Beltrame gehastet, damit er ihr ein Attest für die Schule ausstellte. Sie war gleich drangekommen. Er meinte, unabhängig von ihrem offensichtlichen Erschöpfungszustand sollte sie sich demnächst einem Bluttest unterziehen. »Sie sind so blass, und diese bläulichen Ringe unter Ihren Augen gefallen mir nicht. Ich vermute aufgrund Ihrer fahlen Gesichtshaut eine Anämie.«

Auch wenn sie dem Dottore versichert hatte, einen Termin zur Blutabnahme auszumachen, würde Mariella nichts unternehmen. Das konnte warten. Zunächst galt es, alles zu tun, um Gennaro glauben zu lassen, dass sie nicht gelogen hatte.

Allein der kurze Weg zum Arzt hatte ihr beträchtlichen Mut abverlangt. Obwohl sie ihr langes Haar unter einer Schirmmütze verbarg, hatte sie sich ständig umgedreht und mit dem Schlimmsten gerechnet.

Er konnte so früh noch nicht Bescheid wissen, beruhigte sie sich, aber er war eben leider unberechenbar und schwer zu durchschauen.

Sie konnte sich vorerst bei Romina verstecken, doch eine endgültige Lösung war das nicht. Sie benötigte auch einen langfristigen Plan.

Ständig dachte sie zudem darüber nach, wie sie Romina und deren Schwester Paulina helfen könnte. Doch ihr fehlten dazu eindeutig die finanziellen Mittel. Und hätte sie ein solches Vermögen, wäre es zuallererst ihr eigener Passierschein zur Flucht.

Mariella verbrachte den restlichen Donnerstag hinter geschlossenen Türen und Fenstern in Rominas Wohnung. So hatte sie ausreichend Zeit, nachzudenken, zu grübeln, alles zu analysieren und immer wieder aufs Neue ihr gemartertes Hirn mit Fragen zu quälen, auf die sie kaum Antworten fand.

Camillo hatte sie heute bereits dreimal auf Rominas Festnetztelefon angerufen. Die Gespräche mit ihm bedeuteten Mariella mehr, als sie sich eingestehen wollte. Sie waren geradezu eine Wohltat. Er hatte ihr außerdem, fürsorglich, wie er war, ein Prepaidhandy besorgt und es Romina an ihrem Arbeitsplatz in der Bank unauffällig zugespielt. Die Freundin hatte es ihr in einer Pause vorbeigebracht.

Mariella war Camillo unendlich dankbar für das Telefon. Er war neben Romina ihr einziger Kontakt zur Außenwelt.

Mariellas Lieblingskollege hütete sich selbstverständlich, bei ihr aufzutauchen, denn es bestand die Gefahr, dass man ihm folgte, um ihr Versteck auszuspähen.

Insgeheim befürchtete Mariella, dass Gennaro ihre Mittwochsrunde schon vor geraumer Zeit genau unter die Lupe genommen hatte. Dann wusste er selbstverständlich, wer ihre Freundinnen waren und wo sie wohnten und arbeiteten. Er könnte sie ohne große Anstrengung ausfindig machen, sollte er es für erforderlich halten.

Mariella war klar wie nie zuvor, dass sie diesen abscheulichen Umständen umgehend entfliehen musste.

Die einzige Möglichkeit, die ihr einfiel, ihr jemals eingefallen war, bestand darin, sich ins Ausland abzusetzen und durch den Erwerb falscher Papiere für immer von seinem Radar zu verschwinden. Ihren eigenen Namen konnte sie nie wieder benutzen und den Pass, den er ihr beschafft hatte, schon gar nicht. Nur konnte sie sich nicht mal ein Flugticket leisten, um den ersten Schritt zu gehen, geschweige denn die Summe für die kostspieligen Dokumente und ihren vorläufigen Lebensunterhalt aufbringen.

Ein Bankraub war ihr in den Sinn gekommen, doch das war schwieriger zu bewerkstelligen, als man gemeinhin meinte. Es gab zu viele Sicherheitsvorkehrungen, als dass diese Option ernstlich in ihr Repertoire praktikabler Lösungen hätte aufgenommen werden können. Das galt ebenso für einen Einbruch bei begüterten Menschen, deren Villen wahrscheinlich durch Alarmanlagen und Kamerasysteme überwacht wurden.

»*Tesoro*, ich bin zurück!«, rief Romina in Mariellas Gedanken hinein und betrat, voll bepackt mit Tüten aus dem Supermarkt, ihre Wohnung. »Heute gibt es für uns ein leckeres Essen, denn ich habe mir überlegt, wie wir dich aus deiner unheilvollen Lage befreien könnten.«

»Mhm?«, machte Mariella und sah die Freundin mit großen Augen an.

»Wir müssen uns an eine Person wenden, die stets den Überblick behält und erstklassige Ratschläge gibt. Morgen findet doch bei Ludmilla die Literaturrunde statt. Da gehen wir hin, sie ist vielleicht imstande, uns einen Rat zu geben. Niemand ist so umsichtig wie sie. Wenn das nicht funktioniert, müssen wir die Polizei einschalten.«

Mariellas Magen krampfte sich zusammen, und vom Nacken stieg ein heftiger Schmerz nach oben, der sich wie eine Krone um ihren Kopf legte.

Allein das Wort »Polizei« brachte ihre ohnehin gefährdete Stabilität zum Wanken.

»Romina, ich möchte dich nicht verunsichern, doch ich glaube, dass deine Wohnung mir und uns keine ausreichende Sicherheit bietet. Gennaro wird, so wie ich ihn einschätze, demnächst vor deiner Tür stehen. Womöglich nicht heute oder morgen, aber er ist schlau, und er kontrolliert mich. Ich befürchte außerdem, dass ich auch dich in eine prekäre Situation bringe, schon allein deshalb, weil ich mich dir anvertraut habe. Wir sollten beide schleunigst von hier verschwinden, und zwar an einen gänzlich unbekannten Ort.«

Romina erschrak. »Du denkst, ich bin ebenfalls in Gefahr?«

»Wenn Gennaro merkt, dass ich ihn angelogen habe und mich vor ihm verstecke, wird er dich zur Rechenschaft ziehen, weil du mir geholfen hast. Darum habe ich das geheime Handy mitgenommen. So bin ich für ihn erreichbar, und er schöpft hoffentlich vorerst keinen Verdacht. Aber wir dürfen uns nicht darauf verlassen.«

»Du meine Güte, du hast recht. Ich war naiv, zu glauben, dass du dich hier in Sicherheit befindest. Was sollen wir jetzt tun?« Mariella erkannte an Rominas gerunzelter Stirn, dass sie scharf nachdachte.

»Wir ziehen meinen Plan einfach vor«, stellte Romina schließlich entschlossen fest.

Mariella sah sie fragend an.

»Ich rufe Ludmilla an. Sie hat weitreichende familiäre Kontakte über ihren verstorbenen Ehemann und weiß daher vielleicht einen Unterschlupf für uns.«

Mariella zögerte einen Moment. Dann willigte sie ein. »Also gut. Wenn jemand eine Lösung parat hat, dann sie.«

Romina griff zu ihrem Handy und wählte. Während des Telefonats lief sie unruhig im Wohnzimmer und in der Küche auf und ab.

Mariella bemühte sich, Rominas schnell hingeworfene Sätze zu vernehmen. Nach einer endlos dauernden Weile sah die Freundin sie mit erhitzten Wangen an.

»Los, nimm deinen Koffer, pack dein Waschzeug ein und lass uns die Tüten mit den Einkäufen mitnehmen.«

Mariella warf eilig ein paar herumliegende Klamotten und ihre Kulturtasche zurück in den Trolley und hörte, dass Romina es ihr gleichtat.

»Vergiss deine Handtasche nicht. Unten wartet bereits ein Wagen auf uns«, erklärte sie und griff nach einer der Einkaufstüten.

Mariella sah sie verständnislos an.

»Frag jetzt nicht, sondern leg einen Zahn zu. Die Begründung folgt später.«

Erst als sie im Auto saßen, drehten beide ängstlich ihre Köpfe nach rechts und links und blickten hinter sich.

»Pff«, kam es von Romina. »Glück gehabt. Niemand folgt uns. Das ist ja mindestens so aufregend wie in einem Krimi der schwarzen Serie.«

Mariella, die diese Situation überhaupt nicht spannend, sondern unheimlich fand, wurde im Gegensatz zu Romina von Angst nur so gebeutelt.

Der Wagen hielt, und Romina scheuchte sie auf die Straße. »Hopp, mach schon. Raus mit dir.« Voll beladen liefen sie auf Ludmillas Haus zu, in dem Mariella schon häufig zu Besuch gewesen war.

»Kommt herein«, forderte die Freundin sie auf, als sie die Stufen zu ihrer Wohnung im Hochparterre hinaufgegangen waren. Sie nahm ihnen die Tüten ab, und gemeinsam betraten sie die Wohnung.

»Uff.« Romina wischte sich den Schweiß von der Stirn und strich die blondierten Strähnen zurück.

»Danke, Ludmilla, danke für alles. Dass du hier in Grado auf die Schnelle ein Taxi organisieren konntest, grenzt an ein Wunder.«

»Mädels«, bestimmte Ludmilla mit fester Stimme, »setzt euch erst mal hier auf die Couch und entspannt euch. Ich bringe kurz die Sachen in die Küche. Dann berichtet mir bitte, was es mit eurem unerwarteten Besuch auf sich hat. Was das Taxi anbelangt, so war das übrigens keine Zauberei. Der Fahrer ist ein alter Freund von mir.«

Mariella war die ganze Sache äußerst peinlich. Jahrelang war es ihr gelungen, ihr Doppelleben vor den anderen zu verbergen. Und jetzt, auf einmal, musste sie sich schon zum zweiten Mal offenbaren. Sie war direkt in die bittere Wahrheit hineingerutscht und hatte das Gefühl, in einer Geisterbahn gelandet zu sein oder von hoch oben in einem Riesenrad auf sich selbst herabzuschauen. Nur dass sie sich nicht auf einer Kirmes befand, sondern in der scheußlichen Realität.

Ludmilla kam mit einem Tablett zu ihnen zurück.

»Du hast die Häppchen und den Prosecco also gefunden«, stellte Romina schmunzelnd fest.

»Das ist nur zum Teil richtig. Der Prosecco war viel zu warm, also habe ich einen Champagner geöffnet, und dazu gibt es deine glücklicherweise gut in Folie eingewickelten Leckerbissen.«

Sie nahm ihnen gegenüber in einem ausladenden Sessel Platz und forderte sie auf, der Reihe nach zu erzählen, was vorgefallen war.

Zuerst redeten Mariella und Romina durcheinander. Doch Ludmillas sanfter, aber bestimmter Art war es schließlich zu verdanken, dass Licht in die Sache kam.

»Das hört sich gefährlich an. Mariella, warum hast du dich nicht schon längst jemandem anvertraut? Zumindest einer von uns Freundinnen. Zu mir hättest du jederzeit kommen können.«

»Weil ich mich in Grund und Boden schämte. Und aus Angst, dass ihr die Polizei verständigt.«

»Was sicherlich nicht die schlimmste Idee gewesen wäre, wie mir scheint.«

»Du bist dir über Gennaros Einfluss und seine Macht nicht im Klaren.« Mariella fuhr auf, setzte sich wieder und begann, laut zu weinen, konnte nicht aufhören. Um sie herum begann sich alles zu drehen. Die Wände kamen Stück für Stück näher und schienen ihr die Luft zu stehlen.

»Romina, pass auf!«, rief Ludmilla. »Mariella kippt gleich von der Couch. Halt sie fest.«

Romina umklammerte sie, und Mariella rang nach Atem.

»Danke, Romina«, keuchte sie und löste sich sachte von ihr. »Es geht schon wieder. Manchmal habe ich leider wie aus dem Nichts eine Panikattacke und befürchte zu ersticken.«

»Von ›wie aus dem Nichts‹ kann hier wohl nicht die Rede sein. Du hast allen Grund auszuflippen.« Ludmilla schüttelte mitfühlend den Kopf.

Romina streichelte über Mariellas Haar und tupfte mit einem Papiertaschentuch den Schweiß von ihrer Stirn.

»Ihr seid so gut zu mir«, flüsterte Mariella. »Ludmilla, wie entkommen wir? Ich will dich, Romina und die anderen dieser Situation nicht aussetzen.«

»Mir fallen auf die Schnelle zwei Möglichkeiten ein. Zum einen habe ich einen Onkel, der auf einer der kleinen Inseln in der Lagune, den *mote*, ein *casone* besitzt. Dorthin könnten wir uns mit einer *batèla* schippern lassen.«

Mariella, die die Gebräuche und Sitten der Insel nur oberflächlich kannte, fragte erstaunt nach:»Was ist eine *batèla*? Noch nie davon gehört.«

»Das ist ein Boot mit einem flachen Rumpf ohne Kiel. Es wird benutzt, weil das Wasser dort sehr flach ist. Meistens wird es von einem stehenden Ruderer gefahren.« Romina presste ihren Rücken an die Lehne der Couch. Sie nahm eines der Kissen und legte es auf ihre Oberschenkel. Sie wirkte angespannt wie selten.

»Ich weiß nicht, Ludmilla. So ein Boot muss jemand fahren, es gäbe neben deinem Onkel also einen weiteren Mitwisser. Und ohne eigenes Boot kämen wir dort im Ernstfall auch nicht so einfach wieder weg.«

Ludmilla fischte ihren Lippenstift aus der Tasche ihres Kleides und malte blind und automatisch, wie es ihre Art war, drauflos. Interessanterweise war Mariella davon beeindruckt. Jeder Strich saß akkurat. Sie wunderte sich, dass sie in ihrer gefährlichen Situation fähig war, solcherlei Nebensächlichkeiten zu bemerken.

»Ja, das wäre womöglich ein verheerender Fehler. Das hatte ich nicht beachtet. Hört euch daher meinen zweiten Vorschlag an. Ich bitte meinen Freund, den Taxifahrer, uns eine Unterkunft zu besorgen, die weder im Internet noch in irgendwelchen Hotelführern steht und daher nicht leicht zu finden ist. Er ist verschwiegen und kennt viele abgelegene Häuser. Bestimmt fällt ihm etwas Brauchbares ein.«

Romina und Mariella verfolgten nervös das Telefonat, und der Fahrer schien tatsächlich ein paar Vorschläge zu machen. Nach einer Weile erklärte Ludmilla:»Er besorgt uns ein Dreibettzimmer in einer billigen Pension, auf die niemand so leicht kommen kann und in der wir uns nicht namentlich eintragen oder gar ausweisen müssen. Dort werden auch keine Fragen gestellt.«

»Das klingt gut«, bemerkte Romina erleichtert, und Mariella nickte benommen.

Der Champagner war ihr zu Kopf gestiegen, doch sie brachte nichts zu essen hinunter, sosehr sie sich auch bemühte.

Dafür langten ihre Freundinnen hemmungslos zu. Mariella war einfach nur dankbar, hier zu sitzen, und vor allem dafür, dass Ludmilla und Romina versuchten, eine Lösung für sie zu finden.

»Danke«, stammelte sie ein ums andere Mal.

»Hör damit auf. So ein Verhalten ist unter Freundinnen doch selbstverständlich.«

Sie leerten die Flasche, und wieder wunderte Mariella sich über das teure Getränk. Die belegten Brötchen, die Romina mitgebracht hatte, waren Leckerbissen, und obwohl Mariella ursprünglich keinen Appetit gehabt hatte, griff sie nun hungrig zu.

»Köstlich, nicht? Ich habe sie in der Bar, bei Anna, am kleinen Platz geholt. Dort, wo wir uns gestern Vormittag getroffen und uns gewundert hatten, als du nicht auftauchtest. Was dazu führte, dass wir nun hier sind und Fluchtpläne für dich schmieden. Übrigens finde ich es sehr zuvorkommend von Camillo, dass er dir ein Mobiltelefon gekauft hat. Ich glaube, er mag dich.«

Mariella errötete, und wie auf ein Stichwort hin begann ihr geheimes Handy zu läuten. Sie hielt das Telefon so, dass die Freundinnen mithören konnten.

»Hallo, mein Täubchen«, sagte Gennaro, »fühlst du dich noch immer krank?«

»Ja, es … hat ja erst gestern … begonnen. So schnell geht das nicht weg, erklärte mir Dottor Beltrame. Ich soll mich … schonen«, krächzte sie.

»Tu das, aber wenn bis übermorgen keine Besserung eintritt, werde ich zusätzliche Maßnahmen ergreifen. Nächsten Mittwoch kommst du wie gewohnt zu mir, damit das klar ist.«

Seine Stimme hatte einen so drohenden Unterton, dass Romina erschrocken zurückzuckte.

»Ja«, wisperte Mariella, »natürlich … kannst du dich auf … mich verlassen.«

Er beendete das Gespräch grußlos.

Romina sah sie ungläubig an. »Dieser Mann ist kalt und grausam, und, ich gebe dir recht, er ist gefährlich. Aber du scheinst ihn gut an der Nase herumgeführt zu haben, der Typ traut dir offensichtlich nicht zu, dass du abhaust.«

»Das hoffe ich von ganzem Herzen. Ein Zurück zu ihm kommt nicht mehr in Frage. In mir ist etwas endgültig zerbrochen, und meine innere Stimme schreit laut und deutlich ›Nein!‹. Das war es jetzt, ein für alle Mal.«

»Deine Entscheidung ist goldrichtig. Ich finde dich sehr mutig.«

»Mutig? Ich weiß nicht ... Zuallererst habe ich Angst um mein Leben. Ständig denke ich, dass er mich vielleicht täuscht und schon längst auf der Suche nach mir ist. Ich fürchte ihn wirklich. Er ist schlau. Aber ich gehe garantiert drauf, wenn ich bei diesem Monster bleibe.«

Romina nickte. »Wir müssen einen Weg finden, damit du, ohne Schaden zu nehmen, aus der entsetzlichen Sache herauskommst.«

Ludmillas Handy meldete den Eingang einer Nachricht.

»In der Pension ist ein passendes Zimmer für uns frei. Mein Freund ist schon auf dem Weg und bringt uns in ein paar Minuten dorthin.«

»Können wir ihm vertrauen?«

»Unbedingt. Wir kennen uns seit der Schule, und ich habe ihm schon des Öfteren aus der Patsche geholfen. Dadurch ist er mir mehr als nur einen Gefallen schuldig. Mag sein, dass es ein bisschen nach dem ›Paten‹ klingt, was ich da sage. Aber auch im echten Leben geht es nun mal mitunter so zu.«

Romina kicherte. »Na, wenn das so ist, können wir auf den Burschen zählen.«

Mariella war dankbar, dass Romina nachgefragt hatte, denn sie selbst fühlte sich außerstande, auch nur einen Satz zu äußern.

Während Romina und sie noch rasch den Tisch abräumten, die Gläser und Teller spülten und zurück in den Schrank stellten, verschwand Ludmilla in ihrem Schlafzimmer, aus dem sie bald darauf mit einer kleinen Reisetasche zurückkam.

»Der Wagen ist da«, erklärte sie nach einem prüfenden Blick aus dem Fenster.

Sie und Romina griffen nach ihrem Gepäck und gingen zur Wohnungstür.

Widerstandslos nahm Mariella ihre Sachen und folgte den beiden Freundinnen nach draußen.

***

Die Pension war keine schlechte Wahl gewesen. Man ließ sie in Ruhe, hatte ihnen sogar eine Flasche Wasser ins sauber aufgeräumte Zimmer gestellt, und das Badezimmer roch nach Chlorreiniger.

»So, da wären wir«, sagte Ludmilla zufrieden und öffnete die Fenster, um Meeresluft hereinzulassen.

Drei Einzelbetten standen mit aufgeschlagenen Laken und bauschigen Kissen im Abstand von etwa einem Meter nebeneinander.

Romina rief ihre Schwester an, um ihr mitzuteilen, dass sie in einer wichtigen Angelegenheit ein paar Tage verreisen musste. »Geschäftlich«, erklärte sie. »Ich durfte das nicht ablehnen. Wie geht es unserem Sorgenkind?«

Paulinas Antwort konnte Ludmilla nur erahnen. Es schien jedoch nichts Gutes zu sein, denn Romina murmelte mit begütigender Stimme Unverständliches.

Warum ihre Nichte im Krankenhaus war, hatte Romina vor dem Telefonat nicht näher ausführen wollen. Ludmillas entsprechende Frage wehrte sie mit dem saloppen Hinweis, es gehe jetzt um Mariella, ab. Nach dem zu urteilen, was Ludmilla jetzt von dem Gespräch mitbekam, handelte es sich aber um etwas Ernstes. Trotzdem beschloss sie, nicht nachzubohren. Wenn Romina es für nötig erachtete, würde sie ihr von sich aus davon erzählen.

»Warte mal, Pauly«, sagte Romina, als sie sich eigentlich schon von ihrer Schwester verabschiedet hatte, und strich sich nachdenklich mit dem Zeigefinger über ihre Nase. »Was hältst du davon, über Nacht bei Benedetta zu bleiben? Ich mache mir große Sorgen und finde, ab sofort sollten wir auch die Nächte im Krankenhaus verbringen. Wenn ich wieder da bin, wechseln wir uns ab.«

Paulinas Antwort schien Romina zu erleichtern, sie verabschiedete sich und legte auf. »Das wäre geschafft. Pauly ging sofort auf meinen Vorschlag ein, und so bin ich ruhiger, weil die beiden sich ebenfalls in Sicherheit befinden. Im Krankenhaus wird ihnen so schnell niemand Schaden zufügen.«

»Stimmt nicht ganz, denk mal an den ›Paten‹«, widersprach Ludmilla und schlug sich auf den Mund, als sie Rominas entsetzten Gesichtsausdruck sah. »Sorry, so eine blöde Bemerkung. Natürlich ist es dort sicher. Das steht fest.«

»Es ist alles meine Schuld«, flüsterte Mariella. »Ich habe euch in Gefahr gebracht.«

Zwar ist dem tatsächlich so, dachte Ludmilla, aber was hat es für einen Sinn, darüber zu lamentieren? Sie sollten lieber eine Lösung finden. Sie tat sich nicht allzu schwer, unterschiedliche Szenarien in ihrem Kopf durchzuspielen. Es bereitete ihr sogar ein gewisses Vergnügen, ihre Kreativität anzuspornen.

Wenn da nur nicht diese andere Sorge wäre. Mit dem Alter nahm ihre Vergesslichkeit zu, ein Umstand, der sie quälte. Andauernd fragte sie sich, ob sie vorhin daran gedacht hatte, ihre Wohnungstür abzusperren.

»Sagt mal, Mädels, habe ich die Tür abgeschlossen, ehe wir losfuhren? Könnt ihr euch daran erinnern?«

Ihre Freundinnen schüttelten synchron die Köpfe, und Ludmilla fühlte sich an diese albernen Wackeldackel erinnert, die hinter den Heckscheiben mancher Autos mit ihren kleinen Köpfen wippten. Ein schräges Bild, das bei ihr stets zu Gelächter führte.

»Keine Ahnung, ich glaube schon«, antwortete Romina. »Ich überlege gerade, wie wir es morgen mit der Literaturrunde halten sollen.« Sie blies ihre Strähnchen aus der Stirn.

»Darüber habe ich auch schon nachgedacht. Wir müssen die Verabredung absagen. Einerseits wäre es wohl gut, Anastacia, Carolina und Giorgia den Grund dafür nicht zu verraten. Je weniger sie über alles wissen, desto besser. Andererseits sind die drei derselben schwer einzuschätzenden Gefahr ausgesetzt wie wir.«

»Du hast vollkommen recht. In was habe ich euch da bloß hineingezogen?« Mariella warf sich auf das mittlere Bett und vergrub ihr Gesicht im Kissen.

»Es ist eben passiert, Mariella. Versink nicht in Schuldgefühlen, das bringt keinem etwas, dir am allerwenigsten«, sagte Ludmilla besänftigend.

Insgeheim dachte sie ein wenig ungehalten: Du dummes Mädchen, warum hast du das so lange mitgemacht und dieses Ungeheuer nicht schon längst der Polizei übergeben?

Als hätten die Freundinnen bemerkt, dass hier über sie gesprochen wurde, klingelte Ludmillas Telefon, und Carolinas Name erschien auf dem Display. Sie nahm das Gespräch an und stellte auf laut, damit Mariella und Romina mithören konnten.

»Hallo«, begrüßte Carolina sie zerknirscht.

»Hallo, Carolina. Rufst du wegen der Literaturrunde an?«

»Ja«, kam es zögernd. »Leider kann ich diesmal nicht daran teilnehmen. Mein Ehemann hat mich zu einem spontanen Wochenendtrip nach Dublin eingeladen, das konnte ich nicht ablehnen.«

»Das hört sich doch toll an«, antwortete Ludmilla überrascht und wechselte einen erfreuten Blick mit Romina und Mariella.

Auch die beiden Freundinnen lächelten erlöst.

»Wann geht die Reise denn los?«

»Heute noch. Wir fahren nach Ronchi dei Legionari und fliegen von dort geradewegs nach Irland. Mein Mann hat alles heimlich organisiert. Wie ich mich freue, ihr habt ja keine Ahnung. Es ist bloß schade, dass wir uns morgen nicht sehen. Meine Meinung zum Buch erspare ich euch allerdings nicht.« Sie lachte. »Nächsten Mittwoch erfahrt ihr sie, ob ihr wollt oder nicht.«

»Wir können es kaum erwarten. Gute Reise, komm gesund zurück«, verabschiedete Ludmilla sich befreit und legte auf.

»Wer sagt es denn, ein Problem hätten wir schon gelöst.« Sie besann sich. »Ob das Dublin-Wochenende wohl eine Art Wiedergutmachung ist? Sag, Mariella, du kennst doch Carolinas

Familie, gilt das eigentlich auch für ihren Mann? Er ist ein ziemlich wichtigtuerischer Kerl, wie ich finde, der als Referent im Rathaus arbeitet, und will mit Sicherheit gern unser nächster Bürgermeister werden.«

»Nein, ich kenne nur Fredo und Allegra. Carolinas Ehemann habe ich noch nie gesehen. Eine Elternversammlung in der Schule ist wohl unter seiner Würde. Der hat schließlich wichtige Termine im Stadtrat einzuhalten. Aber er stammt aus einer äußerst mächtigen und wohlhabenden Familie. Das hat Carolina mir erzählt. Die Sache mit der Politik strebt er erst seit Kurzem an.« Mariella rümpfte ihr hübsches Näschen. »Warum fragst du?«

»Ich vermute, er ist Carolina gegenüber handgreiflich geworden, und das nicht zum ersten Mal. Gestern sind uns allen die blauen Flecken an ihren Armen aufgefallen, eine Unaufmerksamkeit ihrerseits war dafür verantwortlich. Sie hat sich zwar nach Kräften bemüht, jeden Verdacht abzuwehren und sich wieder ins rechte Licht zu rücken. Aber dass ihr Mann sie nun mit einem Städtetrip überrascht, riecht für mich nach dem schlechten Gewissen eines Wiederholungstäters.«

Romina nickte ernst. »Ich fand das auch sehr alarmierend. Wahrscheinlich hatte ihr Mann tatsächlich ›ordentlich zugeschlagen‹, jedoch nicht nur beim Weinkauf, wie sie behauptete.«

»Wenn stimmt, was ihr sagt, geht das mit Sicherheit schon recht lange so«, äußerte sich Mariella schüchtern. »Carolina trägt selbst bei brütender Hitze auffallend häufig Seidenschals und lange Ärmel. Ich musste auf diese Weise auch schon Blessuren vor den Kollegen und den Kindern verbergen, die Gennaro mir zugefügt hatte, weil ich sein Missfallen geweckt habe. Und dann diese riesige Sonnenbrille, die sie kaum jemals absetzt und die ihr halbes Gesicht bedeckt. Die Arme. Bestimmt ist sie deshalb manchmal so unleidlich.«

»Der Mann gehört bloßgestellt. Nach außen gibt er den Saubermann. Klar, häusliche Gewalt passt für keinen ins Konzept, schon gar nicht für so einen hohen Würdenträger«, erboste sich Ludmilla.

»Wir müssen sie unterstützen«, befand Romina sachlich, »ich bin mit im Boot. Sobald wir eine Lösung für unser derzeitiges Problem gefunden haben, reden wir mit ihr.«

»Einverstanden.« Ludmilla nickte und betrachtete Mariella, die ängstlich auf der Bettkante saß. Bei genauerem Hinsehen fand Ludmilla sie um einiges älter als zuvor. Diese langen, in Schrecken verbrachten Jahre mussten ihr schwer zugesetzt haben.

Romina kam wieder auf ihr eigentliches Thema zurück. »Wie verfahren wir mit Anastacia und Giorgia, um die beiden zu schützen?«

»Ich weiß, dass Dante, Giorgias Ehemann, gerade nicht daheim ist. Er muss für drei, vier Tage zu einer Untersuchung nach Cervignano«, erklärte Ludmilla.

»Giorgia hat viele Schwestern, die sie hin und wieder besucht. Wir müssten sie dazu bewegen, wie Carolina übers Wochenende wegzufahren, zum Beispiel nach Florenz, da lebt eine Schwester.«

»Das wäre perfekt«, stimmte Mariella Rominas Vorschlag zu. »Nur wie?«

Ludmilla überlegte kurz und nickte dann. »Giorgia feiert zwar erst im September ihren Geburtstag, aber ich könnte ihr ein verfrühtes Geschenk machen, denn seit zwei Jahren habe ich, ehrlich gesagt, immer ganz vergessen, ihr zu gratulieren.«

Romina sprang begeistert von ihrem Stuhl auf. »Das würdest du tun? Eine tolle Idee. Los, buche einen Gutschein und überrasche sie.«

»Bleibt immer noch Anastacia«, gab Ludmilla zu bedenken, während sie auf ihrem Handy bereits nach passenden Flügen suchte.

»Ich habe einen guten Draht zu ihr«, erklärte Romina. »Ich rufe sie jetzt an und behaupte, Ludmilla hätte aus persönlichen Gründen das Treffen verschoben. Was haltet ihr davon?«

»Keine schlechte Idee. Aber wie kann sie sich zu Hause schützen? Das ist doch die Frage.«

»Mal sehen.« Romina wählte schon. »Anastacia, unsere Literaturrunde fällt morgen leider aus. Ludmilla rief mich gerade an, es ist wohl familiär bedingt. Wir müssen nächsten Mittwoch einen neuen Termin ausmachen.«

»Tatsächlich?« Anastacia schwieg einen Moment, sie schien zu überlegen. »Nicht böse sein, aber das passt mir im Grunde ganz gut«, erklärte sie aufgeräumt. »Natürlich wäre ich morgen hundertprozentig bei euch aufgetaucht. Aber wenn der Termin ausfällt, kann ich übers Wochenende zu meiner Mutter fahren. Ich möchte sie um den Verlobungsring meiner Großmutter bitten, um Giovanna in ein nettes Restaurant in der Lagune zu entführen und ihr endlich einen Antrag zu machen.«

»Wirklich? Das klingt famos. Mach das unbedingt. Wir sehen uns dann am Mittwoch wie gehabt. Diesmal in der kleinen neuen Bar am Ende der Diga. Ich werde das Wochenende bei meiner Nichte im Krankenhaus verbringen«, log Romina ungeniert und beendete das Gespräch.

»Na, wer sagt's denn.« Ludmilla klatschte erfreut in die Hände. »Auch das hätten wir also in trockene Tücher gepackt. Inzwischen habe ich für Giorgia einen Flug nach Florenz gebucht. Jetzt muss ich ihr nur noch mitteilen, dass ich ein verfrühtes Geburtstagsgeschenk für sie habe. Hoffentlich nimmt sie mir das ab.«

»Mach dir keinen Kopf. Sie wird sich bestimmt freuen«, wehrte Romina ab und hielt dann abrupt inne. »Mir fällt gerade ein, dass wir jemanden vergessen haben. Camillo. Er ist bereits involviert und sollte sich ebenfalls eine Zeit lang rarmachen. Mariella, ruf ihn bitte an und kläre ihn über die aktuelle Lage auf.«

Mariella tat sofort wie ihr geheißen, mit dem Resultat, dass Camillo versprach, sich ebenfalls krankschreiben zu lassen und seinen Neffen in Udine zu besuchen. Er hätte das ohnehin schon lange vorgehabt, meinte er.

Alle atmeten auf, und Ludmilla fiel ein riesiger Stein vom Herzen.

15

Giorgia saß bei einer Tasse Kräutertee am Küchentisch. Während der nächsten Tage hatte sie keinerlei Dienst zu verrichten, denn die Bar war geschlossen. Ihr Sohn machte mit seiner kleinen Familie einen Ausflug nach Prag, den er schon lange geplant hatte, und ihre Tochter besuchte eine gute Bekannte in Österreich.

Wäre ihr Dante nicht abermals wegen verschiedener Nachsorgeuntersuchungen im Krankenhaus, hätte sie die freie Zeit genießen können, so aber machte sie sich bloß Sorgen.

Auf die Literaturrunde bei ihrer Freundin Ludmilla freute sie sich trotzdem, denn die Gespräche und Diskussionen würden sie ablenken. Außerdem hatte sie nun Zeit, ihre Gedanken zum Buch in Worte zu fassen. Es war die optimale Vorbereitung für das Treffen.

Ein wenig entspannter als eben noch holte sie ihr Literaturheft und eine Füllfeder.

Mit gerunzelter Stirn, die Zunge zwischen den Zähnen, dachte sie angestrengt nach, bevor sie zu schreiben begann. Sie hatte eben die ersten drei Sätze zu Papier gebracht, da läutete ihr Telefon. Missmutig, weil sie sich in ihrem Denkprozess gestört fühlte, sah sie auf das Display ihres Handys. Dann hob sie beschwingt ab.

»Ciao, Ludmilla«, begrüßte sie die Freundin herzlich.

»Hallo, Giorgia. Gut, dass ich dich gleich erreiche, ich habe dir etwas sehr Wichtiges mitzuteilen.«

Überrascht presste Giorgia das Handy an ihr Ohr, als könnte sie so besser verstehen, worum es ging. »Ich höre«, antwortete sie neugierig.

Sie spürte, wie Ludmilla zögerte, bevor sie zu erklären begann: »Ich bin leider gezwungen, die Literaturrunde abzublasen. Eine familiäre Angelegenheit, eine Cousine von mir braucht dringend meine Unterstützung in einer Ehekrise. Das konnte ich ihr unmöglich abschlagen. Sie ist ganz verzweifelt. Ich werde darum heute noch nach Romans d'Isonzo fahren.«

»Das heißt, wir sind alle ausgeladen?«, hakte Giorgia enttäuscht nach. »Ausgerechnet jetzt, wo ich ernsthaft vorhatte, wieder regelmäßig teilzunehmen. Ich bin gerade dabei, mich vorzubereiten.«

»Schade. Aber wir holen das nach. Außerdem habe ich eine Überraschung für dich, weil ich ja weiß, dass du dieses Wochenende ohne deinen Dante auskommen musst. Ich habe dir daher als vorgezogenes Geburtstagsgeschenk einen Kurztrip nach Florenz zu deiner Schwester gebucht. Du fährst zeitig am Morgen mit dem Autobus zum Flughafen Marco Polo bei Venedig.«

Giorgia schnappte nach Luft.

»Ludmilla, ich bin völlig geschockt. Zuerst die Einladung zum Abendessen und jetzt das. Es ist eine wirklich mehr als großzügige Geste. Aber wie kannst du so etwas Entscheidendes ohne mein Wissen machen? Da brauchst du doch wohl auch mein Einverständnis, oder irre ich mich?«, fragte sie spitz.

Das ging ja gar nicht.

Giorgia griff sich an den Kopf.

Das Ganze klang höchst eigenartig.

Es war eines der unangenehmsten Gespräche, die sie je geführt hatte.

»Ich wollte dir eine Freude bereiten. Vor allem auch deshalb, weil ich dir die letzten Jahre nicht mal zum Geburtstag gratuliert habe. Seit Tagen schon plagt mich das schlechte Gewissen. Und ich dachte, meine Überraschung gefällt dir. Lass mich dir doch einfach etwas Gutes tun. Du weißt ja, was es bedeutet, ein von Herzen kommendes Geschenk nicht anzunehmen? Das bringt Unglück. Du willst mich doch nicht vor den Kopf stoßen?«

Giorgia besann sich darauf, ruhig zu atmen, denn sie spürte, wie es in ihren Armen und Beinen zu prickeln begann.

»Darum geht es nicht, Ludmilla. Was steckt hinter dem Ganzen? Mir ist außerdem nicht wohl bei dem Gedanken, wegzufahren, wenn Dante im Krankenhaus ist. Das verstehst du doch? Ich bin darüber hinaus nicht gerade ein Mensch der spontanen Sorte. Womöglich hat meine Schwester gar keine Zeit für mich.«

»Wenn es nur das ist? Dante ist ein großer Junge, und deine Schwester will dich sicher bei sich haben. Du sagst doch immer, dass sie es schrecklich findet, so weit entfernt von euch anderen Geschwistern zu sein. Was spricht also dagegen? Es ist alles bereits bezahlt. Bitte enttäusche mich nicht. Es hat mir so große Freude bereitet, das für dich zu organisieren.«

Giorgia fühlte sich überrumpelt wie noch nie zuvor in ihrem Leben. Obwohl sie Ludmilla von Herzen gern mochte, würde sie ihr diesen Übergriff in ihre Privatsphäre nur schwer verzeihen können. Was sollte sie tun? Das Geschenk annehmen? Wenn sie es ausschlug, verlor sie womöglich ihre Freundin, die es gut mit ihr meinte.

Ihr kam ein Begriff aus der griechischen Mythologie in den Sinn. Das »Danaergeschenk«, eine Gabe, die sich für den Empfänger als schadenstiftend erweist und großes Unheil bringt. Der Sage nach schenkten die Danaer den Trojanern ein hölzernes Pferd, das sie am Strand hinterließen, als sie die Belagerung der Stadt abbrachen. Doch der vermeintliche Abzug war ein Bluff, denn im Inneren des riesigen Monstrums versteckten sich griechische Kämpfer, die spät in der Nacht, nachdem die Trojaner das Pferd in die Stadt gebracht hatten, Troja eroberten. Somit hatte das Geschenk, während der Gegner selig und nichts ahnend schlief, dessen Untergang herbeigeführt.

»Sag mal, Ludmilla, was machen die anderen morgen denn so?« Giorgia hatte ein unangenehmes Gefühl im Bauch, das sie sich einfach nicht erklären konnte. Die Dringlichkeit dieser Überraschung war ihr suspekt.

»Anastacia wird ihre Mutter besuchen, um sie um den Verlobungsring der Großmutter zu bitten. Sie will Giovanna endlich einen Antrag machen.«

Giorgia unterdrückte ein Stöhnen.

»Carolina fliegt mit ihrem Mann nach Dublin, sie hatte unsere Verabredung darum bereits von sich aus abgesagt. Romina verbringt den morgigen Abend mit Paulina, ihrer Schwester, und Mariella, nun, das weiß keiner so genau. Anastacia meinte doch gestern, sie hätte vielleicht einen Freund. Wenn das stimmt, wird sie ihre Zeit, so hoffe ich mal, mit ihm verbringen. Zumindest war sie nicht unglücklich über meine Absage.«

»Seit wann hast du denn eine Cousine in Romans d'Isonzo?«, fragte Giorgia leicht irritiert nach. »Von ihr habe ich noch nie gehört.« Nichts ergab einen Sinn. »Willst du mich von hier vertreiben?« Sie lachte unsicher.

»Was denkst du von mir? Natürlich nicht, ich wollte dich nur mit etwas Schönem überraschen. Freu dich doch einfach auf deine Schwester und eine Auszeit in Florenz. Dafür darf ich dann mindestens weitere zwei Jahre deinen Geburtstag vergessen.« Ludmilla kicherte über ihren Scherz, doch es klang ein wenig gekünstelt.

»Mir wäre es lieber, dass du mich einfach anrufst, um mir zu gratulieren, als so einen unvermuteten Überfall zu inszenieren. Mir ist nicht wohl bei dem Gedanken, einfach abzuhauen, noch dazu auf fremde Kosten.«

Ludmilla schnaubte genervt durch ihre Nase. »Weißt du, es war ein spontaner Einfall. Verzeih ihn mir bitte. Es ging mir allein um unsere Freundschaft.«

Irgendetwas Unbestimmtes rumorte im Hintergrund von Giorgias Gedanken.

Hatte die Freundin etwa ein Problem?

Steckte dahinter etwas Kriminelles?

Wurde Ludmilla womöglich gezwungen, diese Reise für sie zu buchen?

Giorgias Hirn arbeitete fieberhaft.

Schließlich bedankte sie sich um ihrer Freundschaft willen und sagte zu, die Reise am nächsten Morgen, wie von Ludmilla geplant, anzutreten.

Sie registrierte Ludmillas erleichtertes Aufatmen und fühlte sich in ihrer Vermutung bestätigt, dass hier etwas nicht mit rechten Dingen zuging.

Leicht benommen marschierte sie nach dem Telefonat zum

Kühlschrank und öffnete eine Flasche ihres momentanen Lieblings-Spumante Ribolla Gialla. Dann rief sie ihren Mann an, der prompt abhob.

»*Tesoro*«, sagte er, und seine Stimme klang matt. »Alles in Ordnung?«

»Klar, *amore mio*. Ich wollte mich nur vergewissern, dass es dir gut geht. Was sagen die Ärzte? Gibt es Neuigkeiten? Ich mache mir Sorgen.«

»Noch nicht, *tesoro*. Du weißt doch, es gibt erst nach Abschluss aller Untersuchungen ein Gespräch mit dem Arzt und einen Befund.«

»Ich hoffe, alles ist unauffällig und dass du bald wieder zu Hause bist.«

»Dich bedrückt doch noch etwas anderes, *tesoro*. Was ist los?«

Giorgia erzählte ihm von Ludmillas Anruf und ihren Zweifeln, ob sie das unerwartete Geschenk annehmen sollte.

Dante überlegte eine Weile.

Dann sagte er, und seine Stimme klang nicht mehr so matt wie vorhin, sondern kräftiger: »*Tesoro*, fahr nach Florenz. Was soll schon Großes passieren? Du hast deine Schwester schon recht lange nicht mehr gesehen, und du verdienst eine Auszeit, mehr als jeder andere. Wir haben einiges durchgemacht.«

Nach dem Telefonat fühlte Giorgia sich um hundert Jahre jünger und besser. Sie wollte eigentlich gar nicht mehr wissen, was Ludmilla zu dieser außergewöhnlichen Gabe veranlasst hatte, dennoch rumorte die Frage in ihr.

Sie rief ihre Schwester an und berichtete ihr, was geschehen war. Kaum dass sie zu Ende gesprochen hatte, vernahm sie ein schrilles Jubeln. Giorgias Herz schlug vor Freude einen Salto.

»Das ist nicht nur für dich, Schwesterchen, sondern auch für mich ein tolles Geschenk. Und was werden sich deine Nichten erst freuen, wenn sie von deinem spontanen Besuch erfahren. Die schreien gleich vor Begeisterung.«

Giorgias Herz floss über vor Glück. Wann kam sie schon mal dazu, so nebenbei nach Florenz zu reisen?

Dennoch wusste sie intuitiv, dass da etwas im Busch war. Sie konnte es nur nicht benennen.

***

»Bist du noch immer nicht fertig mit dem Packen?«, herrschte ihr Ehemann sie an. »Da mache ich dir ein so großzügiges Geschenk, und du vertrödelst glatt unseren Flug. Was ist bloß mit dir los? Stehst du unter Drogen?«

Antonio war in einem Gemütszustand, den Carolina nur allzu gut kannte. Jetzt hieß es, Vorsicht walten zu lassen. Wenn sie auch nur ein falsches Wort von sich gab, könnte das böse Folgen für sie haben.

»Natürlich nicht. Wo denkst du bloß hin? Ich und Drogen? Hin und wieder trinke ich einen Schluck Prosecco. Übrigens, der letzte, den du vom Winzer mitgebracht hattest, ist ein wirklich herrlicher Tropfen. Erstklassige Wahl. Ich bin hier jeden Moment fertig, alles ist im grünen Bereich. Gieß dir ein Glas Scotch ein und entspanne dich nach deinem harten Arbeitstag«, erwiderte sie sanft und hoffte, dass er darauf einging und sie in Ruhe ließ.

»Du meinst wohl, ich würde den Zynismus in deinen Worten nicht hören, was? Hältst mich wohl für völlig bescheuert. Mich, der ich als wahrscheinlich nächster Bürgermeister von Grado meine wertvolle Zeit für dich opfere? Ist das schnippische Gerede deine Art, sich bei mir für die großzügige Einladung nach Dublin zu bedanken?«

Carolina ahnte Böses.

»Warte, ich hole Flasche und Eiswürfel und schenke dir ein.«

Sie hastete in die Küche und ließ Eis in das Glas prasseln. Der Scotch stand ohnehin schon auf der Spüle, wahrscheinlich hatte er sich bereits einen Schluck gegönnt. Hauptsache, dachte sie beklommen, er beruhigt sich.

So aufgewühlt war er selten. In letzter Zeit schien bei ihm einiges schiefzulaufen.

Wer musste wie immer dafür herhalten? Sie.

Den Kurztrip nach Irland hatte er nur gebucht, damit sie der Öffentlichkeit fernblieb. Das blaue Auge, dass er ihr gestern verpasst hatte, und der blutige Riss über ihrer linken Wange würden keinen guten Eindruck erwecken. Selbst mit dem perfektesten Make-up konnte sie ihn nicht unsichtbar machen, solange alles geschwollen war. Dass sie hinkte, lag an ihrem falschen Schuhwerk und nicht daran, dass er ihren Rücken mit heftigen Schlägen malträtiert hatte.

Am liebsten hätte sie ihm etwas Tödliches ins Glas geschüttet, um ihm und seinen Grausamkeiten für immer zu entkommen. Lediglich der Gedanke an ihre Kinder hielt sie davon ab.

Abgesehen von dem Umstand, dass sie hier auf der Insel wohl kaum in eine der ihr bekannten Apotheken gehen konnte, um ein wirksames Gift zu verlangen.

Andererseits gab es verschiedene wild wachsende Pflanzen, die, im richtigen Maß und bei geeigneter Verabreichung, absolut tödlich sein konnten.

Leider war die Botanik in ihrer Schulzeit nicht ihr bevorzugtes Gebiet gewesen. Jetzt wäre ihr ein solches Fachwissen über die unterschiedlichen Pflanzen und ihre Wirkungen mehr als willkommen.

Hätte sie das damals auch nur geahnt, sie hätte klüger gehandelt.

»Wo bleibst du?«, rief er, und Carolina sah im Geiste sein boshaft verzerrtes Gesicht.

»Bin schon auf dem Weg zu dir, mein Liebster«, entgegnete sie in gewohnter und lange einstudierter Fürsorglichkeit heuchelnderweise.

»Das will ich hoffen. Gibt es in dieser Bude denn nichts zu essen?«, herrschte er sie an.

»Hast du nicht im Rathaus mit deinen Mitarbeitern zu Mittag gegessen? Du hättest mich doch nur anrufen müssen, und ich hätte eines deiner Lieblingsgerichte vorbereitet«, schmeichelte Carolina ihm.

»Hör mit dieser Farce auf. Ich warne dich. Du bringst nicht mal ein vernünftiges Rührei zustande.«

Gekonnt verbarg sie ihre Kränkung.

Das hatte sie wahrlich gelernt.

Natürlich konnte sie kochen, braten und backen. Nicht sie, sondern er hatte damals eine Haushaltshilfe für sie eingestellt, um sie zu entlasten, wie Antonio betonte. Jetzt hielt er ihr vor, keine Ahnung zu haben, was die Küche betraf.

Innerlich sah sie sich Maiglöckchen statt Bärlauch unter den Salat mischen und Tollkirschen als Nachspeise servieren. Als Zwischengericht könnte sie einen Fliegenpilz, nein, besser noch einen Champignoneintopf mit Knollenblätterpilzen zubereiten.

Er würde es vielleicht nicht mal bemerken. Sie stellte sich vor, dass er erst im Krankenhaus, wenn das Gift seine Leber zerfraß und eine Genesung nicht möglich wäre, kapieren würde, was sie ihm angetan hatte.

Aber dazu war Carolina zu feige. Lieber ließ sie sich demütigen und prügeln.

Was war bloß aus dem Mädchen mit der verheißungsvollen Zukunft geworden?

Sie schauderte.

Antonios Wut war spürbar.

Glas zerbrach, Scherben splitterten.

»Soll ich hier alt werden? Die Zeit drängt. Der Flieger wartet nicht auf uns, du verwöhnte Göre. Was habe ich mir mit dir bloß eingehandelt? Statt einer unfähigen Dilettantin wie dir hätte ich lieber eine der Huren aus ...«

Carolina wartete gespannt.

Schon länger vermutete sie, dass er seine von ihr als pervers wahrgenommenen Triebe in einem Lusthaus befriedigte. Fast hätte sie ihre Bestätigung gehabt.

Aber eben nur fast.

Er schien sich seines Fehlers bewusst geworden zu sein, denn er beendete seinen Satz nicht, sondern ging brutal auf sie los.

»Dumme Nutte. Vermasselst alles. Ich hasse dich.«

Ohne dass sie ihn kommen sah, verpasste er ihr einen heftigen

Schlag. Carolina ging augenblicklich zu Boden. Die Welt oder das, was sie dafür hielt, verschwamm vor ihren Augen.

»Steh auf, blöde Kuh. Das Taxi wartet.«

Nuschelte er, oder bildete sie sich das nur ein? War er betrunken?

Auf keinen Fall konnte sie sich erheben.

Sie spürte seine kräftigen Hände unter ihren Achseln, die versuchten, sie hochzuziehen.

Vergeblich.

Ihre Gliedmaßen fühlten sich wie Wackelpudding an. Sie wollten ihr nicht gehorchen.

Der gezuckerte und mit Zimt überpuderte Grießbrei aus ihrer Kindheit fiel ihr ein.

Wieder verspürte sie harte Schläge.

Immer heftiger prügelte Antonio auf sie ein und schrie Worte, die sie nicht verstehen konnte.

War das Blut, das sie schmeckte?

Sein nächster Hieb beförderte sie in eine Art Wachkoma.

Etwas steckte in ihrem Mund.

War das ihr Vorderzahn?

Sie bemühte sich, ihn nicht zu verschlucken.

Den Triumph, dass sie daran erstickte, wollte sie ihm nicht gönnen.

Obwohl um Carolina herum alles dunkel und immer dunkler wurde, funktionierte ihr Gehirn anscheinend noch. Es befahl ihrem Körper, sich nicht zu wehren, und verhinderte vermutlich dadurch, dass er sie tötete.

Er wollte sie loswerden, dessen war sie sich bewusst.

Sie war der Klotz an seinem Bein.

Und ihr Wochenendtrip, die angebliche Versöhnungsgeste, war nichts anderes gewesen als eine Art Schuldbekenntnis.

Undeutlich vernahm sie, wie sich seine Schritte entfernten, ehe er die Wohnungstür zuschlug und ohne sie zum wartenden Taxi ging.

Nun war sie hier und Antonio fort.

Sie dachte an Allegra und Fredo und daran, welches Glück

es war, dass die beiden so fern von ihr ihren Niedergang nicht hatten miterleben müssen.
Dann versank sie in einer schwammigen Masse, die keinen logischen Gedanken mehr zuließ.

***

»Das war ein hartes Stück Arbeit.« Ludmilla wischte sich den Schweiß von der Stirn. »Ich bin mir nicht sicher, ob die kluge Giorgia mir wirklich alles abgenommen hat.«

»Beruhige dich. Am Ende hat sie schließlich eingewilligt«, sagte Romina begütigend.

Von Mariella war nur ein unterdrücktes Schluchzen zu hören. Aber etwas anderes hatte Ludmilla auch nicht erwartet.

»Mädels, habt ihr Hunger? Ich könnte uns bei einem der Lieferdienste etwas bestellen. Worauf hättet ihr denn Appetit?«

In Rominas Augen erkannte sie Zustimmung.

Mariella hingegen versuchte vergeblich, nicht zu würgen. Abrupt sprang sie von ihrem Bett auf und stürzte ins Badezimmer.

Romina und Ludmilla konnten die Geräusche selbst durch die geschlossene Tür sicher einordnen. Die Arme kotzte sich die Seele aus dem Leib.

»Sie hat doch hoffentlich keine Essstörung?«, mutmaßte Romina besorgt.

»Es würde mich nicht wundern, dürr, wie sie ist. Vermutlich liegt das in ihrer Vergangenheit begründet.«

»Oder in ihrem gegenwärtigen Tun«, ergänzte Romina.

»Wir müssen versuchen, mit ihr darüber zu sprechen und sie zu einer Therapie zu bewegen. Ohne dass sie uns dafür hasst.«

»Das sehe ich so wie du. Sie schämt sich sicher wegen ihrer Krankheit. Und diese Scham müssen wir ihr nehmen. Sonst funktioniert es nicht.«

Mariella kam zurück. Ihr Gesicht wirkte frisch gewaschen, und sie roch nach Zahnpasta. »Mir war eben etwas flau im Magen«, entschuldigte sie sich mit einem schiefen Lächeln.

»Schätzchen«, begann Ludmilla und erntete einen entrüsteten Blick von Romina. Unbeirrt fuhr sie fort. »Es ist keine Schande, das loszuwerden, was einem auf den Magen schlägt. Nur handelt es sich dabei nicht um das Essen, das stellvertretend für die wahren Probleme dran glauben muss. Es gibt Mittel und Wege, dieses Verhalten zu verändern. Du hast Schreckliches erlebt, hol dir Hilfe, mach eine Therapie. Romina und ich können dich dabei unterstützen, einen Therapieplatz zu finden.«

Wieder funkelte Romina sie an. »Wir haben gehört, wie krampfhaft du dich übergeben hast. Das Essen im Körper zu behalten verschafft uns aber die Kraft, die wir brauchen, um den Alltag zu bewältigen.«

Zu Ludmillas grenzenlosem Erstaunen gab Mariella zu, erst seit ihrer Begegnung mit Gennaro wegen dessen Vorstellungen von einem perfekten Körper unter einer Essstörung zu leiden. Zuerst empfand sie in seiner Gegenwart eine Unfähigkeit zu essen und den Wunsch, immer dünner zu werden. Später stopfte sie alles Essbare nur so in sich hinein, um sich danach zu erbrechen. Niemand bemerkte etwas, und beide Praktiken halfen ihr dabei, ihr Gewicht zu optimieren und schlank zu bleiben. Klarerweise war dieses Verhalten mit Schmerzen verbunden, ihre Kehle hatte durch die ätzende Magensäure Schaden genommen und ihre Zähne ebenso.

»Vielleicht ist die Zeit wirklich reif, damit aufzuhören. Genauso wie mit den ›Besuchen‹ bei Gennaro. Im Grunde hängt alles zusammen.«

Ludmilla war gerührt von Mariellas Bekenntnis und konnte sehen, dass es Romina ebenso ging.

»Du wirst wissen, dass der richtige Zeitpunkt gekommen ist, wenn du endgültig in Sicherheit bist«, tröstete Romina sie sachte.

Kaum hatte sie ausgesprochen, klingelte Ludmillas Handy. Irritiert hob sie ab.

»Ja, Giorgia«, sagte sie betreten, denn sie ahnte Schlimmes.

Rief die Freundin an, weil sie es sich anders überlegt hatte und lieber in Grado bleiben wollte?

Sie wurde blass, als sie hörte, was Giorgia ihr zu sagen hatte. Eine Erwiderung fiel ihr dazu nicht ein.

»Was wollte sie?«, fragte Romina ungeduldig, nachdem Ludmilla aufgelegt hatte.

»Sie fährt nach Florenz. Aber –«

»Gut«, fuhr Romina dazwischen. »Was gibt es da für ein ›Aber‹?«

Ludmilla trat ans offene Fenster, bevor sie antwortete, und holte tief Luft. »Aber sie ist der Ansicht, dass hier etwas im Argen liegt, und will Maddalena Degrassi darüber informieren. Sie sagte, sie sehe das als ihre Pflicht an.«

Romina sank entgeistert auf ihr Bett. »So eine blöde Gans«, stieß sie hervor. »Das können wir nun wirklich nicht brauchen, dass die Degrassi wegen irgendwelcher vagen Vermutungen überall herumläuft und den Leuten neugierige Fragen stellt. Nicht, bevor wir einen Plan ausgetüftelt haben, wie es Mariella gelingen kann, diesem Monster zu entkommen.«

Mariella zitterte am ganzen Körper und schoss dann in die Höhe. »Da kann ich mir ja gleich selbst das Leben nehmen. Das wäre wesentlich barmherziger, als Gennaro das tun zu lassen. Ich würde mich in eine Badewanne legen, die bis oben hin mit nach Rosen duftendem Schaum gefüllt ist, und mir mit einem Teppichmesser die Pulsadern der Länge nach aufschlitzen. Wäre es nicht schön, im warmen, wohlriechenden Wasser langsam zu sterben?«

Ludmilla packte Romina am Arm, und beide schrien gleichzeitig auf.

»Spinnst du jetzt komplett? Wir versuchen verzweifelt, dich zu retten, und du denkst über einen romantischen Selbstmord nach?« Romina stellte sich breitbeinig vor Mariella auf. »Tickst du noch richtig? Du hast erstmals die Chance, diesem Monster zu entkommen und ein gutes Leben, vielleicht mit Camillo, zu beginnen.«

»Wenn Giorgia die Polizei ruft, bin ich geliefert. Versteht ihr das denn nicht? Ende. Aus. Gennaro wird es mitkriegen und mich finden.«

»Gut, dann bleibt uns eben keine andere Wahl, als Giorgia mit ins Boot zu nehmen«, erklärte Ludmilla nüchtern und griff erneut zum Telefon.

※※※

Giorgia wählte die Nummer des Polizeireviers.

»Hallo«, murmelte sie kleinlaut, als abgenommen wurde, und nannte ihren Namen. »Könnte ich bitte mit Commissaria Maddalena Degrassi sprechen?«

»In welcher Angelegenheit?«

»Das möchte ich selbst mit ihr bereden. Es ist aber wichtig. Bitte verbinden Sie mich.«

Der diensthabende Beamte, dessen Namen sie nicht verstanden hatte, erklärte ihr, dass seine Chefin heute auswärts ermittle. Er könne ihr aber morgen über den Anruf Bescheid geben.

»Kann sie mich nicht schon heute Abend zurückrufen?«

»Ich weiß es nicht, die Netzabdeckung ist dort schlecht. Kann ich Ihnen vielleicht helfen?«

»Nun ... Wie ist Ihr Name?«, fragte Giorgia zögernd.

»Inspektor Guido Lippi.«

»Wissen Sie, Inspektor Lippi, es ist vielleicht etwas Belangloses, aber Ihre Chefin und ich sind seit Langem befreundet, und ich wollte sie informieren, weil mir etwas komisch vorkam.«

Sie konnte deutlich hören, wie der Inspektor genervt die Luft durch seine Nasenlöcher einsog.

»Ja?«, fragte er gelangweilt nach.

»Eine Freundin von mir scheint in Schwierigkeiten geraten zu sein, mehr weiß ich nicht. Ich dachte, die Commissaria könnte vielleicht Licht in diese verworrene Sache bringen.«

»Ich werde meiner Chefin ausrichten, dass Sie in einer persönlichen Angelegenheit angerufen haben.«

»Danke«, knurrte Giorgia, unzufrieden mit dem Resultat ihres Gespräches.

Das Display ihres Handys leuchtete auf.

Ludmilla.

»Was gibt es noch zu besprechen? Ich freue mich über dein Geschenk. Meine Schwester ist ganz aus dem Häuschen vor Freude, dass ich morgen nach Florenz komme. Dennoch bin ich im höchsten Maße verunsichert. Es steckt mehr dahinter, als du mir anvertraust, und ich mache mir Sorgen.«

»Ich schicke dir ein Taxi.«

»Ein Taxi? Ludmilla, wir leben auf einer Insel. Hier gibt es außer gemieteten Booten keine echten Taxis. Das weiß jedes Kind.«

»Weit gefehlt, liebe Giorgia, einer meiner alten Schulfreunde betreibt ein solches Unternehmen. Er ist vertrauenswürdig und wird dich abholen.«

»Wohin soll ich denn so spät noch fahren? Bist du nicht zu Hause? Ich muss packen und einige Speisen einfrieren. Das bedeutet, dass ich eigentlich keine Zeit habe, dich zu besuchen, wo auch immer du dich befindest. Aber vielleicht ist es gar nicht schlecht, wenn ich die Commissaria direkt mitbringe, falls ich in dein Taxi einsteige.«

Ludmilla gab einen gequälten Laut von sich. »Bitte lass die Polizei aus dem Spiel.«

»Hast du etwas zu verbergen? Worin bist du verwickelt?«

»Das erkläre ich dir, sobald ich dich persönlich sehe. Am Telefon möchte ich darüber nicht reden. Ich bitte dich daher eindringlich zu kommen. Wenn möglich, ohne die Commissaria. Wir können sie später immer noch zurate ziehen.«

»Falls ich sie erreiche, bringe ich sie auf alle Fälle mit«, hielt Giorgia dagegen. »Wenn dir das nicht recht ist, brauche ich den Weg zu dir gar nicht erst in Erwägung zu ziehen.«

»Ja«, murmelte Ludmilla. »Tu einfach, was du für richtig hältst.«

Giorgia legte auf, steckte das Handy ein und schob den bereits gepackten Trolley vor sich her zum Ausgang.

Einzufrieren gab es selbstverständlich nichts, das hatte sie bloß erfunden, um nicht gänzlich duckmäuserisch dazustehen. Dante besorgte nur frische Lebensmittel. Wenn er kochte, blieb nie etwas übrig, das im Tiefkühler landete.

Vor dem Haus wartete zu ihrer Überraschung bereits das angekündigte Taxi. Der Mann, dessen Gesicht sie diffus hinter der Scheibe wahrnehmen konnte, sah nicht sehr vertrauenswürdig aus.

Wieder wählte sie die Nummer des Polizeireviers.

16

»Glaubst du, dass Giorgia wirklich mit der Commissaria Degrassi im Schlepptau hier auftaucht?«Mariellas Stimme kippte,
und sie begann abermals, bitterlich zu weinen.»Was, wenn er
mich dadurch findet? Ich weiß, es klingt absurd, weil niemand
weiß, wo wir sind, aber Gennaro ist schlau, und es wäre mein
Todesurteil.«
      Romina platzte der Kragen. Sie hatte selbst so viel zu be-
wältigen.
      Wo sollte sie jetzt sein, hier?
      Nein.
      Bei ihrer Schwester und ihrer kranken Nichte hätte sie ihre
Zeit verbringen und eine Lösung für dieses gewaltige Problem
finden müssen.
      Das war ihre Pflicht.
      Stattdessen saß sie bei einer minderbemittelten Person, die
sich nicht zusammenreißen konnte und alle in ihr Verderben
mit hineinzog.
      »He. Du bist ziemlich egozentrisch«, fuhr sie Mariella giftig
an.
      Ludmilla legte schützend den Arm um die Freundin, als wäre
sie die heilige Mutter Teresa.
      »Meine liebe Romina. Bitte lass deinen Frust nicht an Ma-
riella aus. Die arme Seele ist ohnehin schon gestraft genug. Siehst
du das denn nicht?«
      Romina machte sich unwirsch frei.»Eigentlich möchte ich
am liebsten von hier abhauen. Dieses Geheule, dieses erbärm-
liche Jammern und weinerliche Getue halte ich keine Sekunde
länger aus. Verdammt blöde von mir, gestern nach dieser Person
geschaut zu haben. Jetzt bin ich mittendrin in ihrer schauerlichen Geschichte.« Romina stampfte wütend mit dem Fuß auf.
      Das Geräusch, das die morschen Bretter von sich gaben, ließ
sie zusammenschrecken.

Romina ärgerte sich über sich selbst. Normalerweise konnte sie ihr Temperament besser im Zaum halten. Ihr wuchs jedoch langsam alles über den Kopf.

Mit diesen kriminellen Machenschaften wollte sie nichts zu tun haben.

Dann stutzte sie.

Warum log sie sich an?

Was war denn dann die Idee mit der am Schwarzmarkt erstandenen Niere?

Sie hatte nicht das Recht, hier einen auf Moralapostel zu machen. Paulina und sie waren um keinen Deut besser als Mariella. Paulina.

Sie musste unverzüglich ihre Schwester anrufen, um zu hören, wie es der Kleinen ging und ob im Krankenhaus alles in Ordnung war.

Sie griff nach ihrem Handy und verschwand im Badezimmer. Dort setzte sie sich auf die Klobrille und wählte die Nummer ihrer Schwester, die an erster Stelle unter den Favoriten abgespeichert war.

»Romy, wie gut, dass du anrufst.« Paulinas Stimme klang rau. »Anscheinend gibt es ein Problem mit dem Netz. Ich konnte dich nicht erreichen. Habe es mehrmals versucht.«

»Wieso? Ist etwas passiert? Wie geht es Benedetta?«

»Alles im grünen Bereich. Sie bettelt nur darum, dass du zu ihr kommst.«

»Schneller, als ihr denkt, bin ich im Krankenhaus. Verlass dich auf mich, Pauly, und gib der Kleinen von ihrer Tante einen Kuss.«

Erleichtert beendete Romina das Telefongespräch, obwohl ihre Kehle eng war.

Abermals betrat sie den schäbigen Raum mit den drei schlichten Metallbetten.

Was zur Hölle habe ich hier verloren? Bin ich unter die Pfadfinder gegangen?, fragte sie sich stumm.

Ludmilla wandte sich ab, als sie zurückkehrte.

»Sorry«, hauchte Romina, die immer noch das Bild ihrer

Nichte vor ihren Augen hatte. »Da habe ich vorhin wohl etwas überreagiert.«

»Das kann man so sagen«, entgegnete Ludmilla kühl. »Jede von uns hat ihr Päckchen zu tragen. Wir sollten uns nicht noch gegenseitig Vorwürfe machen. Das verschlimmert die Lage nur.«

Romina hasste es zutiefst, zurechtgewiesen zu werden, doch ehe sie etwas erwidern konnte, sah sie in das Gesicht von Mariella und wurde von einer Welle von Schuldgefühlen überrollt.

»Entschuldige bitte, Mariella, es war nicht so gemeint. Ich bin nur so empfindlich wegen dieser Angelegenheit, von der ich dir und Camillo erzählt habe und für die es keine Lösung zu geben scheint. Deswegen habe ich meinen Groll einfach an dir ausgelassen, verzeih mir bitte dieses unreife Verhalten.«

Mariella, die sich aufgesetzt und ihre Tränen mit einem Taschentuch abgetupft hatte, nickte stumm und ließ sich von ihr umarmen.

Ludmilla war ans Fenster getreten und sah hinaus. »Sie sind da.«

»Sie?« Romina hielt erschrocken die Luft an.

Mariella vergrub ihr verheultes Gesicht im Laken, und Romina fragte sich still: Wer ist »sie«?

✳✳✳

Maddalena war noch immer nicht zu erreichen.

Seufzend hatte Giorgia sich ihrem Schicksal ergeben, war in das Taxi gestiegen und irgendwo in der Pampa gelandet. Sie vermutete aufgrund der Umgebung mit den unzähligen Zypressen und Pinien, dass der Taxifahrer sie in die Pineta gebracht hatte.

Was zur Hölle hatte Ludmilla hierhergetrieben?

Warum war sie nicht in ihrer Wohnung?

Ihre Freundin bewohnte so ein nettes Appartement direkt am Ufer des Kanals.

Warum hatte sie diese Unterkunft verlassen?

Giorgia konnte sich keinen Reim darauf machen, beim besten Willen nicht.

Das Taxi stoppte.

Der Fahrer zeigte ihr mit einer Geste an, seinen Wagen zu verlassen.

»Wie viel bin ich Ihnen schuldig?«

»Ist alles bereits beglichen. Keine Sorge, Ludmilla steht mir sehr nahe, schon seit unserer Kindheit. Sie ist der beste Mensch, den ich in meinem verrückten Leben kennengelernt habe. Deshalb würde ich ihr nie einen Schaden zufügen wollen. Seien Sie sich also meiner Verschwiegenheit gewiss.«

»Danke.« Giorgia atmete unauffällig aus und verabschiedete sich höflich.

Verschwiegenheit? Wozu denn, was war hier los?

Diese Geheimnistuerei ging ihr inzwischen ziemlich gegen den Strich.

Sie hoffte, es gäbe für alles einen triftigen Grund und eine nachvollziehbare Erklärung. Denn Giorgia fühlte sich brüskiert und verwirrt von Ludmillas Unverfrorenheit, einfach so eine Reise für sie zu buchen und sie hierherzubestellen. Jetzt verstand sie zum ersten Mal, was es bedeutete, »vor den Kopf gestoßen« zu sein.

Die Eingangstür der verlassen und heruntergekommen aussehenden Pension, vor der der Taxifahrer sie abgesetzt hatte, wurde jäh aufgerissen, und eine sehr bleiche Ludmilla erschien.

»Mit wem bist du angekommen?«, fragte sie aufgebracht und sah sich nervös um. So kannte Giorgia sie nicht.

»Mit deinem alten Freund, dem Taxifahrer. Seinen Namen kenne ich nicht. Hätte er mit reinkommen sollen?« Nun kapierte sie überhaupt nichts mehr.

Ludmilla atmete geräuschvoll aus. »Ich dachte, du kreuzt hier mit deiner Freundin, der Commissaria Degrassi, auf.«

»Das wäre ich, hätte Maddalena mich zurückgerufen. Aber leider befindet sie sich heute nicht auf der Insel, sondern ermittelt außerhalb.«

Ludmilla entspannte sich merklich. »Das ist auch gut so.

Denn ich möchte vorerst nur dich darüber informieren, was vorgefallen ist. Danach kannst du immer noch entscheiden, ob du sie hinzuziehen möchtest.«

»Danke, dass du mir das überlässt«, entgegnete Giorgia sarkastisch.

»Sei nicht gleich beleidigt. Komm erst mal herein, dann reden wir weiter.«

Giorgia sah beklommen um sich, bevor sie Ludmillas Aufforderung folgte.

Lauerte da jemand im Dunkel?

Befand sie sich in Gefahr?

»Wo sind wir hier, ist das wirklich eine Pension? Wenn ja, wo sind die Besitzer?«

»Es handelt sich um ein nettes älteres Ehepaar, das keine unnötigen Fragen stellt. Deshalb hat mein Schulfreund, der Taxifahrer, uns hier untergebracht. Die Rezeption ist nicht mehr besetzt, aber sei unbesorgt, ich habe den Schlüssel.«

Giorgia war nun gänzlich von den Socken. »Ludmilla. Du fragst mich, mit wem ich hier lande? Sag mir lieber, wer mit dir hier ist!«

Ludmilla zog sie ins Innere des Hauses.

Es war wahrlich keine schöne Unterkunft. Von der Decke blätterte weiße Farbe, und es roch modrig, muffig und nach Schimmel.

Dennoch betrat Giorgia mit einem Flattern im Bauch das Zimmer, dessen Tür Ludmilla geöffnet hatte, und schloss von der grellen Deckenleuchte geblendet die Augen. Als sie blinzelte, erkannte sie, dass außer Ludmilla noch zwei weitere Frauen anwesend waren.

Durch das weit geöffnete Fenster wehte eine frische Meeresbrise herein und vertrieb den Geruch nach Schimmel und Moder des ungelüfteten Flurs der Pension.

Giorgia sog den herrlichen Duft gierig in sich auf.

Sie sah sich neugierig um.

Das waren doch …

Tatsächlich.

Romina und Mariella saßen auf einem der Betten und blickten ihr entgegen.

Mariella versteckte, kaum dass Giorgia sie anschaute, ihre dick angeschwollenen Augen hinter einem Kissen.

Romina hingegen sprang so schwungvoll auf, dass die Bettfedern nur so quietschten.

»Endlich, Giorgia, bist du hier. Und ohne die Degrassi im Schlepptau. Ich danke dir.« Sie umarmte Giorgia, die nicht wusste, wie ihr geschah, stürmisch.

In ihrem Kopf ging alles drunter und drüber.

Was war hier los?

Warum waren ihre drei Freundinnen in diesem Fremdenzimmer versammelt? Eine wirkte undurchschaubarer als die andere. Alle waren sie blass, und Mariella sah verheult aus.

»Könnte mir bitte jemand von euch dreien begreiflich machen, warum ich unbedingt hierherkommen musste? Und was es mit Ludmillas Unverfrorenheit auf sich hat, einfach mal so eine Reise für mich zu buchen? Wenn ich nicht sehr bald eine Antwort darauf bekomme, rufe ich die Polizei, egal, ob Maddalena nun Dienst hat oder nicht. Irgendetwas geht hier nicht mit rechten Dingen zu. Ludmilla, was soll das alles?«

Ludmilla öffnete den Mund, um zu antworten, doch auch Mariella und Romina begannen, ungestüm auf Giorgia einzureden. Es war das reinste Durcheinander. Sie verstand kein Wort.

»Stopp«, herrschte sie ihre Freundinnen an. »Stopp und aus. Ich ertrage diesen Irrsinn nicht eine Minute länger. Mein Hirn explodiert gleich.«

Das babylonische Sprachengewirr erstarb, und erstaunlicherweise war es Mariella, die sich als Erste fasste. »Alles ist meine Schuld«, erklärte sie und wischte sich mit dem Ärmel die Tränen unter ihren Augen weg.

»Hör schon auf.« Ludmilla umarmte sie und reichte ihr ein Taschentuch.

Womöglich das letzte, mutmaßte Giorgia, die das Ausmaß an Papier auf dem Boden bemerkte.

Romina nahm sie an der Hand und zog sie zu dem Tisch

mit vier Holzstühlen, der mitten im Raum stand. Sie setzten sich.

Ungeduldig und kribbelig ließ Giorgia sich der Reihe nach berichten, was geschehen war.

Dumme Gänse, allesamt, dachte sie nicht nur einmal, während sie fassungslos zuhörte, und wunderte sich, warum die vernünftige Ludmilla solcherlei Unsinn akzeptierte. Was bewirkte ein derart kopfloses Verhalten? Bloß weiteren Wirrwarr, sonst nichts.

»Wir müssen unverzüglich die Polizei verständigen. Da geht es um Menschenhandel und Prostitution. Um die Ausbeutung von Frauen, den unerlaubten Umgang mit Rauschmitteln und womöglich auch um Drogenhandel. Mariella.« Sie wandte sich an ihre Freundin. »Warum, in Gottes Namen, hast du dich denn nicht längst, wenn schon nicht an die Polizei, dann wenigstens an eine von uns gewandt? Wir hätten alles getan, um dich zu unterstützen, dir zu helfen.«

Mariella schien nicht in der Lage zu sein, eine klare Antwort zu formulieren. Wieder flossen Tränen.

Alle schwiegen betreten, bis Romina entschlossen aufstand und das Fenster schloss. »So. Genug der frischen Meeresbrise. Es stinkt nach Krabben.«

Sie sagte das so nachdrücklich, dass Giorgia nicht anders konnte und losprustete.

Das hatte einen lösenden Effekt, und sie entspannte sich ein wenig.

»Warum seid ihr drei denn hierhergefahren? Was ist euer Plan? Oder gibt es keinen?«

»Wir sind hier, weil wir im Moment zu Hause nicht mehr sicher sind«, erklärte Ludmilla. »Dieser Gennaro weiß um unsere Clique, die wöchentlichen Treffen und die Literaturrunde. Mariella befürchtet, dass er sie bei uns suchen könnte, und ganz abwegig ist das ja wirklich nicht. Deshalb sollst du auch zu deiner Schwester nach Florenz fliegen, für den Fall, dass er bei dir aufkreuzt. Wir sind vorerst hier untergetaucht, um uns zu überlegen, wie wir Mariella endgültig aus seinen Fängen befreien.«

»Aha. Und wie sieht der Plan bisher aus?«

Ludmilla zuckte ein wenig niedergeschlagen mit den Schultern. »Wir sind noch nicht wirklich dazu gekommen, einen zu machen.«

»Ihr wollt also hierbleiben, bis Mariella in Sicherheit ist?«, fragte Giorgia ungläubig.

»Glaubst du nicht, ich wäre jetzt lieber bei meiner Schwester?«, brauste Romina auf. »Mir gefällt es am allerwenigsten, hier festzusitzen, bis wir eine Lösung gefunden haben, ich habe auch noch eigene Probleme, die mindestens genauso viel wiegen.«

Giorgia, die nicht wusste, worum es ging, schaute sie verwirrt an. Und auch Ludmilla sah fragend von Romina zu Mariella.

»Rominas kleine Nichte, Benedetta, stirbt, wenn sie nicht sehr, sehr bald auf dem Schwarzmarkt eine Niere für sie bekommen. Doch dazu fehlt der Familie das Geld«, erklärte Mariella leise, während Romina verstohlen eine Träne aus ihrem Gesicht wischte.

Giorgia und Ludmilla waren von dieser weiteren Enthüllung beide gleichermaßen geschockt.

»Warum hast du uns nichts davon gesagt?«, fragte Ludmilla bedrückt.

»Weil ich es zu privat fand. Und mit der Absicht, auf dem Schwarzmarkt ein Organ zu kaufen, geht man ja auch nicht hausieren. Paulina würde es jedenfalls nicht gutheißen, wenn sie wüsste, dass ich euch davon erzähle.« Romina sah Giorgia ernst an. »Sie weiß um deine Freundschaft mit der Commissaria.«

»Ach, Romina, das tut mir so leid. Hätte ich das Geld, würde ich es dir überlassen. Doch leider bin ich ebenfalls knapp bei Kasse«, entgegnete Giorgia geknickt.

Ludmilla wollte etwas sagen, doch in diesem Augenblick schnarrte Mariellas geheimes Handy, und alle erstarrten.

Mariella legte beschwörend den Finger über ihre Lippen und schaltete auf laut.

»Mein Täubchen«, sagte ihr Peiniger, dessen Stimme Giorgia

fast das Blut in den Adern gefrieren ließ.»Wie geht es der ›eingebildeten Kranken‹?«

Mariella röchelte statt einer Antwort.

»War doch nur ein Scherz. Eigentlich ein Zitat. Molière. Den kennst du sicher aus deiner Literaturrunde.«

»Ja«, krächzte Mariella überzeugend ins Telefon. Sie hustete schauerlich, wie es sonst nur Rauchern gelang.»Ich werde alles daransetzen, am Montag wieder zum Unterricht zu gehen und fit für den Mittwochabend zu sein.«

»Das will ich auch hoffen. Du kennst die Konsequenzen, falls nicht.«

Über Giorgias Rücken rieselte ein eiskalter Schauer, und sie konnte sehen, dass es ihren Freundinnen ebenso erging.

Nachdem Mariella aufgelegt hatte, herrschte Schweigen, und Giorgia war endgültig froh über Ludmillas großzügige Einladung. Zum Glück hatte sie ihren Trolley und die Handtasche dabei.

Unter keinen Umständen würde sie jetzt noch allein zu Hause bleiben.

»Ludmilla«, begann sie zaghaft, »ich danke dir für die Möglichkeit, die Insel zu verlassen, und nehme sie gern an. Aber nur unter einer Bedingung.«

»Und die wäre?«, fragte Romina.

»Sobald ich zurück bin, gehen wir gemeinsam zur Commissaria. Sie ist sehr verständig, diskret und wird eine passende Lösung finden. Versprochen?«

Es gab einen kurzen Blickwechsel.

Nur Mariella wirkte verzagt.

»Mädels, schlagt ein.« Giorgia schaute in die Runde, und die drei Freundinnen nickten zustimmend.

Auch Mariella schien sich gefasst zu haben.

»Ich schwöre euch«, äußerte sie mit piepsiger Stimme, »ich verständige selbst die Polizei. Aber ihr müsst mit mir hingehen.«

»Das haben wir doch gerade eben besprochen. Niemand lässt dich im Stich«, eiferte sich Romina.

»Bis zu deiner Abreise, Giorgia, bleibst du bei uns.« Ludmilla griff nach ihrem Handy und rief ihren alten Schulfreund, den Taxifahrer, an.

»Ciao, *caro amico*«, begrüßte sie ihn. »Ich bin es noch mal. Bitte hole Giorgia, die du vorhin hierhergebracht hast, morgen früh um fünf Uhr bei uns ab und bringe sie zum Bus.«

»Der arme Mann«, wandte Giorgia ein und grinste schelmisch, »womit erpresst du ihn? Den hast du ja völlig in der Hand.«

»Das willst du nicht wissen«, antwortete Ludmilla und lächelte ebenfalls. »Ich glaube, es ist jetzt Zeit, zu schlafen, wir sind alle erschöpft und brauchen morgen einen klaren Klopf. Giorgia, möchtest du unter meine Decke kriechen? Keine Angst, ich tu dir nichts.«

»Das hätte ich auch nicht vermutet. Die Betten sind breit genug für uns zwei.«

Ein kindischer Teil von Giorgia fand ihre absurde Lage spannend. Es erinnerte sie an frühere Zeiten, als sie mit ihren Geschwistern bei den Pfadfindern gewesen war und so manche Nacht am offenen Lagerfeuer verbracht hatte.

Sie schlief unmittelbar ein.

✳✳✳

Carolina war benommen, als sie zu sich kam.

Sie versuchte sich hochzuhieven und das Kissen unter ihre Schultern zu schieben. Doch es wollte ihr nicht gelingen. Sie fror und fischte im Dunkeln nach dem Laken, um sich besser zuzudecken, konnte es aber nicht finden.

Das war nicht ihr Bett.

Sie befand sich woanders.

»Bist du da?«, fragte sie leise und erhielt keine Antwort.

War Antonio etwa ohne sie nach Dublin gefahren?

Mit den Fingern tastete sie um sich. Es war nass und klebrig unter ihr.

Wo lag sie da überhaupt?

Waren das womöglich die glatten marokkanischen Fliesen, die sie unlängst in Triest für das Badezimmer im ersten Stock erstanden hatte? Die schönen blau-weiß gemusterten, die so sauber aussahen? Abermals versuchte sie sich hochzustemmen und bemühte sich um eine andere Haltung. Doch durch die Nässe fanden ihre Hände auf dem Boden keinen Halt und rutschten weg. Mit einem Krachen stieß sie gegen etwas Hartes. Es fühlte sich an wie das Porzellan der Toilette. Ihr Kopf dröhnte fürchterlich. Die Schmerzen waren kaum auszuhalten.

Auch wenn ihre Augen die Dunkelheit nicht durchdringen konnten, spürte sie instinktiv, dass sie halb aufgerichtet im Badezimmer lag, den Kopf an die Kloschüssel gelehnt.

Ihr war kotzübel, und ihr Magen revoltierte.

Ohne es verhindern zu können, übergab Carolina sich. Was auch immer sie am Körper trug, war nun zusätzlich von ihrem Erbrochenen nass. Sie fuhr sich an die Nase, denn der Gestank war grauenvoll.

Sie musste hier unbedingt raus.

Unter großer Anstrengung rappelte sie sich hoch.

Wo hatten sie den Lichtschalter montiert?

In ihrem Hirn schlugen die Gedanken hohe Wellen, in denen sie zu ertrinken drohte.

Irgendwann und irgendwie gelang es ihr schließlich, sich in den Stand zu ziehen und am Rand der Badewanne festzuhalten.

Den Zeitbegriff hatte sie völlig verloren.

Nach einer Weile erinnerte sie sich, dass es eine weitere Lichtquelle über dem Waschbecken gegenüber der Wanne gab.

Sie tastete nach dem Rand des Beckens und hielt sich daran fest, zog sich näher heran.

Ihr Atem ging stoßweise.

Wegen der Dunkelheit oder einer Verletzung, die sie nicht näher bestimmen konnte, verschwammen fortwährend die Konturen ihrer Umgebung.

Endlich hatte sie es geschafft und erreichte den Lichtschalter.

Helligkeit flutete den Raum.

Ihre Vermutung war richtig gewesen.

Sie war im Badezimmer auf der ersten Etage.

Dann sah sie das blutüberströmte Wesen, das sie entsetzt angaffte.

Wer war diese uralte Frau mit dem verschmierten Pagenkopf und dem hässlichen tiefen Riss in der Wange, aus dem Blut quoll?

»Bin ich das?«, flüsterte sie.

Nach und nach erkannte sie ihre Gesichtszüge wieder und erinnerte sich.

Aus einem banalen Grund hatte Antonio zugeschlagen. Es war immer eine Bagatelle, die einen unnötigen Streit zwischen ihnen auslöste, der mit harten Hieben endete.

Oder nannte man sein Vorgehen schlicht »Verprügeln«?

Ihr von allen so hochgepriesener Ehemann war ein übler Gewalttäter, ein brutaler Schläger.

Gratulation zum nächsten Bürgermeister von Grado, falls es ihm gelang, dieses Amt jemals zu ergattern.

Sie stützte sich ab und wusste, sie musste schleunigst von hier weg.

War Antonio noch zu Hause?

Dann gab es gleich die nächsten Prügel.

Ihr war nicht klar, wie schwer ihre Verletzungen diesmal waren.

Überall auf den Fliesen glänzte das Blut.

Sollte sie die Ambulanz verständigen?

Mit zitternden Händen durchwühlte sie ihre Hosentaschen, fand aber kein Handy.

Carolina sah keine andere Wahl, als auf allen vieren über den rutschigen Boden zur Tür zu robben.

Alles schmerzte, jede Bewegung war eine Qual.

Zum Glück sahen ihre Kinder sie nicht so.

Sie hangelte sich an der Badezimmertür hoch und umfasste die Klinke. Anders, als sie befürchtet hatte, war sie nicht eingesperrt.

Mühelos ließ die Tür sich öffnen.

Der Bewegungsmelder im Flur aktivierte die Nachtbeleuchtung, und sie lehnte sich an die Wand.

»Jetzt wird die auch noch schmutzig«, flüsterte sie und schrie dann schrill, ergriffen von heller Panik: »Hallo, Antonio! Bist du da?«

Wieder erhielt sie keine Antwort.

Sie war allein im Haus.

Carolina umfing ein dumpfer Nebel der Entkräftung und nahm ihr die Möglichkeit, über weitere logische Schritte und Maßnahmen nachzudenken.

Sie glitt an der Wand hinab und landete unsanft auf dem Parkettboden des Flurs.

»Nur nicht die Treppe hinabsteigen«, wies sie sich halblaut an. »Du könntest zu Tode stürzen.«

Wahrscheinlich war das der letzte bewusste Gedanke für längere Zeit, denn kaum dass sie es gesagt hatte, wurde sie erneut ohnmächtig.

Als sie das nächste Mal erwachte, fror sie.

Wie spät war es?

Wo befand sie sich?

Ihr Kopf brummte.

Langsam zwang sie ihre verklebten Augen, sich zu öffnen, und erinnerte sich undeutlich an das Geschehene.

Sie lag auf dem Parkettboden vor dem oberen Badezimmer, mit schmerzenden, verkrümmten Gliedern.

Übelkeit stieg von ihrem Magen hoch, und die ätzende Säure brannte in ihrer Speiseröhre wie Feuer. Wieder gelang es ihr nicht, das Erbrechen zu verhindern. Doch anders als zuvor kam diesmal nur bittere Galle.

Vorsichtig versuchte sie aufzustehen, stützte sich an der Wand ab, doch ihre Beine gaben unvermittelt nach. Sie fiel unsanft auf den Boden und schrie laut: »Au!«

War heute immer noch Donnerstag oder schon Freitag?

Sie kam zu keinem endgültigen Schluss, zu wirr waren ihre Gedanken.

Schlaf.

Ein erholsamer Schlaf würde sie retten.

Durfte man bei einer Verletzung am Kopf, und die hatte sie, weil sie eine klaffende Wunde ertasten konnte, überhaupt schlafen?

In Filmen und Büchern hieß es doch immer: »Halten Sie den Patienten wach. Koste es, was es wolle. Er darf nicht einschlafen. Das könnte seinen Tod verursachen.«

Carolina erschrak.

Sie wollte nicht sterben.

Ihre Kinder brauchten sie.

Schon um ihretwillen musste sie alle Kraft, die ihr noch geblieben war, bündeln, um zu überleben.

»Allegra, Fredo«, sie schluchzte auf, »ich liebe euch mehr als alles andere auf dieser Welt.«

Wo war ihr verfluchter Mann?

Lauerte er ihr womöglich unten in der Küche oder im Wohnzimmer auf?

Nein, Antonio ging es immer nur um sich selbst. Daher war er vermutlich ohne sie losgefahren.

So ein elender Mensch, dachte sie und fiel abermals in Ohnmacht.

17

Ludmilla hörte, wie Giorgia leise das Zimmer verließ, und war beruhigt.

Aus dem Bett neben ihr drang unterdrücktes Schluchzen.

Sie streckte die Hand nach Mariella aus und flüsterte:»Giorgia ist jetzt auf dem Weg nach Florenz. Du, Romina und ich sind hier sicher. Niemand außer meinem Freund, dem Taxifahrer, kennt diesen Ort.«

»Aber die Besitzerin der Pension weiß doch Bescheid, dass wir hier für einige Zeit nächtigen. Was ist, wenn die uns an jemanden verrät? Es muss ja nicht mal böswillig sein. Einfach nebenbei erwähnt«, wisperte sie zurück.

»Das ist kompletter Quatsch. Die Frau kennt nicht mal unsere Namen, die wollte bloß das Geld und übergab mir kommentarlos den Schlüssel.«

»Was ist ›kompletter Quatsch‹?« Romina richtete sich auf, knipste das Licht an und stützte ihren Hinterkopf gegen den Rahmen des, wie Ludmilla wusste, unbequemen Bettes.»Abgesehen von der völlig irren Situation, in der wir uns gerade befinden.«

Sie griff nach ihrem Handy, das auf dem Nachtkästchen lag. Durch ihre hektische Bewegung segelte es zu Boden.

Romina fluchte und bückte sich.»Shit«, murmelte sie.»Zwei verpasste Anrufe von Paulina.«

»Ruf sie lieber mal zurück. Hoffentlich ist mit deiner Nichte alles okay.« Ludmilla stand auf und holte aus der Minibar eine eiskalte Flasche Wasser. Zum Glück war dieses altmodische Ding wenigstens gut bestückt.»Will jemand Wasser, Orangensaft, Chips oder Schokoschnitten zum Frühstück?«

Mariella reagierte nicht, und Romina presste bereits ihr Handy ans Ohr.

»Ist was passiert, Pauly?«

Am bestürzten Gesichtsausdruck ihrer Freundin konnte

Ludmilla erkennen, dass es nicht zum Besten um das kleine Mädchen stand.

»Ich muss sofort ins Krankenhaus. Es gibt eine Komplikation«, erklärte Romina und sprang aus dem Bett. »Da es mir nicht gelungen ist, durchs Zocken das notwendige Geld zu erhalten, werde ich wohl eine Bank überfallen müssen, um eine gesunde Niere zu kaufen.«

Mariella schrie entsetzt auf.

Ludmilla nahm ihr Telefon. »Ich rufe das Taxi. Fahr du erst mal ins Krankenhaus, und dann sehen wir weiter. Wenn Geld am Ende tatsächlich die Lösung des Problems darstellt, finden wir eine Möglichkeit, das verspreche ich dir, auch ohne einen Bankraub. Du bist doch keine Kriminelle.«

»Nein, die bin *ich*.« Mariella war ebenfalls aufgestanden und hatte sich auf Rominas Bett gesetzt. »Bitte gib uns Bescheid, wie es Benedetta geht. Wir sollten auch den anderen davon erzählen, dann legen wir alle für deine Nichte zusammen, was wir an Rücklagen haben.«

»Ich habe ein bisschen was in meiner Portokasse, das ich beisteuern kann«, beeilte sich Ludmilla zu sagen, um Romina etwas Mut zu machen.

»Das ist rührend von euch. Ihr seid echte Freundinnen. Doch ich weiß nicht, wie viel Zeit wir noch haben. Das Einzige, was zählt, ist Benedettas Gesundheit«, hauchte Romina und verschwand im angrenzenden Badezimmer.

Ein wenig wunderte Ludmilla sich, warum keine der beiden Freundinnen sie bislang um Geld gebeten hatte, so als hätte sich keine von ihnen auch nur ansatzweise die Frage gestellt, wieso sie seit geraumer Zeit beharrlich darauf bestand, jede Rechnung zu begleichen. Hatten sie von ihrem seit Kurzem bestehenden Wohlstand wirklich nichts bemerkt?

Nachdem Romina die Pension verlassen hatte, vertilgten Ludmilla und Mariella die Schokoladeschnitten und tranken Coca-Cola dazu.

»Was hältst du von einem kurzen Spaziergang am Meer? Das würde unsere Lebensgeister sicher beflügeln.« Ludmilla riss beide Fensterflügel weit auf und sog gierig die salzige und nach Algen riechende Meeresluft ein. Der Kanal, an dem sie wohnte, verströmte ganz andere Aromen, die speziell bei schlechtem Wetter an faules Wasser und Schlamm erinnerten. »Bewahre. Ich mache keinen Schritt vor die Tür. Auch wenn außer der Wirtin und deinem Freund niemand weiß, dass wir hier sind, ist es mir zu gefährlich. Nicht mal Camillo, der ganz sicher niemandem freiwillig ein Sterbenswörtchen verraten würde, habe ich den Ort unseres Aufenthalts genannt. Je weniger er weiß, desto besser ist das für mich und letztlich auch für ihn.« Mariella schluckte hart, räusperte sich und biss auf ihre Unterlippe. »Ludmilla, ich muss dich etwas fragen.«

»Ich bin ganz Ohr«, erwiderte diese.

»Gennaro geht hoffentlich weiter davon aus, dass ich am Montag den Unterricht und am Mittwoch meine nächtliche Tätigkeit bei ihm wieder aufnehme. Das verschafft mir ein paar Tage Zeit, zu überlegen, wie ich ihm endgültig entkommen kann, und ich bin dankbar, dass du und Romina euch hier mit mir versteckt habt und mir dabei helfen wollt. Aber sosehr ich auch grübele und mir den Kopf zerbreche, jeder denkbare Fluchtplan setzt eine Menge Geld voraus, über das ich nicht ansatzweise verfüge. Ich bin, realistisch betrachtet, mittellos. Wenn dir auch keine Lösung einfällt, was passiert dann am Montag beziehungsweise am Mittwochabend?«

»Mach dir bitte keine unnötigen Sorgen. Ich habe genug Geld, um dir und wahrscheinlich auch Romina zu helfen. Vertraue mir. So schnell kannst du gar nicht gucken, wie du aus der Schusslinie gerätst.«

»Ludmilla, bist du denn ebenfalls in kriminelle Handlungen verstrickt?«, fragte Mariella bestürzt.

»Wo denkst du hin? Alles ist legal.«

»Ist das wahr?«, wollte Mariella mit vor Tränen glänzenden Augen wissen.

»Und ob«, entgegnete Ludmilla lächelnd und reichte ihr ein frisches Kleenex, glücklich darüber, dass es diesmal Freudentränen waren, die über Mariellas Wangen rollten.

Sie hatte anderen schon immer gern Gutes getan, sofern sie dazu in der Lage war.

»Ich bin so froh, dass Carolina mich damals zu euch gebracht hat«, gestand Mariella. »Ich verdanke ihr wirklich viel. Auch wenn sie oft ruppig und arrogant, um nicht zu sagen hochnäsig erscheint. Sie ist nicht so, das weiß ich. Carolina ist ein liebevoller Mensch. Ich habe mir abgewöhnt, sie für ihr Gehabe zu verurteilen.«

»Unter der Oberfläche liegt bei ihr wohl einiges im Argen, das ihr Verhalten bedingt. Ich werfe mir vor, ihr bislang keine Hilfe angeboten zu haben, doch das wird sich jetzt ändern. Ich hoffe nur, sie ist auch bereit, sie anzunehmen.«

Mariella wischte sich erneut eine Träne aus dem Augenwinkel. »Du bist liebenswert und eine wirklich gute Freundin. Du ahnst nicht, wie viel mir das bedeutet.«

Ludmilla streichelte der Freundin über die wunderschön glänzenden, langen schwarzen Haare. »Lass es gut sein.«

Gemeinsam setzten sie sich auf das Fensterbrett, redeten und genossen die Strahlen der Frühjahrssonne. Der Tag flog nur so an ihnen vorbei.

»Sag, hast du nicht auch Hunger?«, fragte Ludmilla irgendwann.

»Dieses Bedürfnis beachte ich schon lange nicht mehr. Gennaro wollte, dass ich schlank bin, vielleicht sogar mehr als das. Mager, wenn auch mit den richtigen Formen. Vor Hunger bin ich oft fast gestorben. Wie ich das überlebt habe, kann ich dir nicht erklären. Eine Zeit lang habe ich das schleifen lassen. Camillo hatte irgendwann begonnen, mir Leckerbissen in die Schule mitzubringen. Ich genoss die Speisen und erbrach mich danach nicht. Daher nahm ich sehr schnell zu. Das Resultat war ein heftiger Verweis mit einer Ohrfeige von Gennaro. ›Wenn du weiter so frisst, wirst du bald wie eine Kuh aussehen. Ich brauche für deine Freier aber ein abgemagertes Schaf, also nimm gefälligst ein paar Kilo ab‹, schleuderte er mir entgegen.«

»Was für ein ekliger, boshafter Kerl«, empörte sich Ludmilla.

Die Dunkelheit bezwang die Helligkeit des Tages so rasend schnell, dass Ludmilla zusammenschrak, als jemand an die Tür ihres Zimmers klopfte.

»Er hat uns gefunden«, wimmerte Mariella und verkroch sich unter der Decke ihres Bettes.

»So ein Unsinn«, wehrte Ludmilla erschrocken ab. »Wer ist da?«, rief sie.

»Ich bin es, und ich habe uns etwas mitgebracht.« Das war unverkennbar Rominas Stimme.

»Mariella, beruhige dich. Du erstickst mir sonst noch unter dem dicken Laken. Es ist Romina.«

Sie öffnete die Tür.

»Hallo, ihr zwei. Ludmilla, dein Leibeigener, ich meine natürlich dein Taxifahrer«, sie verdrehte schwärmerisch ihre Augen, »ist ein echtes Juwel. Das hier«, sie hob eine prall gefüllte Einkaufstasche, »wird uns daher den Abend versüßen.«

Romina stellte die Tüte auf den Tisch und packte aus. Kurz darauf türmten sich Pizzakartons neben zwei Flaschen Rotwein, einer Tüte Pistazien und einer Familienpackung Kartoffelchips. Bananen, Äpfel, Weintrauben und Erdbeeren waren ebenfalls reichlich vorhanden.

Romina grinste übermütig. »Dieser göttliche Mensch hat mich in einen entlegenen Supermarkt gebracht und endlos lange gewartet, bis ich alles erstanden hatte. Einen wie den würde ich sofort heiraten.«

»Erst mal danke! Aber er ist leider nicht mehr zu haben. Er hat eine bezaubernde Frau, die ebenfalls mit uns die Schulbank gedrückt hat.«

Ludmilla gefiel Rominas überraschter Ausdruck. »Jetzt hab dich nicht so. Dir stehen bei deinem Aussehen ohnehin alle Türen offen. Wie geht es deiner Nichte?«

»Momentan besser. Das ist der Grund, warum ich so erleichtert bin.«

»Dann lass uns den Schmaus genießen, als wäre es unser letzter«, sagte Ludmilla fröhlich.

»Das klingt nach der berühmten Henkersmahlzeit, die man

bekommt, bevor einen die Todesstrafe ereilt«, bemerkte Mariella schwach.

»Eher nach Völlerei, wenn du mich fragst«, wehrte Ludmilla ab und schnappte Romina lachend das erste Stück Pizza vor der Nase weg.

***

Als sie wieder zu sich kam, lag sie in ihrer blutverkrusteten Kleidung auf ihrem Bett.

Wie war sie hierhergekommen?

Es schien Nacht zu sein.

Oder war es nur so finster, weil sie kein Licht eingeschaltet hatte?

Ihr Hirn funktionierte gar nicht, und rasende Schmerzen umfingen ihren Kopf.

Mit zitternden Fingern gelang es ihr, die Nachttischlampe anzuknipsen.

Helligkeit flutete den Raum.

Also war es draußen dunkel. Sie schien einen kompletten Tag verpasst zu haben.

Carolina richtete sich auf. Sie musste schleunigst abhauen.

Denn sobald Antonio zurückkehrte, würde er ihr die nächste Abreibung verpassen und ihr wahrscheinlich endgültig das Leben nehmen.

Weil das alles hier nicht zum ersten Mal geschah, lag in Carolinas Nachtkästchen eine Ration akut wirkender Schmerzmittel, die sie ohne Flüssigkeit zu sich nehmen konnte.

Nach mehreren Versuchen gelang es ihr, die Lade zu öffnen und drei Pillen auf ihrer Zunge zergehen zu lassen.

Sofort fühlte sie sich besser, ihre Gedanken wurden klarer.

Schwankend setzte sie sich auf die Bettkante und griff abermals in die Lade, um eine weitere Pille zu nehmen, die ihr die Kraft geben sollte, das Haus zu verlassen.

Erstaunt ertastete sie einen Schlüssel.

Zu welchem Schloss gehörte der?

Er musste wichtig sein.

Dieser Schlüssel lag keinesfalls grundlos in ihrem Nachtkästchen.

Und dann fiel es ihr wie Schuppen von den Augen.

Ludmilla hatte ihn ihr vor Urzeiten gegeben, damit sie in deren Abwesenheit ihre Blumen gießen und nach dem Rechten sehen konnte. Zurückverlangt hatte sie ihn nie.

Das ist die Lösung meines Problems, erkannte Carolina.

Unter großer Anstrengung stand sie auf.

Die Wohnung von Ludmilla war jetzt ihr Ziel.

Dort würde Antonio sie nicht vermuten und ließen sich die Dinge regeln. Bei Ludmilla konnte sie wieder genesen und einen Ausweg aus ihrer Misere finden.

Zum Packen ihrer persönlichen Sachen fühlte sie sich zu schwach. Doch sie vermutete, bei Ludmilla alles Notwendige vorzufinden. Andernfalls würde sie die Freundin nach deren Heimkehr vom Besuch bei ihrer Cousine bitten, ein paar Dinge für sie einzukaufen.

Außerdem könnte ihr Ehemann, womöglich aus berechtigt schlechtem Gewissen, die Reise vorzeitig abbrechen oder gar nicht erst gefahren sein und jeden Moment nach Hause zurückkommen.

Das hieß, sie musste sich beeilen.

So rasch sie konnte, warf sie Ludmillas Schlüssel in ihre Handtasche, griff unter die Matratze, fischte ihr Erspartes heraus und stolperte mehr, als dass sie ging, die Treppe hinab.

Das Gefühl, endlich frei und ihrem Gefängnis entkommen zu sein, erfüllte Carolina, kaum dass sie auf dem Gehweg stand, mit einer Wucht, die sie niemals für möglich gehalten hätte.

Sie schleppte sich zu Fuß bis zur nächsten Ecke. Hechelnd blieb sie stehen und lehnte sich an eine Straßenlaterne. Ein Taxi wollte sie nicht bestellen, da sonst jemand Auskunft geben konnte, wohin sie gefahren war. Zudem hätte sie vermutlich endlos warten müssen, da es auf der Insel kaum welche gab. Ihr blieb daher nichts anderes übrig, als sich beim Gehen mit den Händen an Hausmauern und Zäunen abzustützen und den

Weg, für den sie unter normalen Umständen keine Viertelstunde gebraucht hätte, langsam und mit vielen Pausen zurückzulegen. Sie hätte es fast nicht geschafft, immer wieder blieb ihr die Luft weg. Ihre Angst war der Motor, der sie antrieb, weiterzugehen.

Endlich hatte sie das Haus, in dem Ludmilla lebte, erreicht. Das Licht im Treppenhaus ging an, und ein fahler Schein beleuchtete die Stufen, die sie noch zu erklimmen hatte.

Im Flur nestelte sie mit fahrigen Bewegungen nach dem Schlüssel und sperrte Ludmillas Wohnungstür auf.

Obwohl sie wusste, dass die Freundin nicht anwesend war, rief sie deren Namen, als sie die leere Wohnung betrat.

Ohne eine Antwort erhalten zu haben, bewegte sie sich im Zeitlupentempo in die Küche, umklammerte dort die Armatur und drehte den Hahn auf. Gierig trank sie das erfrischend kühle Wasser aus ihrer hohlen Hand, dann erst befüllte sie ein Glas.

Völlig entkräftet sank sie auf einen Stuhl.

Irgendwann später, als sie wieder durchatmen konnte und ihr Herz regelmäßiger schlug, raffte sie sich erneut auf. Sofort wirbelte ein heftiger Schwindel durch ihren Kopf, sie taumelte und krachte zu Boden. Diesmal verlor sie das Bewusstsein jedoch nicht. Auf allen vieren krabbelte sie ins Schlafzimmer und zog sich auf Ludmillas Bett, wo sie sofort einschlief.

***

»Chefin«, hob Lippi schuldbewusst an, und Maddalena spürte instinktiv, dass sich etwas im Argen befand.

Etwas, das sie nicht wirklich wissen wollte. Es war schon spät, und sie saßen einander in einer Bar in der Nähe des Tatorts gegenüber und bestellten Erfrischungsgetränke.

»Ja, Kollege?« Sie sah Lippi auffordernd an und fragte sich, was ihr Mitarbeiter wohl vor ihr verborgen gehalten hatte.

Für solcherlei Untertöne hatte sie über die Jahre einen Riecher entwickelt.

»Eine Ihrer Freundinnen rief unlängst zweimal an und versuchte Sie zu erreichen. Das war am Donnerstag, Sie befanden sich zu diesem Zeitpunkt wegen einer Ermittlung in Fiumicello. Ich war noch im Dienst und wollte Sie nicht mit Nebensächlichkeiten aufhalten.«

»Nebensächlichkeiten? Wie wollen Sie das denn beurteilen? Die Anrufe galten doch mir. *Wer*, verdammt«, Maddalena verdrehte ärgerlich die Augen, »hat versucht mich zu erreichen?«

»Gloria ... Giorgia ... oder Gabriella möglicherweise. So ähnlich hieß sie. Den Namen habe ich notiert, aber jetzt nicht mehr parat.« Er schnaufte durch. »Es klang nicht wichtig, sonst hätte ich Ihnen diese Gespräche längst zur Kenntnis gebracht. Am Freitag waren Sie schon weg, als ich meinen Nachtdienst antrat, und dann waren wir alle so beschäftigt, dass ich nicht mehr daran gedacht habe. Vielleicht war das ein Fehler?«

»Klar war das ein Fehler. Wäre es inoffiziell gewesen, hätte sie es auf dem Handy versucht. Wieso haben Sie ihr nicht gesagt, dass sie mich direkt anrufen soll?«

»Ich wusste aus eigener leidiger Erfahrung, dass Sie dort schlechten Empfang haben.«

Maddalena, die sich aufgrund der genannten Namen denken konnte, um wen es sich bei der Anruferin gehandelt hatte, verkniff sich einen bösen Kommentar. Was das anging, hatte Lippi ausnahmsweise recht, sie konnte ihn und er sie an dem Tag mehrfach nicht erreichen. »Was wollte Giorgia eigentlich von mir?«, fragte sie scharf nach.

Am liebsten hätte sie Lippi eine gescheuert, weil sie sein Verhalten ziemlich dreist fand.

»Das wollte sie mir nicht anvertrauen. Sie redete von einer Freundin, die vielleicht in Not geraten wäre.«

Maddalena rief Giorgia unverzüglich an.

Die Verbindung wurde hergestellt, also war das Handy nicht ausgeschaltet. Aber ihre Freundin ging weder ans Telefon, noch sprang die Mailbox an.

Maddalena ärgerte sich, war aber insofern beruhigt, als dass Giorgia nun sehen würde, dass sie angerufen hatte. War ihre

Sorge um die Freundin in Nöten noch aktuell, würde sie sich bei ihr melden.

Sie ging wieder zu Lippi, Fanetti und Zoli und konzentrierte sich auf die abschließende Teambesprechung.

»Was haben wir an diesem langen Tag zusammengebracht, was über die Tote erfahren?«

Fanetti streckte den Rücken durch. »Die Signora war Witwe, fünfundsechzig Jahre alt, in Grado geboren und wohnte schon seit vielen Jahren in diesem Haus, hatte jedoch kaum Kontakt zu ihren Nachbarn. Sie lebte eher zurückgezogen, was nicht heißt, dass sie unfreundlich war«, fasste er zusammen. »Gestorben ist sie allem Anschein nach durch einen Schlag auf den Kopf beziehungsweise den darauffolgenden Blutverlust. Die Tatwaffe konnte nicht sichergestellt werden, dafür zeigen die Spuren, dass höchstwahrscheinlich zweimal zugeschlagen wurde, einmal im Schlafzimmer und dann noch einmal im Wohnungsflur. Sie scheint vor ihrem Mörder geflüchtet zu sein.«

»Und?« Maddalena sah auffordernd in die Runde.

Sofort fühlte Zoli sich bemüßigt weiterzusprechen. »So wie es aussieht, dürfte sie eine größere Summe Geld gewonnen haben. Zwei benutzte Weißweingläser standen in der Spüle. Vom Geld jedoch keine Spur, nur einen einzigen zerknüllten Schein haben die Techniker entdeckt.«

»Es könnte sein, dass sie das Geld kürzlich zur Bank gebracht hat, um es vor einem etwaigen Diebstahl zu sichern. Das sollten wir am Montag als Erstes überprüfen. Den Ordner mit ihren Bankunterlagen haben wir mitgenommen, vielleicht können wir darin einen entsprechenden Geldeingang ausmachen und die Summe beziffern«, fügte Fanetti hinzu. »Und wir bekamen heraus, dass sie gern liest. Eine Unmenge an Büchern befindet sich in ihrer Wohnung. Sie scheint außerdem Teil einer einmal im Monat stattfindenden Literaturrunde gewesen zu sein. Mit ihren Freundinnen traf sie sich wöchentlich, immer mittwochs.«

Eine Erinnerung blitzte in Maddalena auf. Sie war doch letzte Woche, an einem Mittwochvormittag, in Auroras Bar am alten Hafen auf ihre Freundin Giorgia gestoßen. Und die hatte sie auf ihre Freundinnen hingewiesen, mit denen sie sich zu einer monatlichen Literaturrunde traf, an der sie jedoch zuletzt selten teilgenommen hätte.

Wer war da dabei gewesen?

Kannte sie eine der Frauen?

»Entschuldigt mich kurz«, bat sie ihre Kollegen und ging vor die Tür der Bar. Dort zündete sie sich eine Zigarette an, eine schlechte Angewohnheit, von der sie nicht lassen konnte. Sie versuchte sich die Situation noch einmal bildlich vor Augen zu rufen.

Die Frauen hatten an zwei zusammengestellten Tischen in der Sonne gesessen wie nebeneinander aufgereiht, und Maddalena glaubte sich daran zu erinnern, dass alle fröhlich gelacht hatten. Doch ihr Hauptaugenmerk galt damals Giorgias neuer Frisur und deren süßem Enkelsohn.

Die Zigarette glomm auf, als sie die Asche wegschnippte. Mit der Spitze ihrer Boots trat Maddalena die Kippe aus. Dann ging sie zurück zu ihrer Truppe, die ihr neugierig entgegensah.

»Hat einer von Ihnen zufällig den Ausweis der Toten dabei?«

Lippi nickte enthusiastisch. Er schien unendlich dankbar zu sein, wenigstens in dieser Sache keinen weiteren Fehler begangen zu haben.

»Erfreulich, Lippi. Dann reichen Sie mir mal bitte das Personaldokument der Toten.«

Mit einem reumütigen Lächeln schob er das Gewünschte über den Tisch.

Maddalena betrachtete aufmerksam das Gesicht der Toten. »Die kenne ich«, erklärte sie schließlich. »Wobei ›kennen‹ trifft es nicht ganz. Ich habe sie schon einmal gesehen. Sie ist eine Freundin von Giorgia. Jener Giorgia«, sie strafte Lippi mit einem mahnenden Blick, »deren Anruf Sie mir unterschlagen haben. Möglicherweise ging es dabei um etwas, das die Tote betraf«, setzte sie noch eines drauf.

Lippi räusperte sich betreten.

Fanetti wiederum sprang, gutmütig, wie er nun mal war, für den Kollegen in die Bresche. »Das hätte mir auch passieren können. Manchmal bin ich derart in Gedanken, dass ich zwar etwas vermerke, der Zettel, auf dem ich es notiert habe, dann aber im Stoß der Papiere untergeht. Ich verstehe Guido.«

»Na, ihr seid mir ja eine schöne Bande«, erwiderte Maddalena und schmunzelte. »Ehrlich gesagt, auch ich bin vor solcherlei Unzulänglichkeiten nicht immer gefeit. Nehmen wir uns alle einfach für die Zukunft vor, noch genauer zu arbeiten. In Ordnung?«

Lippi atmete erleichtert aus.

»Die nächste Runde geht auf mich«, erklärte er sichtlich geknickt.

Fanetti grinste faunisch. »So viel aufmunternde Coca-Cola vertrage ich leider nicht. Meine Ginevra findet, ich führe mich mit Koffein im Blut auf wie ein Elbenprinz, der durch den Düsterwald reitet. Ich bin ihr dann zu hektisch. Daher, lieber Guido, nichts für ungut, aber ich bevorzuge eine Tasse grünen Tee.«

»Wenn du durch diesen Zauberwald galoppierst, wehen deine langen blonden Haare dann offen im Wind?« Zoli verzog keine Miene bei seiner Frage.

Wie nicht selten in letzter Zeit überlegte Maddalena, ob ihr Assistent nicht doch über eine ordentliche Portion schwarzen Humor verfügte.

Fanetti antwortete liebenswürdig, denn jegliche Boshaftigkeit war ihm fremd: »Ich bin mir sicher, dass Ginevra mich so sieht.«

Lippi, dem der Sarkasmus ins Gesicht geschrieben war, presste seine Lippen zu einem Strich zusammen, wohl um sein polterndes Lachen zurückzuhalten.

Maddalena zwinkerte dem Kollegen verschwörerisch zu und beschloss, Giorgia morgen so lange anzurufen, bis diese endlich das Gespräch entgegennahm.

18

»Ich muss an die frische Luft«, murmelte Ludmilla und atmete tief durch.

Romina fuhr hoch.

»Fühlst du dich schlecht?«

»Nein, das ist es nicht. Eingeengt bin ich. Was ich brauche, ist ein Spaziergang am Meer entlang. Nichts anderes. Lasst ihr mich das machen?«

»Keine Frage, sollen wir dich begleiten?«, meldete sich Mariella schüchtern zu Wort.

Ludmilla schüttelte den Kopf. »Danke, ich bleibe nicht lange fort.«

»Geh nur, wir kommen allein zurecht, aber nimm zur Sicherheit dein Handy mit«, bat Romina.

Ludmilla nickte ihnen zu und verließ die Pension.

Das Telefon ließ sie in der Lade ihres Nachtkästchens, sie war zu faul, es herauszuholen.

Sie würde ohnehin nicht lange wegbleiben.

Beschwingten Schrittes ging sie die Strandpromenade entlang und sang dabei lautlos Melodien, die ihr aus alten Zeiten in den Sinn kamen.

Es war für sie eine völlig neue Erfahrung, rund um die Uhr auf so begrenztem Raum mit anderen Menschen zu leben. Seit sehr langer Zeit schon war Ludmilla allein. Anfangs, nach dem Tod ihres Mannes, war es ihr schwergefallen, doch sie hatte sich daran gewöhnt und fand es befreiend, für niemand anderen da sein, sich nur um sich selbst kümmern zu müssen.

Sie genoss den Duft des Meeres, konnte aber nicht sagen, woraus er bestand.

Salz roch ja angeblich nicht.

Der Mond stand über ihr und glänzte silbern. Heute Nacht hatte er seinen Mund zu einem schiefen Grinsen verzogen.

Kein Mensch außer ihr schien noch wach zu sein. Es kam ihr

vor, als wäre sie durch ein Wunder plötzlich allein auf diesem Planeten.

Im Hochsommer wimmelte es hier nur so von Menschen. Vor allem Teenager trieben sich herum, küssten sich verschämt hinter den Pinien, tranken Bier oder rauchten heimlich ihre ersten Zigaretten.

Ludmilla lächelte versonnen, als sie, ohne dass sie den Weg bewusst eingeschlagen hatte, in ihre Straße einbog. Verstohlen blickte sie sich um, aber da war kein geheimnisvoller Fremder, der auf sie wartete.

Sie freute sich auf ihre Wohnung.

Und erstarrte.

Aus einem der Fenster drang ein schwacher Lichtschein.

Sie hatte anscheinend doch nicht abgeschlossen.

***

Erschrocken presste Carolina die Hand vor den Mund.

Da war jemand an der Wohnungstür.

Langsam wurde die Klinke heruntergedrückt.

Das Licht ging an.

Und Ludmilla stand vor ihr.

Carolina keuchte. »Was machst du denn hier?«

»Das frage ich dich«, kam es überrascht zurück.

»Du hast mir einmal deinen Schlüssel gegeben. Erinnerst du dich nicht mehr daran? Es ging um diese Pflanze hier.« Sie zeigte verlegen auf ein verkümmertes Gewächs in einem Tontopf.

Ludmilla nickte, kam näher und musterte sie. »Wie siehst du denn aus? Was ist passiert?«

Carolina begann zu weinen. Sie wollte auf Ludmilla zugehen, doch ein plötzlicher Schwindel ließ sie stolpern. Augenblicklich war Ludmilla an ihrer Seite und hielt sie fest.

»Setz dich.« Die Freundin drückte sie auf das Sofa. »Soll ich Tee aufbrühen oder einen Kaffee machen?«

»Danke. Es geht schon.«

Ludmilla setzte sich neben sie und schwieg.

Nach einer Weile stand sie auf und sagte:»Ich hole mir ein Glas Wein, möchtest du auch eines?«

»Bitte, ja«, murmelte Carolina.

Was musste Ludmilla bloß von ihr denken?

Sie hatte eigentlich vorgehabt, sich vor deren Rückkehr zu duschen und einigermaßen herzurichten. Doch sie hatte erst am Sonntag mit ihr gerechnet und war zu schwach gewesen, hatte nur im Bett gelegen, gegrübelt, geheult und nach einem Ausweg gesucht.

Wie sehr sie die Freundin insgeheim herbeigesehnt hatte.

Nun saß sie da, blutverschmiert, übersät mit blauen Flecken, und stank nach Schweiß und Angst.

»Hier.« Ludmilla hielt ihr ein Glas Pinot Grigio hin.»Trink erst mal einen Schluck, und dann erzählst du mir, was dir widerfahren ist. Oder soll ich gleich die Ambulanz rufen? Du siehst wirklich sehr schlecht aus. Du gehörst in ein Krankenhaus.«

»Nur das nicht. Ich muss mich hier vor meinem Mann verstecken. In einem Krankenhaus findet Antonio mich sofort.«

Sie konnte das Zittern ihrer Finger nicht verbergen.

Ludmilla nahm ihr das Glas ab und stellte es vor sie auf den Tisch.»Los, von Anfang an. Ich will wissen, was passiert ist.«

Carolina lehnte sich zurück und begann zu reden. Sie stoppte erst, als Ludmilla sanft über ihre Wange strich.

»Ich dachte mir schon, dass da etwas nicht stimmt. Die blauen Flecken neulich und immer diese große Brille. Doch du hast deine Blessuren lange Zeit perfekt verborgen. Verdammt, wenn ich nur einen Bruchteil von dem gewusst hätte, was du mir gerade erzählt hast«, sie zögerte, »dann wäre ich auch gegen deinen Willen sofort zur Polizei gegangen.«

Carolina lächelte schwach.»Ich brauche nichts anderes als ein wenig Geld. Damit fahre ich zu Allegra und Fredo, um sie vor ihrem Schicksal mit diesem Scheusal als Vater zu retten. Wir hauen ab, nach Sizilien, dort lebt die Schwester meiner Mutter. Antonio kennt sie nicht und weiß wahrscheinlich nicht einmal, dass sie existiert.« Sie zog ihre Tasche an sich und fischte die beiden Gefrierbeutel heraus.»Das ist alles, was ich während meiner Ehe auf die Seite bringen konnte.«

Ludmilla zählte die Scheine und rümpfte die Nase.»Mädel, das ist eindeutig zu wenig. Damit kommt ihr nicht weit. Lass mich mal überlegen.«

Carolina, die sich noch nie zuvor irgendjemandem anvertraut hatte, stockte der Atem, als sie sah, was Ludmilla tat. Die Freundin öffnete die Tür zum Nebenraum, ging zum Schlafzimmerschrank und zog eine breite Lade heraus.

»Schau mal«, sagte sie und reichte Carolina ein Bündel Geldscheine.»Das kann ich dir geben. Ich habe im EuroMillionen-Lotto ziemlich viel gewonnen. Daher konnte ich euch einladen und mich als großzügig erweisen. Mit diesem Geld könntest du es schaffen. Also nimm es ruhig an dich.«

Carolina, in deren Kopf immer noch alles drunter und drüber ging, eilte zu ihr und griff gierig nach den Scheinen. Ihr Blick fiel auf den Schrank, dessen Schublade noch offen stand. Darin befand sich wesentlich mehr, als Ludmilla ihr zugesteckt hatte.

»Das reicht nicht. Gib mir alles.« Sie erkannte ihre eigene Stimme nicht wieder, die von einer Tonlage in die andere rutschte.

Ludmilla reagierte sofort und stellte sich vor sie. In einer abschirmenden Geste breitete sie ihre Arme aus und schob mit dem Fuß die Lade zurück.»Das brauche ich selbst. Beruhige dich. Ich helfe dir. Versprochen.«

Doch tief in Carolina riss etwas.

Sie stürzte auf ihre Freundin zu und stieß sie ungeduldig beiseite, um an die Lade zu gelangen. Ludmilla fiel mit einem lauten Poltern zu Boden.

»Gib es mir. Ich brauche das Geld wirklich dringender als du!«, brüllte sie.

Doch Ludmilla antwortete und rührte sich nicht.

Fassungslos blickte Carolina auf ihre Freundin, die leblos am Boden lag. Sie schien mit dem Kopf gegen eine Kante der neben dem Schrank stehenden Kommode gestoßen zu sein.

Carolina sah die feine Blutspur, ein kleines Rinnsal nur, das sich den Weg über Ludmillas Schläfe bahnte.

»Bitte, bitte bleib am Leben. Ich wollte dir doch nicht wehtun«, flehte sie.

Soll ich den Notarzt verständigen?, überlegte sie in einem kurzen klaren Moment, entschied sich dann aber dagegen.

Sie traute sich nicht, nach Ludmillas Puls zu tasten.

Stattdessen holte sie einen Waschlappen und wischte das Rinnsal aus Blut weg.

Sie ging zum Schrank, öffnete die Lade, raffte einige Stapel Scheine zusammen und warf sie mit dem blutigen Lappen in ihre Handtasche, wusch hastig die Weißweingläser ab, nachdem sie die Reste in den Ausguss gekippt hatte, und lief wie von Furien gehetzt davon.

Vor Ludmillas Haustür, draußen am Kanal, beugte sie sich vor, holte tief Luft und versuchte, ihre bebenden Glieder unter Kontrolle zu bringen. Dann rannte sie die Riva entlang und blieb erst nach der nächsten Biegung stehen.

Carolina ging in die Knie und lehnte sich, immer noch zitternd, gegen eine Mauer.

Erst jetzt begann sie nachzudenken.

Zum Glück war niemand unterwegs. Die Hunde und deren Besitzer schliefen wohl alle schon.

Was hatte sie getan?

Sie war eine Mörderin.

So viel stand eindeutig fest.

Änderte das etwas an ihrem Plan?

Nein. Im Gegenteil.

Sie musste zu ihren Kindern und danach mit ihnen gemeinsam nach Sizilien fliehen.

Mit nass geschwitzten Fingern wählte sie die Nummer eines der wenigen Taxiunternehmen.

Egal, wie viel es kostete und ob der Fahrer sich am Ende an sie erinnerte, sie hatte keine andere Wahl.

19

Romina rüttelte Mariella unsanft aus deren unruhigem Schlaf.
»Bitte wach auf.« Sie spürte, dass sie sich vor Sorge kaum mehr
im Zaum halten konnte. Die Freundin schlug ihre verquollenen Augen auf und
schrak zurück. »Was ist?«, fragte sie atemlos und setzte sich
auf.
»Ludmilla ist noch immer nicht zurückgekehrt. Ich be-
fürchte, ihr ist etwas zugestoßen.«
»Das darf nicht sein.« Mariella sprang aus dem Bett und
schlüpfte in ihre Jeans.
Romina bemerkte, dass die Freundin ihr T-Shirt seit Mitt-
woch nicht gewechselt hatte. Sie, die sonst stets sauber war,
roch durchdringend nach Schweiß.
»Wir sollten sie sofort suchen.«
»Das ist das Mindeste. Hattest du sie nicht gebeten, ihr
Handy einzustecken?«
»Stimmt. Gute Idee, Mariella. Das hatte ich total vergessen.
Ich rufe sie an.«
Romina wählte, und gleich darauf klingelte es laut aus Lud-
millas Nachtkästchen.
»Verdammt. Sie hat ihr Telefon doch nicht mitgenommen,
obwohl ich sie darum bat.«
»Dann müssen wir beide uns eben auf den Weg machen, um
sie zu finden.« Mariellas Stimme klang wesentlich fester als
zuvor. »Wohin, glaubst du, ist sie gegangen?«
»Keine Ahnung. Sie wollte doch bloß etwas frische Luft
schnappen.«
Romina zwängte sich in ihre Chucks und ärgerte sich mal
wieder, diese Schuhe eine Nummer zu klein gekauft zu haben
und sich deswegen stets mit quälenden Blasen und Hühner-
augen herumschlagen zu müssen.
Doch in ihrer Größe gab es die gewünschten Schuhe nicht.

»Los, beeil dich. Vielleicht ist sie Gennaro begegnet? Wir müssen sie finden.«

Jetzt hörte Romina wieder die altbekannte Panik in Mariellas Stimme. Rasch schlüpfte sie in ihren Hoodie.

Sie verließen wortlos die Pension und machten sich auf den Weg. An der Promenade gingen sie einige Zeit still nebeneinanderher. Es war dunkel. Falls es einen Mond gab, hatte der sich mitsamt den Sternen hinter Wolken versteckt.

Auf einmal blieb Mariella stehen. »Sag mal, hat Ludmilla nicht nach unserer Ankunft gefragt, ob wir gesehen haben, dass sie ihre Wohnungstür verschlossen hat? Möglicherweise ist sie nach Hause gegangen, um sich zu vergewissern. Was meinst du?«

Romina dachte nach. »Das hört sich für mich logisch an. Schauen wir nach.«

Immer wieder blickten sie sich um, beide hatten Angst, beobachtet zu werden. Doch niemand begegnete ihnen.

»Sieh nur, Romina, da vorn ist schon der Kai, an dem sich Ludmillas Wohnung befindet. Wir scheinen fast hierhergeflogen zu sein, so schnell ging das.«

»Stimmt. Damit hast du vollkommen recht.« Romina blieb stehen und fasste nach Mariellas Arm. »Da brennt Licht in einem von Ludmillas Fenstern. Ich kann das deutlich sehen.«

»Dann nichts wie hinein ins Haus.« Mariella ergriff ihre Hand, und sie liefen los. Die Haustür stand sperrangelweit offen. »Beeilen wir uns«, zischte Mariella und riss Romina förmlich mit sich.

Sie rannten ins Haus und begriffen im selben Moment, dass auch Ludmillas Wohnungstür offen stand.

»Romina!«, flüsterte Mariella und zerrte Romina hinter sich her in das Appartement.

Ludmilla lag bewegungslos auf dem Boden des Schlafzimmers.

Beide stießen einen gequälten Laut aus.

»Das war er. Das war Gennaro!« Mariella weinte laut. Romina hingegen wurde von einer seltsamen Ruhe erfasst.

»Da.« Sie zeigte auf die offene Lade des Schrankes. »Schau mal. Wenn es wirklich Gennaro war, warum hat dieser Kriminelle dann die ganze Kohle hiergelassen?«

»Keine Ahnung, wir müssen die Rettung oder einen Notarzt verständigen«, entgegnete Mariella und sank wimmernd neben Ludmilla zu Boden.

»Jetzt reiß dich gefälligst zusammen«, fuhr Romina sie barsch an. »Ludmilla ist nicht mehr zu helfen. Das erkennst du doch auch. Aber wenn wir das Geld nehmen, könnte ich für Benedetta eine Niere kaufen und du dich gefahrlos ins Ausland absetzen.«

Sie mied den entsetzten Blick ihrer Freundin.

»Wir teilen es uns. Es ist für einen guten Zweck. In Ordnung? Niemand muss jemals etwas davon erfahren.«

Als wollte sie widersprechen, gab Ludmilla in diesem Moment ein Stöhnen von sich.

»Romina, sieh doch!«, rief Mariella aufgeregt. »Sie lebt. Gott sei Dank.«

Ludmilla brabbelte Unverständliches vor sich hin und versuchte, von ihnen wegzukriechen. Sie robbte in Richtung der Wohnungstür.

»Ludmilla, halte durch. Wir rufen Hilfe!« Mariella zückte ihr Handy, doch Romina fegte es ihr grob aus der Hand.

Das Telefon knallte hart gegen den Türstock und landete mit zerbrochenem Display auf dem Parkettboden.

Romina bückte sich hastig und griff nach dem Telefon. »Spinnst du denn komplett? Endlich sind wir beide am Ziel. Wir haben, was wir brauchen.«

»Das können wir nicht tun. Gib mir mein Telefon sofort zurück. Was fällt dir ein? Ludmilla benötigt Hilfe.«

Als Romina keine Anstalten machte, ihr das Telefon auszuhändigen, sondern es einsteckte, stürzte Mariella sich auf sie und versuchte, an das Handy zu gelangen. Romina versetzte ihr einen Schlag ins Gesicht, und Mariella ließ sie entgeistert los.

»Was ist in dich gefahren? Du hast mich eben geohrfeigt.

Drehst du jetzt völlig durch? Willst du etwa, dass Ludmilla stirbt?«

»Natürlich nicht. Es wird ihr schon jemand helfen. Sie ist zäh und, wie du siehst, nicht tot oder so schwer verletzt, dass wir ihren Tod befürchten müssen.« Romina hielt nun nicht mehr länger an sich, sie hastete zum Schrank, fischte die Bündel mit Geldscheinen heraus und warf Mariella die Hälfte davon zu.

Die starrte ungläubig auf die zusammengepressten Scheine. Romina rief: »Lauf!«, und spürte durch den Luftzug, dass Mariella tatsächlich kehrtmachte und ins Treppenhaus rannte.

Auf Rominas Weg hinaus umfassten auf einmal klamme Finger ihren Fußknöchel.

»Ludmilla?«, hauchte sie fassungslos.

»Hilf mir, bitte hilf mir«, flehte die Freundin.

»Lass los«, herrschte Romina sie an, strampelte sich frei und streckte, als Ludmilla abermals nach ihr griff, ihre Hand nach einer hölzernen Skulptur aus, die auf einem Tisch neben der Tür stand.

***

Ihre Reaktion würde Mariella später niemandem erklären können.

Jenen entscheidenden Moment, in dem sie die Geldbündel fest an sich presste und, so schnell sie konnte, an Ludmilla vorbei nach draußen lief.

Hinter sich hörte sie ein Wimmern und dann ein Geräusch, das nach brechendem Holz klang.

Mariella hatte schreckliche Angst. Sie rannte durch die Dunkelheit, und jegliche Überlegung, was richtig oder was falsch war, flog mit dem Wind davon, der in ihren Ohren heulte.

Sie musste sofort zurück in die Pension.

Auf dem Steinboden des Piers ertönten Schritte hinter ihr, die immer lauter wurden, je näher sie kamen.

Er hatte sie gefunden.

Gennaro.

Jetzt galt es, ein letztes Gebet zu sprechen und zu hoffen, dass ihr Ende nicht allzu schmerzhaft sein würde.

Sie beschleunigte ihren Schritt in der irrigen Annahme, Gennaro sei langsamer als sie.

Doch das war ein Trugschluss.

Er war direkt hinter ihr.

Mariella konnte seinen pfeifenden Atem bereits hören.

Jetzt hatte Gennaro sie erreicht.

Seine starke Hand packte ihren Nacken und zwang sie, stehen zu bleiben.

»Warum läufst du vor mir davon?«, zischte Romina ärgerlich.

»Lass los, ich ersticke sonst«, fuhr sie die Freundin an.

»Warum rennst du mir nach? Ich wäre vor Panik fast gestorben. Ich dachte, es sei Gennaro.«

»Keine Zeit für Antworten. Komm mit in die Pension, dort besprechen wir die Lage.«

»Du hättest nur nach mir zu rufen brauchen, anstatt mir Angst einzujagen«, tadelte Mariella, die immer noch zutiefst erschrocken war, die Freundin.

»Das wäre viel zu gefährlich gewesen. Ich erkläre dir, warum, wenn wir dort sind.«

Die Eingangstür der Pension knarrte, und Mariella fragte sich bang, ob sie das immer schon getan hatte.

Was würde sie gleich zu hören bekommen?

* * *

Romina packte Mariellas widerstrebende Hand und zog sie ins Zimmer. »Setz dich auf das Bett.«

Mariella ließ sich niederplumpsen. Mit angstgeweiteten Augen fragte sie: »Was war das für ein Geräusch? Mir ging es durch Mark und Bein, als ich davonrannte.«

»Frag besser nicht.«

Mariella zuckte unter Rominas strengem Blick zusammen. »Unserer Ludmilla geht es doch gut?«

»Ich war eben dabei, die Ambulanz zu verständigen, als ich

einen Schatten vor ihrem Fenster wahrnahm. Mir blieb nichts anderes übrig, als sofort abzuhauen. Ich lief eine Weile hinter dir her, bevor ich dich endlich erreichen konnte. Ich durfte nicht nach dir rufen, da ich davon ausging, dass Gennaro dieser Schatten und uns möglicherweise auf der Spur war.«

»Wie bitte?«, flüsterte Mariella. Sie griff nach dem Kopfkissen und presste es auf ihren Bauch.

»Beruhige dich. Es war niemand außer uns beiden auf der Mole. Ich habe einen solchen Spurt hingelegt, dass dieses Monster, falls er es überhaupt war, mir nicht zu folgen vermochte. Außerdem wollte er vermutlich nachsehen, was in Ludmillas Wohnung passiert war.«

Romina bemerkte, dass Mariella sich allmählich zu entspannen begann, und fuhr fort: »Dennoch wäre es mit Sicherheit besser, hier so bald wie möglich die Fliege zu machen. Packen wir schnell alles zusammen.«

Mariella sah sie verständnislos an. »Wieso? Sind wir hier nicht sicher?«

Romina wunderte sich einmal mehr über Mariellas grenzenlose Naivität. Als diese nachsetzte: »Ich rufe schnell das Taxi«, schüttelte sie verzweifelt den Kopf.

»Das tust du nicht. Ich hingegen verständige meine Schwester, dass sie Benedetta fertig machen soll. Wir beide gehen zu Fuß zu mir nach Hause, dort liegt mein Autoschlüssel, dann in die Wohnung meiner Schwester. Sie hat einen Koffer für Notfälle gepackt, den holen wir, und danach rennen wir auf die Isola della Schiusa, wo ich meinen Wagen geparkt habe.«

Mariella warf ihr einen hilflosen Blick zu, sagte jedoch kein Wort.

»Ich bin so weit«, erklärte sie schließlich.

»Gut. Das ging ja flott. Meine Schwester ist informiert und hält sich bereit.« Romina nahm ihre eigenen Sachen und verließ das Pensionszimmer.

Mariella folgte ihr anstandslos, fast apathisch.

»Du lenkst übrigens das Auto, während ich die Flüge buche. Ich hoffe, du hast einen Führerschein?«

Mariella nickte stumm.

Erst als sie in Rominas Wagen stiegen und die Straße von der Isola della Schiusa zum Kreisverkehr hinabrollten, ergriff sie das Wort.

»Was hast du vor? In meinem Kopf schwirren die Gedanken wie aufgescheuchte Mücken durcheinander. Ich sehe keinen Plan hinter dieser Aktion.«

»Sei unbesorgt, den gibt es. Also, wir fahren zuerst zum Krankenhaus. Paulina hat sich, bis wir dort ankommen, Benedetta geschnappt, sich heimlich mit Medikamenten sowie Infusionen versorgt und wartet verborgen hinter Sträuchern etwas entfernt in einem Park auf uns. Um diese Zeit werden sie dort niemanden antreffen. Dann geht's weiter zum Flughafen nach Ronchi dei Legionari, und wir drei schwirren ab.«

»Und was geschieht mit mir?«

Mariellas Apathie war heller Panik gewichen.

»Pass auf und konzentriere dich lieber auf die Straße. Ganz einfach. Du fährst den Wagen zurück auf die Isola della Schiusa, stellst ihn dort ab, wo er immer steht, und nimmst den ersten Bus, der Grado verlässt.«

»Wohin?«

»Denkst du eigentlich mit? Das ist doch völlig egal. Du hast ordentlich viel Geld in deiner Handtasche. Damit kannst du woanders Fuß fassen. Wenn nötig, besorgst du dir neue Papiere. So bist du vor ihm in Sicherheit. Falls Gennaro der Schatten war, wird er Ludmilla gefunden und hoffentlich die Ambulanz verständigt haben.«

»Wird er nicht. So wie ich ihn kenne, wird Gennaro abgehauen sein. Bestimmt weiß er, dass ich ihm etwas vorgespielt habe.«

»Wie kommst du auf die Idee?«, fragte Romina erstaunt.

»Warum sonst soll er mitten in der Nacht dort aufgetaucht sein? Ich dachte, ich wäre bis Montag in Sicherheit, doch das scheint ein Irrtum gewesen zu sein.«

»Siehst du, mein Rat, den nächsten Bus zu nehmen, ist nicht so blöd. Stimmt's?«

Mariella nickte. »Das wird wohl die beste Lösung sein. Ich

verziehe mich irgendwohin, vielleicht vorerst nach Udine, und nehme von dort einen Zug, nachdem ich mir einen Ort ausgesucht habe, an dem er mich nicht suchen wird. Bitte gib mir jetzt mein Handy zurück.«

»Da. Nimm es. Sei vorsichtig, wenn du zum Busbahnhof gehst, und bezahle das Ticket bar.«

Romina war zufrieden, dass Mariella anstandslos ihren Plan befolgte. So konnte sie sicher sein, dass die Freundin nicht die Polizei auf sie hetzte. Mariella hatte zu viel Angst, dass ihr Blutsauger sie fand. Gennaro zu entkommen war ihr wichtiger, als sie und Paulina zu verraten. Und an Geld mangelte es ihr auch nicht länger.

Sie atmete erleichtert auf und wischte die Schweißperlen von ihrer Stirn. »Schau!«, rief sie aufgewühlt. »Da ist schon der Park, in dem meine Schwester und meine Nichte warten.«

Tunlichst vermied sie es, an das Gefühl von Ludmillas kalten Fingern um ihren Knöchel zu denken und an das in ihren Ohren überlaute Platschen, als sie die Holzfigur im Kanal versenkt hatte. Oder daran, was mit Ludmilla geschehen war.

***

Sie saßen einander in der Abflughalle gegenüber: Benedetta, Paulina, Romina und sie.

Das Auto hatte Mariella in der Kurzparkzone stehen gelassen.

Rominas Nichte war blass, aber auf ihren Wangen hatten sich rote Flecken der Aufregung gebildet. Für die Kleine schien das Ganze ein großes Abenteuer zu sein.

Als Mariella sich vor dem Boarding hektisch ob der gebotenen Eile verabschiedete, flossen Tränen.

Romina dankte ihr und umarmte sie stürmisch. »Wir bleiben in Kontakt. Versprochen?«

»Natürlich, ich möchte doch erfahren, ob alles wie von dir erhofft geklappt hat.« Sie meinte ehrlich, was sie von sich gab, doch in ihrem Inneren brodelte ein Feuer.

»Abgemacht? Du fällst mir doch nicht in den Rücken? Ich muss das tun, für meine Nichte.«

»Klar.« Weiter kam Mariella nicht, denn auch Paulina zog sie herzlich an sich.

»Danke«, murmelte sie und flüsterte: »Woher hat meine Schwester das Geld?«

»Frag sie selbst, sobald der Flieger abgehoben hat und ihr euch zwischen den Wolken befindet«, wisperte Mariella und drückte sie an sich.

Benedetta war viel zu begeistert von den tollen Erlebnissen, als dass sie sich von ihr verabschiedet hätte.

Mariella warf noch einen letzten Blick auf die drei »Flüchtlinge«, bevor sie den Flughafen verließ.

Im Auto ließ sie die Ereignisse der letzten Stunden Revue passieren.

Mit einem hatte Romina unwidersprochen recht: Sie musste ihre Zelte in Grado umgehend abbrechen.

Also fuhr sie zurück und hörte laut Popmusik, um sich abzulenken.

Auf der Isola della Schiusa angekommen, warf sie das geheime Handy in den Kanal und schlich in der Dunkelheit mit ihrem Koffer zum Autobusbahnhof. Sie traute sich nicht, den Trolley zu ziehen, weil das zu viel Lärm verursachte, und trug ihn den gesamten Weg. Immer wieder blickte sie sich um, begegnete im matten Lichtschein der Straßenlaternen außer ihrem eigenen Schatten jedoch niemandem.

Nahe dem Busbahnhof stellte sie sich hinter einen Baum, der an eine Hausmauer gepflanzt worden war, und beobachtete die Szenerie. Von hier hatte sie alle Haltestellen gut im Blick.

Die Wartezeit schien sich endlos auszudehnen.

Schließlich, es war kurz vor vier Uhr am Morgen, trudelte ein Bus ein. Sie lief zur Station und kaufte beim Fahrer einen Fahrschein bis zur Endstation. Der Bus blieb nicht lange stehen, sondern fuhr bald darauf los.

Erst als sie Grado verließen, sah Mariella nach, wohin die Reise ging. Sie waren auf direktem Weg nach Triest.

Gut, dachte sie erleichtert, das ist gut. Triest ist eine große, unübersichtliche Stadt, in der man sich leicht verlaufen, aber ebenso gut auch verstecken kann.

Die Fahrt dorthin würde eine Stunde und zwanzig Minuten dauern. Mariella lehnte ihren Kopf gegen die Fensterscheibe und schlief sofort ein.

»Guten Morgen. Alle aussteigen. Endstation!«, wurde sie unsanft geweckt.

Benommen sah sie auf die Zeitanzeige ihres gesplitterten Handydisplays. Fünf Uhr zwanzig, sie hatten Triest also pünktlich erreicht.

Wo sollte sie jetzt hin?

Hier kannte sie keinen Menschen.

Wahrscheinlich wäre es das Klügste, sich ein Zimmer in einem kleinen Hotel zu nehmen, um sich die weiteren Schritte gründlich zu überlegen.

Trotz des Wegdämmerns im Bus war sie so unendlich müde.

In einer Bar am Hafen trank Mariella einen Cappuccino und aß dazu ein Croissant mit Aprikosenmarmelade.

Ein wenig gestärkt suchte sie die Straße entlang der Bucht nach einem Quartier ab und checkte schließlich in einem Boutiquehotel ein, das für ihre Begriffe zwar ziemlich teuer war, jedoch den Vorteil hatte, dass sie ihr Zimmer sofort beziehen konnte. Außerdem besaß sie ja nun eine beachtliche Menge Geld.

Wenn sie an die schrecklichen Umstände ihres Reichtums dachte, zog sich eine Gänsehaut über ihren Körper, und ihr Herz pochte schmerzhaft gegen ihre Brust.

Angezogen und ohne sich vorher gewaschen zu haben, legte Mariella sich auf das angenehm weiche Bett. Todmüde knipste sie die Lampe aus und schlief sofort ein.

Gerädert wachte sie auf.

Wie spät war es?

Geschockt stellte sie fest, dass bereits Sonntag war.

Mariella setzte sich auf und spürte, dass sie im Schlaf eine Entscheidung getroffen haben musste. Das edel eingerichtete Hotelzimmer verfügte über einen Teekocher. Sie machte Wasser heiß und hängte zwei Beutel Schwarztee in eine Tasse. Üblicherweise verzichtete sie auf Zucker, heute rührte sie drei Stück in die dunkle Flüssigkeit. Sie benötigte dringend Energie für das, was sie vorhatte.

Während sie langsam Schluck um Schluck des belebenden Getränks schlürfte, wurde ihr klar, dass es nur einen einzigen Weg für sie gab.

Ihr Unterbewusstsein hatte die Herrschaft übernommen, während sie schlief, und funktionierte, im Licht des neuen Tages betrachtet, anscheinend besser als ihr Bewusstsein.

Mariella zog die dichten Brokatvorhänge zur Seite und musste sich zurückhalten, die Fenster nicht aufzureißen. Tief atmete sie die Meerluft ein, die hier völlig anders roch als in Grado.

Danach setzte sie sich in einen weichen Sessel neben dem Bett, in dem sie fast versank.

Ihr Handy hielt sie so fest umklammert, dass es von Schweiß feucht war.

Sie wählte die Nummer mit bebenden Fingern.

»Hallo, Giorgia«, sagte sie. »Wir müssen reden. Wann kommst du aus Florenz zurück?«

»Mariella, so eine Überraschung, dich zu hören. Ich bin eben in Ronchi dei Legionari gelandet und quasi schon auf dem Weg zurück nach Grado. Dort können wir uns treffen.«

»Nein. Komm bitte nach Triest. Ich bin hier. Aber erzähle das vorerst niemandem. Es ist etwas Schreckliches geschehen, und ich brauche deine Hilfe.«

»Ich komme. Kannst du mir wenigstens verraten, worum es sich handelt?«

»Lass uns persönlich miteinander reden. Nicht am Telefon. Ich glaube, unserer Ludmilla ist etwas sehr Schlimmes geschehen, und vermutlich war ich dabei.«

Mariella vernahm Giorgias Schnaufen. »W… wie bitte? Das

ist doch nicht … was sagst du da?«, stammelte sie. »Wo ist Romina? Weiß sie davon? Ist sie bei dir?«

»Nein, Romina … sie …« Mariella brach ab. »Bitte komm so schnell wie möglich. Ich breche sonst unter der Last zusammen. Ich bin schuld an allem, was passiert ist.« Sie weinte laut auf.

»Beruhige dich, *tesoro*. Ich komme zu dir nach Triest. Wo genau hältst du dich auf?«

Mariella nannte Giorgia eine Bar am Hafen, in der sie sich in etwa vierzig Minuten treffen wollten, und Erleichterung überflutete sie.

Was die Folge dieses Treffens sein würde, wagte sie sich nicht auszumalen.

Dennoch, sie hatte den ersten Schritt gemacht.

20

Maddalena saß auf einem der Klappstühle auf ihrer kleinen Terrasse. Während sie eine Zigarette rauchte, starrte sie gedankenverloren auf den Kanal, auf dessen trübem Wasser sich Schlieren gebildet hatten. Die Fischerboote ankerten am Ufer, bereit, frühmorgens erneut rauszufahren.

Sie rekapitulierte noch einmal die Ermittlungen vom Samstag. In ihrem aktuellen Fall hatte sich keine heiße Spur aufgetan, und auch heute war noch nicht viel Neues herausgekommen.

Klar, es war Sonntag, aber was hieß das schon? Kein noch so hoher Feiertag gebot notwendigen Ermittlungen Einhalt.

Schon gar nicht, wenn es um Mord ging.

Lippi, Zoli und Fanetti hatten heute Morgen schon mehrmals mit ihr telefoniert.

Das Restaurant neben ihrem Appartement war vormittags geschlossen. Daher drang außer dem Plätschern der Wellen ans Ufer kein Geräusch zu ihr herüber.

Als Maddalenas Handy erneut zu klingeln begann, wettete sie mit sich selbst und entschied, dass der Anrufer in diesem Fall nur ihr liebenswerter Assistent, der eifrige Piero Zoli, sein konnte.

»Ciao, Piero«, sagte sie daher aufgeräumt und überlegte, warum er schon wieder anrief.

»Maddalena«, hörte sie zu ihrer Überraschung eine Frauenstimme sagen und schaute auf das Display.

»Giorgia?«

»Ja. Ich bin gerade unterwegs nach Triest –«

»Brauchst du Hilfe? Hast du eine Panne?«, unterbrach Maddalena sie und zündete sich eine weitere Zigarette an.

»Nichts dergleichen. Bitte beantworte mir eine Frage. Ich weiß, dass du mir nichts von deiner laufenden Arbeit erzählen kannst. Doch es ist sehr wichtig, und vielleicht habe ich eine bedeutende Information.«

Das klang eigenartig, fand Maddalena, schob den Rand ihrer Jeans hoch und kratzte ihren nackten Knöchel. Ihre Füße steckten in flauschigen Hausschuhen, die sie wärmten. »Worum geht es, Giorgia? Hat es was mit deinem Anruf in der Dienststelle vor ein paar Tagen zu tun? Es tut mir leid, dass ich dich noch nicht zurückrufen konnte. Erzähl mir, was dich bedrückt. Danach werde ich entscheiden, ob ich mit dir sprechen darf oder nicht.«

»Ist meiner Freundin Ludmilla etwas geschehen?«

Maddalena schluckte und nahm noch einen Zug von ihrer Zigarette, der in der Kehle brannte. »Ludmilla Pittini? Meinst du die?«

»Ja. Was ist mit ihr?« Giorgias Stimme brach. »Sie ist doch nicht etwa …«

»Leider doch. Deine Freundin wurde gestern in den frühen Morgenstunden in ihrer Wohnung tot aufgefunden. Sie wurde ermordet. Ich verrate hier kein Geheimnis, morgen steht es ohnehin in jeder Zeitung. Was hat das allerdings mit dir zu tun?«

Maddalena spürte, wie Aufregung Besitz von ihr ergriff. Sie wählte nebenbei Lippis Nummer.

»Ich denke, einiges darüber zu wissen. Ludmilla hat vor Jahren eine Art Buchclub gegründet, dem auch ich angehöre.«

»Wo befindest du dich genau? Und wieso bist du überhaupt nach Triest unterwegs?«

Giorgia erklärte es ihr in knappen Sätzen.

»Warte mal einen Moment und bleibe in der Leitung.«

Giorgia murmelte etwas, das Maddalena nicht verstand. Sie schaltete auf das Gespräch mit dem Kollegen um.

»Lippi, tut mir leid, Sie stören zu müssen. Aber es geht um unseren Fall. Meine Freundin Giorgia wartet, während wir reden. Sie kennt das Opfer und möglicherweise Hintergründe der Tat oder sogar den Mörder. Holen Sie mich bitte umgehend bei mir zu Hause ab.«

Lippi bestätigte, und Maddalena schaltete wieder auf das Gespräch mit Giorgia um und sprach beschwörend auf sie ein.

***

Ungeduldig biss Mariella die Haut um ihre Nägel wund. Sie schmeckte Blut. Verlegen wischte sie ihre Hände mit einer Serviette sauber und bestellte einen weiteren Caffè macchiato. Eigentlich war sie viel zu nervös für einen neuerlichen Schub Koffein.

Wo blieb Giorgia denn so lange?

Natürlich hätte sie die Freundin anrufen und nachfragen können, doch sie wollte nicht noch aufdringlicher sein, als sie ohnehin schon befürchtete, gewesen zu sein.

Die Bar war sehr gut besucht. Mariella fühlte sich zwischen den vielen Menschen geborgen und unsichtbar.

Wenn sie Giorgia alles erzählt hätte, würden sie zusammen beratschlagen, was nun das Vernünftigste in dieser problematischen Situation wäre.

Selbstverständlich wollte sie helfen.

Zu ihrer eigenen Sicherheit musste sie allerdings überlegen, was und wie viel sie der Freundin gegenüber preisgeben konnte, um nicht am Ende offiziell in ein Verbrechen verwickelt zu sein und dadurch möglicherweise von Gennaro gefunden zu werden.

Er hätte nichts Gutes mit ihr im Sinn, seine Drohungen im Falle ihrer Flucht verhießen Schlimmes.

Folterqualen und den Tod.

Schon vor einer halben Stunde hätte Giorgia eintreffen sollen.

Wo blieb sie nur so lange?

Kaum zu Ende gedacht, flog die Tür der Bar auf, und Giorgia stürmte herein.

»Endlich«, hauchte Mariella und warf sich schluchzend in die Arme ihrer Freundin.

Ihr war gleichgültig, was die anderen Gäste von ihr hielten.

»Armes Mädel«, sagte Giorgia, »fürchte dich nicht. Wir helfen dir.«

Wir, dachte Mariella, schälte sich aus der Umarmung und sah zwei weitere Personen hinter Giorgia stehen, die sie zuvor nicht bemerkt hatte.

»Das ist Commissaria Maddalena Degrassi. Sie und ihr Kollege Inspektor Lippi sind mitgekommen, um dich zu unterstützen. Hab keine Angst. Alles wird gut.«

Nichts würde gut werden, jetzt, nachdem Giorgia, der sie vertraut hatte, sie hinters Licht geführt hatte.

»Warum hast du mich verraten? Ich wollte mit dir allein sprechen und mir *deinen* Rat einholen, nicht den der Polizei.« Mariella war maßlos enttäuscht.

Sie wechselte den Tisch und saß nun der Commissaria, dem Inspektor und Giorgia gegenüber, die ein zerknirschtes Gesicht machte und nach Mariellas Hand fasste.

»*Tesoro*, Ludmilla ist tot. Bitte sei mir nicht böse, dass ich die Polizei mitgebracht habe.«

Mariella war nicht böse, sondern entsetzt und völlig verstört, deshalb zog sie ihre Hand unter der von Giorgia weg und klemmte sie unter ihren Oberschenkel.

Ludmilla war tot.

Ihre Befürchtung war bittere Gewissheit geworden.

»Signora Corbatto, bitte entspannen Sie sich«, begann die Commissaria freundlich. »Giorgia war der Ansicht, wir könnten Ihnen helfen, und um das zu versuchen, sind wir hier. Mir ist klar, dass unser unangekündigtes Erscheinen wie ein Überfall auf Sie wirkt. Doch hätte Giorgia Sie gebeten, zu uns nach Grado zu kommen …« Die Commissaria stockte und schien behutsam ihre nächsten Worte zu wählen: »Nun, dann wäre uns eine wichtige Gelegenheit entgangen, mit Ihnen zu sprechen, da Sie sicherlich in Triest geblieben wären. Habe ich recht?«, fragte sie sanft nach.

»Ich … ich darf unter keinen Umständen zurück. In Grado befinde ich mich in permanenter Gefahr.«

»Giorgia hat angedeutet, dass Sie große Probleme haben. Vielleicht beschreiben Sie uns zunächst einmal die Gefahr, in der Sie zu schweben glauben.«

»Maddalena«, warf Giorgia ein, »da geht es um keine Einbildung, sondern um eine echte Bedrohung. Ludmilla war der Ansicht, dass wir alle, die wir Mariella nahestehen, für einige Tage untertauchen sollten. Sie hat unsere Literaturrunde abgesagt und mich nach Florenz geschickt. Sie, Romina und Mariella versteckten sich in einer Pension in der Pineta.«

»Sie hat die Pension aber wieder verlassen«, sagte Maddalena Degrassi.

Mariella brachte sich ein. »Sie war nicht sicher, ob sie die Tür abgesperrt hatte, und ging zu ihrer Wohnung, um nachzusehen. Als sie nicht zu Romina und mir zurückkehrte, machten wir uns auf den Weg, um sie zu suchen.«

»Und?«, fragte der Inspektor. »Hatten Sie Erfolg?«

In Mariellas Kopf purzelten die Gedanken wild durcheinander. Natürlich hatten sie Erfolg, jedoch nicht den erwarteten.

Unwillkürlich presste sie ihre Handtasche enger an sich. Den größten Teil des Geldes hatte sie im Safe ihres Hotelzimmers deponiert, bei sich trug sie nur einen Notgroschen, der allerdings aus ein paar Hundertern bestand. Auch das war ihrer Sicherheit geschuldet.

Um nicht aufzuschreien, hielt Mariella die Hand, die rot angelaufen war, da sie so lange daraufgesessen hatte, vor ihren Mund.

Die erschreckenden und verstörenden Bilder jener Nacht flammten vor ihrem inneren Auge auf. Ludmilla, die scheinbar leblos vor ihnen auf dem Boden lag, Rominas Überreaktion, als sie das viele Geld sah, der Moment, als Ludmilla zu brabbeln begann und wegkriechen wollte und Romina Mariella ein fettes Bündel Geld zuwarf. Und dann ihre grauenvolle Flucht vor dem Schatten.

»Wer hat Signora Pittini zu Boden gestoßen?«, fragte die Commissaria. »Denn dort lag sie doch schon, als Sie kamen, nicht wahr?«

»Ich weiß es nicht, vielleicht Gennaro?« Mariella sprang auf und hastete zur Toilette. Dort übergab sie sich so lange, bis nur noch bittere Galle hochkam. Mit entsetzt aufgerissenen Augen starrte sie sich im Spiegel an. Ihr bleiches Ebenbild blickte erschüttert zurück.

Was hatte sie bloß getan?

Wie war Ludmilla ums Leben gekommen?

Jetzt hieß es, Farbe zu bekennen.

21

»Leonardo Morokutti«, flüsterte Lippi in ihr Ohr.

»Was ist mit ihm?«, fragte Maddalena etwas zu ungehalten zurück.

»Jetzt wird doch noch etwas aus Ihrem Treffen mit ihm, Chefin.«

Woher wusste der Kollege, dass sie gestern mit Leonardo verabredet gewesen war? Stella, dachte sie, ich dreh meiner Freundin den Hals um. Mit ihr hatte Maddalena darüber geschwatzt. Aber dass Stella ihrem Ehemann davon erzählt hatte, ärgerte sie.

»Unsinn. Triest ist seine, Grado hingegen ist meine Baustelle. Dorthin fahren wir zurück. Warum sollten wir auf seine Polizeistation gehen?«, giftete sie Lippi an.

»War nur so eine Idee. Man könnte das Protokoll hier aufnehmen.« Lippi sah sie listig an und konnte sein Grinsen kaum verbergen.

»Hier in Triest? Das ist doch wohl ein Scherz. Grado befindet sich in der Provinz Görz. Wir nehmen die Frau mit zu uns aufs Revier. Dort befragen wir sie. Nach ihrer Unterschrift entlassen wir die Zeugin.«

»Chefin«, flüsterte er erneut, da Giorgias Freundin Mariella zum Tisch zurückkam, »diese Frau zittert vor Furcht. Finden Sie es gut, sie mitzunehmen? Was passiert mit ihr, ich meine, nach dem Protokoll?«

Maddalena war überrascht von Lippis Empathie. Nun, seine Ehefrau schien wirklich gute Arbeit geleistet zu haben.

Giorgia sah sie bittend an. »Maddalena, kannst du Mariella denn nicht hier befragen? Sie hat furchtbare Angst.«

»Das funktioniert so leider nicht. Ich habe Regeln zu befolgen. Sie ist bei uns vollkommen sicher, umgeben von Polizisten, die sie beschützen. Es spricht also nichts dagegen, dass sie mit uns nach Grado kommt.«

»Dann begleite ich euch«, sagte Giorgia entschlossen. Maddalena und Lippi hatten nichts dagegen einzuwenden, und sie gingen zu viert zum Parkplatz. Lippi winkte ab, als Maddalena den Autoschlüssel nehmen wollte. »Chefin, ich fahre.« Im Spiegel sah sie, dass Giorgia den Arm beschützend um ihre Freundin geschlungen hatte.

**

Die Fahrt zog sich schier unendlich hin.

Obwohl alle freundlich waren und Giorgia besänftigend auf sie einredete, wollte das flaue Gefühl in Mariellas Magen nicht weichen.

Als sie vor der Polizeidienststelle hielten, verabschiedete Giorgia sich.

»Ich darf bei der Befragung selbstverständlich nicht dabei sein, aber ich warte auf deine Nachricht. Wenn Maddalena den Kerl festgenommen hat, kommst du zu mir nach Hause. Da können wir in Ruhe besprechen, wie es mit dir weitergeht und ob du dich weiterhin in Gefahr befindest.«

»Das ist sehr lieb von dir. Ich habe übrigens meinen Waschbeutel in der Pension vergessen. Der Koffer ist noch in Triest.«

»Wir holen alles gemeinsam ab. Okay?«

»Das Angebot nehme ich gerne an«, sagte Mariella und dankte ihr.

Kurz darauf saß sie im Büro der Commissaria. Außer Inspektor Lippi war ein weiterer Polizist anwesend, der sich als Piero Zoli vorstellte.

Auf dem Tisch der Commissaria lag ein Aufnahmegerät. Der neue Inspektor klappte eine Art Notizbuch auf und zückte einen Kugelschreiber.

Dann begann die Befragung.

Stockend fing Mariella an, ihre Geschichte von Beginn an zu erzählen. Inspektor Lippi brachte zwischendurch für alle Kaffee, und die Degrassi versuchte offenbar, sie nicht unter

Druck zu setzen, und ließ ihr ausreichend Zeit, auf ihre Fragen zu antworten. Dadurch entspannte sich Mariella allmählich und konnte flüssiger erzählen.

Als sie von ihrer nächtlichen Arbeit in Cervignano zu sprechen begann, spürte sie, wie ihre Wangen schamrot anliefen. Die drei Polizisten warfen sich überraschte Blicke zu, und Inspektor Zoli kritzelte aufgeregt in sein Heft.

»Bitte berichten Sie weiter.«

Mariella erzählte, trank hin und wieder einen Schluck Kaffee, suchte die Toilette auf und erzählte und erzählte, tagelang, wie ihr schien.

Dann kam sie zu der Stelle, als sie Ludmilla in deren Wohnung fanden. Mariella wollte Romina nicht verraten, aber sie musste das Geld erwähnen, da die Commissaria bereits gefragt hatte, ob sie denn über Ludmillas großen Gewinn Bescheid wüsste.

Sie erzählte von der lebensbedrohlichen Erkrankung von Rominas kleiner Nichte und erklärte, dass Romina das Geld genommen hatte, da sie glaubten, Ludmilla sei tot.

Ob sie auch etwas vom Diebesgut abgekriegt hätte, fragte Inspektor Lippi.

»Nein, natürlich nicht«, log sie. »Romina flehte mich an, sie nicht anzuzeigen, sondern zum Flughafen zu bringen. Da es sich um eine Frage von Leben und Tod handelte, willigte ich ein und tat, worum sie mich gebeten hatte.«

Sie berichtete von da an wieder wahrheitsgetreu und beschrieb, wie die Panik vor ihrem Peiniger sie dazu brachte, in den nächstbesten Bus einzusteigen, um abzuhauen. Sie gab an, dass er in der Nacht hinter ihr hergewesen war, da Romina einen Schatten gesehen habe, woraufhin sie Ludmillas Wohnung verließen und davonrannten. Romina zuliebe erwähnte sie das eigenartige, durch Mark und Bein gehende Geräusch und anschließende dumpfe Rumpeln nicht, das sie beim Hinauslaufen gehört hatte.

»Halten Sie es für möglich, dass Signora Pittini noch am Leben war, als Sie wegliefen?«, fragte die Commissaria in einem etwas schärferen Ton.

»Ja, wäre möglich, sie war verletzt«, stammelte sie, und die Schuldgefühle fraßen sie auf.

»Warum haben Sie nicht die Ambulanz verständigt, schließlich handelte es sich doch um Ihre Freundin, Signora?«, kam es zögerlich von Inspektor Zoli.

Mariella brach in Schweiß aus, und ihr Herz klopfte so stürmisch, als wollte es gleich zerbersten.

»Es ging so verdammt schnell, ich kam nicht zum Nachdenken, geriet in Panik und musste Romina zum Krankenhaus bringen«, entgegnete sie beschämt.

Es blieb ihr nicht erspart, sich weiteren unangenehmen Fragen zu stellen. Dann musste sie noch mal von vorne beginnen. Sie konzentrierte sich darauf, alles genau so zu schildern wie beim ersten Mal.

Die Polizisten ließen sie kurz allein, und als sie wiederkamen, eröffnete Commissaria Degrassi ihr, dass sie nun mit ihr nach Cervignano fahren würden. Man bräuchte sie zur Gegenüberstellung und Identifikation.

»Nein!«, schrie Mariella entsetzt auf. »Gennaro wird mich sofort töten!«

»Sie sind in Begleitung von sieben Polizisten, die alle imstande sind, das zu verhindern.«

Sie vermochte nicht zu sagen, welcher Inspektor das geäußert hatte, denn das Zimmer begann sich wild um sie zu drehen. Sie spürte, wie sie vom Stuhl kippte.

***

»Na, das ist mal eine Aufregung.«

Maddalena tauschte kopfschüttelnd ungläubige Blicke mit ihren Kollegen.

»Ich stelle rasch ein Team zusammen. Sobald Signora Corbatto sich einigermaßen erholt hat, sollten wir losfahren«, erklärte Lippi.

Wieder ganz der Chef, dachte Maddalena.

Ihre Zeugin war inzwischen bei Bewusstsein und trank kaltes

Wasser. Sie konnte nicht anders, als einzuwilligen, mit zu dem Haus zu fahren.

»Das nenne ich einen schönen Sonntag«, murmelte Zoli, als sie schließlich mit Lippi und der Zeugin auf der Rückbank im ersten Dienstwagen saßen.

Der zweite mit Rita Beltrame, Fanetti und weiteren Beamten folgte gleich hinter ihnen.

In dem Moment, als sie in die von Mariella Corbatto genannte Straße einbogen, begann diese zu hecheln.

»Schnell«, wies Maddalena Lippi an, zog eine Papiertüte aus dem Handschuhfach und reichte sie ihm. »Lassen Sie die Signora hineinatmen. Sie fängt gerade an zu hyperventilieren.«

Dann hatten sie das Haus erreicht.

Inzwischen war es finster geworden. Kein Lichtschein drang aus dem Gebäude.

»Sind wir hier richtig?«, fragte Lippi.

»Ja«, flüsterte ihre Zeugin, die wieder normal atmete, heiser. Sie stiegen aus.

»Der Vogel scheint ausgeflogen zu sein«, mutmaßte Fanetti, als auf ihr Läuten hin niemand öffnete.

»Wir brechen die Tür auf. Lippi, Sie bleiben bei unserer Zeugin im Auto und haben ein Auge auf sie«, wies Maddalena den Kollegen an.

Zu sechst stürmten sie kurz darauf mit gezückten Waffen das Haus und durchsuchten alle Räume inklusive Keller und Dachboden gründlich.

Das Haus schien unbewohnt zu sein. Nichts deutete zudem darauf hin, dass hier unlängst jemand gelebt hatte. Auch der Kühlschrank war leer.

Plötzlich rief Zoli: »Commissaria, schauen Sie sich das mal an!«

Er stand in der Küche und zeigte begeistert auf eine Ecke zwischen dem Mülleimer und der Wand.

»Zoli, was haben Sie gefunden?«

Voller Stolz hielt ihr Assistent einen Kassenbon hoch.

»Der Typ war gestern noch da und hat im Supermarkt für

einige hundert Euro eingekauft. Bei seinem überstürzten Aufbruch hat er wirklich sorgfältig gearbeitet. Nur das Papierchen hier ist ihm entgangen.«

»Gute Arbeit«, lobte Maddalena ihn.

Zoli lächelte glücklich.

»Wir beenden die Suche«, wies Maddalena die Kollegen an. »Ab, zurück nach Grado.«

Im Auto wartete ihre Zeugin, das Gesicht weißer als die Mauer im Haus. Hektische rote Flecken zierten ihre Wangen und die Stirn.

»Haben Sie ihn gefunden?« Signora Corbattos Stimme kippte bei dieser Frage.

»Mein Kollege Inspektor Fanetti hat es vorhin auf den Punkt gebracht: Der Vogel scheint ausgeflogen zu sein.«

»Jetzt glauben Sie mir wohl nicht? Denken, ich beschuldige einen Unschuldigen?«, flüsterte Mariella Corbatto und verkrampfte die Finger ineinander.

Maddalena dachte: Was soll's, und erwiderte: »Keineswegs, wir haben etwas entdeckt, das darauf hinweist, dass der von Ihnen Genannte gestern noch hier war. Anscheinend hat der Mann überstürzt das Haus verlassen.«

Mariella Corbatto atmete befreit aus. »Das bedeutet, er ist abgehauen. Werden Sie nach ihm fahnden?«

»Selbstverständlich, denn sollte der Gesuchte der Schatten gewesen sein, den Ihre Freundin gesehen hat, steht er unter dringendem Tatverdacht. Auch Sie dürfen die Insel nicht verlassen, ohne uns darüber zu verständigen. Wir werden Sie demnächst noch mal befragen müssen. Danke, dass Sie so offen mit uns gesprochen haben. Das erleichtert unsere Arbeit«, erklärte Maddalena.

»Ich stehe jederzeit zur Verfügung.«

»Und Sie haben wirklich keine Ahnung, wohin Ihre Freundin Romina Cecon geflogen ist?«

»Nein, das hat sie mir leider nicht anvertraut.«

Schweigend kehrten sie nach Grado zurück.

»Wir lassen Sie vor Giorgias Wohnung aussteigen. Grüßen

Sie sie bitte freundlich von mir und informieren Sie sie darüber, dass sie sich demnächst in der Dienststelle einfinden soll, damit wir auch ihre Aussage protokollieren können.«

Als die Zeugin in Giorgias Wohnblock verschwunden war, atmete Maddalena aus.

»Dumm gelaufen, dass dieser Typ das Weite gesucht hat«, meinte Zoli.

»Ja, da kommt einiges an Arbeit auf uns zu. Wir müssen herausfinden, wohin Romina Cecon mit ihrer Schwester und der Nichte geflogen ist. Sie ist ebenfalls eine wichtige Zeugin.«

Piero Zoli und Guido Lippi antworteten unisono: »Das ist sie.«

»Gleich morgen früh checken wir die Flüge, die um die genannte Zeit gestartet sind. Außerdem gebe ich heute noch dem Krankenhaus Bescheid. Wahrscheinlich hat schon jemand angerufen, da sie hier ihren Wohnsitz haben, und sie als abgängig gemeldet.«

In Maddalenas Schläfen begann es zu pochen. Sie fühlte sich müde und ausgelaugt. Außerdem gefiel es ihr nicht, dass Giorgia in diesen Fall verwickelt war.

Nachdem sie sich von ihren Kollegen verabschiedet hatte, schlenderte sie am Kanal entlang zu ihrer Wohnung.

Kurz dachte sie an ihren verstorbenen Verlobten, blendete aber jeden weiteren Gedanken an ihn bewusst aus.

22

Giorgia öffnete ihr umgehend.
»Da bist du ja endlich. Warte, ich ziehe mir eine Jacke an, und dann holen wir deinen Waschbeutel ab. Ich habe das Auto in der nächsten Straße geparkt.«
»Danke, du bist so lieb zu mir. Stell dir vor, Gennaro hat die Fliege gemacht. Jetzt sucht die Polizei ihn und ebenso Romina und deren Familie.«
»Grauenvoll. Wenigstens ich habe eine gute Nachricht. Dantes Befunde sind alle in Ordnung.«
»Das freut mich sehr.«
Zum Glück hatte sie und nicht Romina den zweiten Schlüssel zur Pension eingesteckt. Gemeinsam betraten sie das Zimmer. Giorgia atmete tief durch. »Das ist alles so unfassbar tragisch«, flüsterte sie.
Mariella nickte traurig, schloss das Fenster und holte ihr Waschzeug aus dem Badezimmer.
Unglücklich blickten beide auf Ludmillas Sachen.
»Die lassen wir einstweilen hier, okay?«, meinte Giorgia.
»Vielleicht will die Polizei das ohnehin so. Wo ist eigentlich Rominas Trolley?«
»Den hatten wir noch abgeholt, bevor ich sie zum Flughafen bringen musste.«
»Von ihr ist also nichts mehr hier?«
»Korrekt. Sogar das Waschzeug hat sie mitgenommen, nur ich war so blöde, meines zu vergessen.«
»Komm mal zu mir her, *tesoro*«, bat Giorgia, deren Augen vor Tränen glänzten.
»Ach, Giorgia.« Mariella war ebenfalls den Tränen nahe.
»Danke, dass du an meiner Seite bist. Das bedeutet mir sehr viel.«
»Möchtest du heute Nacht bei mir schlafen? Das Zimmer meiner Tochter steht leer.«
»Danke, doch ich sollte mich wieder daran gewöhnen, in

meinem Appartement zu leben. Jetzt, da er vorerst keine Bedrohung mehr für mich darstellt.«

»Mädel, du hast recht.« Giorgia klopfte Mariella auf die Schulter. Dann drückte sie ihr einen Kuss auf die Stirn und betrachtete sie eingehend.

Mariella wandte sich ab.

Es tat ihr weh, die Freundin so vertrauensvoll zu sehen.

»Lass uns in meinen klapprigen Fiat 500 einsteigen und losfahren. Du bist sicher müde und erschöpft.«

Sich innig umarmend standen sie zehn Minuten später vor Mariellas Wohnung.

»Soll ich nicht doch bei dir bleiben? Ich befürchte, dass du etwas Unvernünftiges planst.« Wieder musterte Giorgia sie eingehend.

»Nein. Das ist nicht notwendig. Ab mit dir nach Hause. Du hast schon so viel für mich getan. Ich muss lernen, das Leben allein zu meistern. Und damit habe ich bereits begonnen. Außerdem gibt es ja noch Camillo. Mit ihm werde ich gleich telefonieren. Ich mag ihn und er mich. Er verdient es, die Wahrheit zu erfahren.«

Giorgia strich ihr über die Wange. »So mutig habe ich dich noch nie erlebt. Ruf mich bitte morgen an.«

»Natürlich. Gleich als Erstes, versprochen.«

Endlich war Giorgia losgefahren, und Mariella stand allein in ihrer Wohnung.

Gennaro war zwar geflohen, aber das hieß noch lange nicht, dass er sie vergessen hatte. Sie hatten nun beide gleichermaßen Angst voreinander.

Mariella wusste, dass sie ihm einen Schritt voraus sein musste, wollte sie am Leben bleiben.

Gennaro würde sich, sobald er eine neue Bleibe für sich und seine anderen »Täubchen« gefunden hatte, auf die Suche nach ihr begeben.

So viel stand fest.

Sie fischte ihr neues Handy, das Camillo ihr liebevoll besorgt hatte, aus ihrer Handtasche. Sie rief seine Telefonnummer auf, schrieb sie auf eine Serviette, faltete diese sorgsam zusammen und steckte sie ein.

Dann ging sie durch ihr kleines Appartement, in dem sie sich in all den Jahren wohlgefühlt hatte.

Kurz verweilte sie vor ihrem Computer und schrieb dem Direktor der Schule, in der sie unterrichtete, eine E-Mail. Danach trank sie sehr, sehr viel Wasser direkt aus der Leitung. In einer ihr bisher unbekannten Weise fühlte sie sich dadurch gestärkt.

Sie stopfte den Waschbeutel in ihre Handtasche und zog die Tür resolut hinter sich ins Schloss, als sie ihre Wohnung verließ. Absichtlich warf sie keinen letzten Blick zurück.

Unten warf sie ihrem Hausherrn die Miete für drei Monate und einen freundlichen Brief in sein Postfach.

Hatte sie etwas vergessen? Nein, sagte sie sich entschlossen und zertrat ihr neues Handy, dessen Display durch Rominas Wurf bereits zersplittert war, mit dem Absatz ihres Schuhs auf dem Asphalt. Dann suchte sie auf dem Boden nach der SIM-Karte und warf sie in den nächsten Mülleimer.

Zum Busbahnhof war es nicht weit.

Bevor sie ihre Wohnung verlassen, alle Sucheinträge gelöscht und den Computer auf Werkseinstellungen zurückgesetzt hatte, war sie fündig geworden. Bald fuhr der nächste Autobus nach Triest ab. Dorthin musste sie dringend zurück, um ihren Koffer und das restliche Geld aus dem Safe ihres schnuckeligen Boutiquehotels zu holen.

Es lag ihr nicht, andere zu täuschen.

Schmerzlich kamen Erinnerungen an die schönen, aber auch schrecklichen Tage der vergangenen Jahre zurück. Sie blinzelte die Bilder mit einigen Wimpernschlägen weg.

Diese Technik war ihr wohlvertraut.

Wenige Stunden später saß Mariella in einer Bar im Zentrum von Triest, umgeben von den letzten Nachtschwärmern, die sie nicht zur Kenntnis nahmen.

Wohin würde ihr Weg sie nun führen?

Epilog

Glücklich verschränkte Romina ihre Finger mit denen ihrer Schwester. Sie saßen am Bett von Benedetta in einem Militärspital, weit entfernt von ihrem Geburtsort Grado, in Südindien.

»Ich bin so froh und dir so unendlich dankbar«, sagte Paulina. »Unser Mädchen wird gesund, dank dir.«

Romina lächelte, und ein kalter Schauer überzog trotz der Hitze ihren Rücken.

Wann immer die Alpträume sie des Nachts heimsuchten, wachte sie schreiend auf. Zum Glück schlief sie allein in einem Hotelzimmer und traf ihre Schwester und ihre Nichte stets erst am nächsten Morgen.

»Wie hast du es geschafft, so viel Geld zu ergattern? Im Glücksspiel gewonnen?«, fragte Paulina und gab ihr einen Kuss auf die Stirn.

Romina schüttelte bloß den Kopf und erwiderte: »Du willst das alles nicht wirklich wissen.«

***

Es war eine harte Zeit für Anastacia gewesen.

Giovanna hatte auf ihren Heiratsantrag mit »Nein« geantwortet und erklärt, sie sei jetzt mit Giusy zusammen. Dieses Mädchen wäre die richtige Frau an ihrer Seite.

Anastacia hatte ihren Platz in Giovannas Wohnung räumen müssen. Sie tat es widerwillig und wurde dafür von Giusy mit höhnischen Blicken bedacht.

Zudem hatte sie mit Entsetzen zur Kenntnis genommen, was in ihrer Freundinnenrunde passiert war. Sie hatte nicht den blassesten Schimmer, wie alles zusammenhing, doch eine Freundin war tot und drei andere fort.

In Grado gab es nur noch Giorgia, die es, wenn auch stets

höflich, tunlichst vermied, mit ihr über die grauenvollen Ereignisse zu sprechen.

Manches erfuhr Anastacia durch die Medien, aber eben nicht alles. Nicht auf jede ihrer Fragen fand sie eine Antwort.

Einmal hatte sie Giorgia auf der Diga getroffen. Sie blieben beide ruckartig stehen und grüßten einander verhalten. »Du sagst mir nicht alles. Stimmt das?«, hatte Anastacia gesagt.

Giorgia hatte den Kopf geschüttelt und war, den Kinderwagen vor sich herschiebend, ein paar Schritte weitergegangen. Als Anastacia ebenfalls zum Gehen ansetzte, drehte Giorgia sich noch einmal um und rief: »Anastacia, warte. Du willst das alles nicht wirklich wissen.«

✳✳✳

Giorgia war mächtig froh, während der katastrophalen Ereignisse bei ihrer Schwester in Florenz gewesen zu sein.

Sie dankte Gott jeden Sonntag, bevor der Fischerchor in der Basilika Sant'Eufemia zu singen begann, dass ihr Ehemann gesund war und sie keine Ahnung gehabt hatte, was in ihrer Freundinnenrunde vor sich gegangen war.

So ganz stimmte das natürlich nicht, denn ihr unbestimmtes Gefühl hatte sie nicht getrogen. Hätte sie Maddalena Degrassi damals erreicht und ihr davon erzählt, wäre möglicherweise das Schlimmste zu verhindern gewesen.

Oft überlegte sie traurig, was für eine Rolle Carolina wohl in diesem Drama gespielt haben mochte und was mit Mariella geschehen war. Die Freundin hatte sich nie mehr bei ihr gemeldet und war spurlos verschwunden.

Hatte diese Bestie sie nun doch erwischt?

Dagegen sprachen die Kündigung, die Mariella an die Schule geschickt, und das Geld, das sie dem Vermieter in dessen Postfach geworfen hatte, wie es Giorgia erzählt worden war.

Aus ihrer Reise mit Dante war nun doch nichts geworden, aber sie waren dennoch glücklich wie selten zuvor, verbrachten viel Zeit miteinander und unternahmen häufig gemeinsam Ausflüge. Wenn sie nachts gequält aufschreckte, dachte sie an das, was sie unlängst zu Anastacia gesagt hatte:»Du willst das alles nicht wirklich wissen.«

Und so war es auch.

***

Zum Glück hatte sie es geschafft, Grado rechtzeitig zu verlassen. Allegra und Fredo waren erst überrascht, dann glücklich gewesen, Padua den Rücken kehren zu können. Von den furchtbaren Vorfällen, die sich nach ihrer Flucht ereignet hatten, erfuhr Carolina erst Tage später. Die Polizei hatte Antonio, Vater ihrer Kinder und bis dahin eventuell zukünftiger Bürgermeister der Insel, als einen der Freier des»geheimen Lusthauses«, wie die Medien die Villa in Cervignano nannten, entlarvt. Das Geld, das sie unter der Matratze verwahrt hatte, ermöglichte ihr zusammen mit dem von Ludmilla gestohlenen, ohne finanzielle Sorgen weiterzuleben. Natürlich war ihr durch die Scheidung zudem eine beträchtliche Summe zugesprochen worden, die sie jedoch nicht entgegennehmen konnte, da sie ihren Aufenthaltsort geheim hielt, um einer berechtigten Strafe zu entgehen. Sie alle drei hatten gefälschte Papiere.

Sizilien war ihre neue Heimat, und ihre Tante würde sie nie verraten.

Beide Kinder hatten das Studium aufgegeben und waren gelöster als je zuvor. Fredo hatte sich zum Steuerberater umschulen lassen, und Allegra arbeitete in einer Boutique.

Was damals geschehen war, versuchte Carolina so gut, wie es eben ging, zu verdrängen.

Schließlich hatte nicht sie Ludmilla auf dem Gewissen, auch wenn sie am Tod der Freundin einen großen Anteil gehabt hatte.

Carolina schlug einen neuen Weg ein. Sie engagierte sich für karitative Zwecke, indem sie armen und kranken Menschen half. Sie hatte sich einem Priester anvertraut und fand in der regelmäßigen Beichte Erlösung. Die Kirche war für sie zu einem Zufluchtsort geworden.

Einmal hatte sie mit Giorgia telefoniert, jedoch nur wenig in Erfahrung gebracht.

Die Freundin war distanziert geblieben und hatte bloß lapidar gemeint: »Du willst das alles nicht wirklich wissen.«

**

Es war wunderschön an diesem Strand in Südfrankreich. Mariella fühlte sich so entspannt und glücklich wie noch nie in ihrem Leben. Selbstverständlich war dieser Zustand einerseits der Unmenge an Geld geschuldet, über die sie jetzt verfügte, aber auch dem Umstand, dass Gennaro sie hier niemals vermuten würde.

Sie nippte an ihrem altmodischen Martini und knabberte an der Olive.

Mit Bedacht holte sie die sorgsam gefaltete Serviette aus ihrer Handtasche und wählte mit ihrem neuen Wegwerfhandy die Nummer, die sie vor Wochen daraufgekritzelt hatte.

»Ciao«, hauchte sie, als ihr Telefonat entgegengenommen wurde. »Möchtest du deinen Urlaub mit mir verbringen?«

»Nichts lieber als das.«

Mariella vernahm Camillos Jubel über die Entfernung hinweg mit großer Freude.

Nachts, wenn die Erinnerungen sie heimsuchten, beschwor sie sich stets mit dem Satz: »Du willst das alles nicht wirklich wissen.«

Dann drehte sie sich auf die andere Seite und sagte halblaut: »Vergiss es einfach.«

Und das tat sie.

**

»Verdammt«, brummte Maddalena und warf die Kippe ihrer aufgerauchten Zigarette achtlos auf den Gehsteig.

»Manchmal, Commissaria, läuft es eben nicht so glatt, wie wir uns das wünschen«, tröstete Zoli sie verständnisvoll. »Sie, und ich glaube sagen zu dürfen, wir alle haben unser Bestes gegeben, um die Flüchtigen zu finden. Doch sowohl der Mann, der in Cervignano das Bordell betrieben hat, als auch seine ehemalige Sexsklavin Signora Corbatto sind spurlos verschwunden. Dasselbe gilt für Romina Cecon und deren Schwester und Nichte. Die Ex-Frau des nicht mehr so angesehenen Mitglieds der Comune ist wenigstens weiterhin bereit, mit uns via Telefon, das wir jedoch nicht orten können, zu reden. Vielleicht bringt sie irgendwann einen Schimmer Licht in den Fall, was ich jedoch stark bezweifle.«

Maddalena stimmte ihrem Assistenten vorbehaltlos zu. Doch ehrgeizig, wie sie nun mal war, wollte sie wissen, was sich genau abgespielt hatte.

Nacht für Nacht lag sie wach und quälte sich ergebnislos mit verschiedenen offenen Fragen.

»Ich befürchte, Zoli«, murmelte sie entmutigt, »Sie haben recht, und das ist der erste teilweise ungelöste Fall in meiner bisherigen Laufbahn.«

Piero Zoli lächelte ihr aufmunternd zu. »Ich vermute, wir werden noch einige Verbrechen nicht aufklären können. Aber es gibt Schlimmeres.«

»Was denn? Serienmörder etwa?« Sie schüttelte sich.

»So weit möchte ich nicht gehen. Hier auf der Insel würde sich ein Serientäter hoffentlich schwertun. Ich will sagen, Chefin, Sie haben sich nichts vorzuwerfen und noch eine lange Karriere vor sich, weshalb es wohl auch in Zukunft hin und wieder vorkommen wird, dass Ihnen ein Täter entwischt.«

Maddalena nickte und verzog das Gesicht. »Mag sein, Zoli. Aber das will ich alles lieber gar nicht wissen.«

Rezept

Das neue, hippe Trend-Getränk »Pomelo Spritz«

Der Cocktail wurde in Schweden kreiert und wird aus verschiedenen Essenzen gemixt. Rosa Grapefruit, Holunderblüte und Prosecco sind die entscheidenden Zutaten, die für seinen herrlichen Geschmack verantwortlich sind.

Die Pomelo ist eine Kreuzung aus Grapefruit und Pampelmuse.

Zutaten (je Person):
ein paar Eiswürfel
ein wenig Holunderblütensirup
12,5 cl Grapefruit- oder Pampelmusenlikör
11 cl Prosecco
1 Schuss Sodawasser
1 Pampelmusen- oder Grapefruitspalte
einige Minzblätter

Zubereitung:
Ein großes Cocktailglas mit Eiswürfeln füllen, Sirup und den Likör darübergießen, mit dem Prosecco auffüllen und mit einem Schuss Sodawasser ergänzen.
Den Drink mit einer Grapefruit- oder Pampelmusenspalte und Minzblättern garnieren.

Dank

Ich danke meiner Emons-Familie für das Vertrauen in meine Grado-Serie und dafür, dass ich jedes Jahr einen neuen Adria-Krimi um Commissaria Maddalena Degrassi veröffentlichen darf.

Ich danke Marit Obsen, meiner gründlichen und scharfsinnigen Lektorin.

Ich danke meiner Leserschaft, die sich stets auf meine neuen Bücher freut.

Ich danke all jenen, die mich zu Lesungen, Festivals und Präsentationen in Österreich und Italien einladen, die Interviews mit mir machen und Filmbeiträge.

Ich danke den Buchhandlungen, die meine Romane toll bewerben, und ebenso den Bibliotheken, die sie häufig verleihen.

Ich danke meinem Ehemann, Günter Janesch, für seine liebevolle und zielführende Kritik.

Und ich danke meiner Familie und bin glücklich, dass ich drei wunderbare Kinder habe, die aber ebenso wie meine lieben österreichischen und italienischen Freunde rein gar nichts mit meinen Krimis zu tun haben.

Die Bücher von Erfolgsautorin Andrea Nagele im Überblick

Alle Titel sind auch als eBook erhältlich.

Grado-Reihe

Grado im Regen
ISBN 978-3-95451-785-5

Grado sotto la pioggia
Italienische Ausgabe
ISBN 978-3-7408-0376-6

Grado im Dunkeln
ISBN 978-3-7408-0068-0

Grado nell'ombra
Italienische Ausgabe
ISBN 978-3-7408-0592-0

Grado im Nebel
ISBN 978-3-7408-0298-1

Grado nella nebbia
Italienische Ausgabe
ISBN 978-3-7408-0891-4

Grado im Sturm
ISBN 978-3-7408-0523-4

Grado nella tempesta
Italienische Ausgabe
ISBN 978-3-7408-1525-7

www.emons-verlag.de

Grado im Mondschein
ISBN 978-3-7408-0803-7

Grado al chiaro di luna
Italienische Ausgabe
ISBN 978-3-7408-1849-4

Grado in Flammen
ISBN 978-3-7408-1137-2

Grado in fiamme
Italienische Ausgabe
ISBN 978-3-7408-2160-9

Grado im Licht
ISBN 978-3-7408-1271-3

Grado und die Tote in der Lagune
ISBN 978-3-7408-1657-5

Grado in Angst
ISBN 978-3-7408-2038-1

Weitere Kriminalromane

Tod am Wörthersee
ISBN 978-3-95451-288-1

Tod auf dem Kreuzbergl
ISBN 978-3-95451-485-4

Tod in den Karawanken
ISBN 978-3-95451-961-3

www.emons-verlag.de

Kärntner Wiegenlied
ISBN 978-3-7408-0198-4

Bittersüße Weihnachtszeit
ISBN 978-3-7408-1272-0

Thriller

Du darfst nicht sterben
ISBN 978-3-7408-0667-5

**Sag mir, wen du hörst. Sag mir, wen du siehst.
Sag mir, wer du bist.**
ISBN 978-3-7408-1270-6

Und nebenan der Tod
ISBN 978-3-7408-1911-8

111 Orte

**111 Orte in Klagenfurt und am Wörthersee,
die man gesehen haben muss**
ISBN 978-3-7408-1093-1

www.emons-verlag.de